Rhiann
Nebel über den Highlands

Außerdem erschienen:

Rhiann – Sturm über den Highlands
Rhiann – Verschlungene Pfade
Deana und der Feenprinz – Highlandsommer
Deana und der Feenprinz – Ciarans Geheimnis
Die Tochter des Mondes
Jenseits des Nebelmeers
Dionàrah – Das Geheimnis der Kelten Band I und
Band II (Fantasyromane)

Aileen P. Roberts

hiann

Nebel
über den Highlands

Pferderoman

Bibliografische Information Der Deutschen Nationalbibliothek:
Die Deutsche Nationalbibliothek verzeichnet diese Publikation in der Deutschen Nationalbibliografie; detaillierte bibliografische Daten sind im Internet über http://dnb.d-nb.de abrufbar.

Impressum
© 2006 Cuillin Verlag Loessl Claudia
5. Auflage 2010
Herstellung und Verlag: Cuillin Verlag Loessl Claudia, Kirchehrenbach
Druck: PRESSEL Digitaldruck, Remshalden
ISBN 3-9810966-0-6
ISBN 978-3-9810966-0-6

Auch zu bestellen im Internet unter:
www.pferde-und-fantasybuch.de
www.cuillin-verlag.de

Kapitel 1

Der Sommer in den Highlands ging langsam zu Ende, der Morgennebel lichtete sich nur zögernd als Rhiann von der hügeligen Koppel geführt wurde, die etwas über zwei Jahre lang ihr Zuhause gewesen war. Leichter Nieselregen hatte eingesetzt. Vertrauensvoll folgte die kleine Stute dem alten Mann mit den grauen Haaren, der sie aufgezogen hatte, in die Dunkelheit des großen Transporters, in dem schon andere Jährlinge und Zweijährige angebunden standen.

Rhiann wurde nervös, irgendetwas stimmte nicht. Die sonst so ruhigen vertrauten Hände des alten Mannes zitterten heute ebenso wie seine Stimme, als er Rhiann ein letztes Mal am Kopf streichelte und über den kleinen weißen Blitz strich, der unter ihrem Schopf versteckt war.

»Soraidh, Rhiann«, flüsterte er ihr zu. Dann schloss sich die Klappe.

Rhiann wieherte erstaunt, musste dann jedoch aufpassen, dass sie nicht hinfiel, denn der Transporter rumpelte über die schmale mit Schlaglöchern durchsetzte Straße, die in Rhianns Zukunft führen sollte.

Draußen stand der alte Mann mit fünfhundert englischen Pfund in der Hand und Tränen in den Augen. Er blickte dem Transporter nach, der schon fast hinter den Hügeln verschwunden war. Plötzlich riss die Wolkendecke auf und die ersten Sonnenstrahlen setzten die nebelverhangenen Hügel in ein unwirkliches, mystisches Licht.

»Ich hoffe nur, ihr ergeht es gut«, sagte er leise zu sich selbst.

Er hatte seinen alten Freund, den Schäfer, nicht kommen hören. Dieser stand plötzlich hinter ihm und murmelte durch die zwischen seinen Zähnen steckende Pfeife hindurch: »Du hast das Richtige getan, so kannst du deine Schulden bezahlen. Ein Lichtstrahl, der durch den Morgennebel bricht ist ein gutes Vorzeichen. Alles wird seinen Weg finden.« Die Stimme des Schäfers klang geheimnisvoll.

Der grauhaarige Mann zuckte mit den Achseln. Er hatte dem Freund gar nicht richtig zugehört.

»Komm, lass uns einen Glenmorangie auf den Schreck trinken«, meinte der Schäfer und ging langsam in Richtung des kleinen Farmhauses, aus dessen Kamin Rauch aufstieg. Mit gesenkten Schultern folgte der alte Mann seinem Freund.

»Rhiann war etwas Besonderes«, murmelte er, doch der kalte Wind aus den Bergen trug seine Worte nur hinaus aufs Meer.

Rhiann verstand die Welt nicht mehr. Eben hatte sie noch die frische Meeresluft geatmet und war mit den anderen Pferden über die Weiden getrabt und jetzt steckte sie in diesem dunklen, engen und rumpelnden Kasten. Alle paar Stunden kam ein fremder Mensch und gab den Pferden Wasser und Heu.

Die Tiere dösten erschöpft vor sich hin, so ging es zwei Tage lang. Pferde wurden aus- oder zugeladen. Rhiann blieb im Transporter.

Dann wurde alles noch schlimmer, es wackelte und schaukelte, das Pony war der Panik nahe. Was sie nicht wissen konnte, war, dass sie auf einer Fähre in die Niederlande war.

Pfleger gaben den aufgeregten Pferden Beruhigungsmittel und so verdösten sie die sechzehn Stunden Überfahrt.

Weiter ging es auf der Autobahn. Irgendwann wurden alle Pferde ausgeladen und einige in einen ähnlichen Transporter gebracht. Rhiann war auch dabei.

7

Die meisten Pferde hatten sich ihrem Schicksal ergeben. Es folgten weitere Stunden monotones Fahren auf der Autobahn. Dann plötzlich – quietschende Bremsen, ein scharfer Ruck.

Rhiann wieherte erschrocken, ihr Strick riss. Sie fiel hin und wurde gegen die Wand geschleudert. Ein stechender Schmerz fuhr durch ihre linke Fessel. Rhiann versuchte verzweifelt aufzustehen, doch sie hatte sich in ein anderes Pferd verkeilt.

Aufgeregtes Getrampel und hysterisches Wiehern und das Geschrei von Menschen. Dann öffnete sich die Ladeklappe.

»So eine Scheiße! Was muss der Idiot vor mir so knapp überholen?«

Der Fahrer, Holger Petersen, bemühte sich, die Pferde zu beruhigen. Max, sein Beifahrer schimpfte und versuchte, Rhiann hoch zu helfen.

»Verdammt schau mal, ich glaub, die hat was am Bein. Das wird dem Chef nicht gefallen!«, schimpfte Max.

»Kann sie noch stehen?«, fragte der Fahrer.

»Ja, ich denke schon. Los, weiter, es sind nur noch ein paar Stunden.«

Wieder schloss sich die Klappe und Rhiann stand mit ihrer schmerzenden Fessel zwischen den anderen Pferden, die sich alle auf dem Weg nach Deutschland befanden.

Kapitel 2

Letzte Stunde – Politik. Mara sah gelangweilt von ihrem Schulbuch auf und blickte auf die große Uhr, die über der Tür hing.

Mit einem Seufzen dachte sie: *Immer noch ein halbe Stunde!*

Mara war fünfzehn Jahre alt, etwa 1,60 m groß, schlank und hatte lange, mit einem rötlichen Schimmer durchsetzte braune Haare, die sie meistens zu einem Pferdeschwanz gebunden hatte. Eigentlich hieß sie ›Dörthe‹, nach ihrer Urgroßmutter väterlicherseits, irgendeine Familientradition. So nannten sie allerdings nur ihre Lehrer und die Eltern, denn sie hasste diesen Namen.

Mara war ihr zweiter Vorname. Den hatte sie, ebenso wie den kleinen silbernen Anhänger mit dem verschlungenen Knotenmuster, den sie immer um den Hals trug, ihrem Großvater zu verdanken.

Opa Jakob hatte Mara einmal erzählt, dass er tagelang auf ihre Eltern eingeredet hätte, dass, wenn sie das Mädchen schon mit einem so furchtbaren Vornamen bestraften, er doch wenigstens den zweiten aussuchen dürfe. Zum Glück hatte er sich durchgesetzt. Maras Großvater war immer ein Vagabund gewesen und sein Leben lang durch die Welt gereist. Sehr zum Missfallen von Maras Mutter Ursula, die ständig geschimpft hatte, er sei zu alt für so etwas. Opa Jakob hatte sich nie davon abhalten lassen und mit verschmitztem Grinsen gemeint, wenn Ursula mit ihrem langweiligen Leben zufrieden sei, dann gut – aber er wollte noch was erleben. Leider war er dann vor über drei Jahren im Alter von achtundsiebzig Jahren bei einer Bergtour in den Anden abgestürzt. Mara vermisste ihn sehr.

Ursula hatte natürlich Wochen lang gezetert: »Ich habe es ja immer gewusst, wäre er doch zu Hause geblieben, wie andere Leute in seinem Alter ...«

Doch Mara wusste es besser. Ihr Opa hatte zu ihr einmal mit einem Augenzwinkern gesagt: »Wenn ich von einer meiner Touren mal nicht mehr zurückkomme, dann weiß ich zumindest, dass sich mein Leben bis dorthin gelohnt hat. Im Altersheim sterben, das ist was für alte Leute!«

Tja, Opa Jakob war wirklich etwas Besonderes gewesen! Früher waren sie oft mit dem Fahrrad aus der Stadt hinausgefahren und auf den kleinen Hügel mitten im Wald gestiegen. Umgeben von vielen merkwürdig geformten Steinen hatten sie sich auf die Lichtung gesetzt und gemeinsam von fernen Ländern geträumt. Druidenhain wurde dieser, von den meisten Leuten vergessene Ort genannt.

Maras Gedanken waren während der Politikstunde abgeschweift und sie hatte begonnen Pferdeköpfe auf den Rand ihres Heftes zu malen, als plötzlich wie von weitem eine schrille Stimme an ihr Ohr drang.

»Dörrrrrthe, würdest du freundlicherweise meine Frage beantworten?!« schimpfte Frau Huber-Michels und blickte verkniffen über den Rand ihrer Brille.

»Ähm, T`schuldigung, aber könnten Sie die Frage noch mal wiederholen?« fragte Mara, aus ihren Tagträumen gerissen.

»Wie setzt sich der Bundestag zusammen, hatte ich gefragt!« Die Lehrerin beugte sich gereizt über Maras Tisch.

»Hmm, ich weiß es leider nicht«, antwortete Mara verlegen.

Mit einem verächtlichen Blick auf Maras Heft sagte Frau Huber-Michels schneidend: »Dein künstlerisches Talent in allen Ehren, aber du solltest jetzt endlich begreifen, dass du in der zehnten Klasse bist und die Abschlussprüfung vor der Tür steht ...«

Und so ging die Moralpredigt endlos weiter. Wenigstens wandte sich die Lehrerin jetzt an die ganze Klasse und lamentierte über mangelnde Lernmoral und schlechten Klassendurchschnitt.

Was interessierte Mara schon der Bundestag!

Drrrrrr.

Endlich, das erlösende Klingeln. Rumpelnde, kratzende Stühle – Schulschluss.

»Mara, kommst du noch mit in die Stadt, wir wollen shoppen gehen?«, fragte Simone aus der letzten Reihe.

»Nee, ich habe heute Reitstunde.«

Eine schnippische Stimme von links meinte: »Ist doch klar, dass DIE lieber in Pferdescheiße wühlt, anstatt Kleider zu kaufen!«

Das war Sandy, die Klassenschönheit, immer perfekt geschminkt und nach der neuesten Mode gekleidet. Mit einem gekonnten Hüftschwung wackelte Sandy aus dem Zimmer, verfolgt von den Blicken der Jungs.

»Gut, dann halt nicht. Ciao, bis Montag«, meinte Simone mit einem Achselzucken.

Im Gegensatz zu den anderen Mädchen aus ihrer Klasse machte sich Mara nicht viel aus Mode, Partys und ständig wechselnden Freunden. Sie war zwar nicht direkt unbeliebt, aber doch eher ein Außenseiter. Die meisten ihrer Klassenkameraden hatten einfach andere Interessen.

Maras große Leidenschaft galt den Pferden. Der Reitstall lag nur eine halbe Stunde von ihrem Elternhaus entfernt. Mara verbrachte jede freie Minute dort. Ihre Reitstunden verdiente sie sich mit Ausmisten. Ihre Eltern fanden es überflüssig, so einen ›Luxus‹ zu finanzieren, obwohl sie wirklich nicht gerade arm waren.

Mara fuhr mit dem Bus nach Hause. Sie wohnte mit ihren Eltern und ihrer jüngeren Schwester Diana in einem Einfamilienhaus in Traunfelden, einer Kleinstadt in der Nähe von Würzburg. Es war eine durchschnittliche Siedlung, die Häuser standen hier dicht an dicht und hatten kleine Gärten hinter dem Haus.

Maras Mutter arbeitete Teilzeit als Bürokauffrau in einem kleinen Unternehmen. Ihr Vater Walter war Filialleiter einer Bank in der Stadt und selten zu Hause.

Diana, ihre dreizehn Jahre alte Schwester, war mit ihren blonden glatten Haaren und den langen Wimpern sehr hübsch und wickelte die Eltern nach allen Regeln der Kunst um den Finger.

Maras großer Bruder Markus kam nur in den Semesterferien nach Hause. Markus war einundzwanzig und der Star der Familie. Er studierte in Köln Betriebswirtschaftslehre.

Mara schloss die Tür auf, schmiss ihren Rucksack in die Ecke und setzte sich mit einem »Hallo, ich bin da!« an den Esstisch. Diana und die Mutter kamen mit dem Essen herein.

»Na, wie war's in der Schule?«, kam die übliche Frage.

»Ging so«, nuschelte Mara zwischen zwei Bissen Pfannkuchen hindurch.

»Hast du viele Hausaufgaben? Ich bräuchte Hilfe im Garten!«

»Hausaufgaben mache ich morgen, aber du weißt doch, dass ich freitags immer Reitstunde habe«, antwortete Mara genervt.

»Meine Güte, du immer mit deinen Pferden! Da braucht man dich einmal und du musst in diesen stinkenden Reitstall gehen«, schimpfte Ursula vor sich hin.

Ursulas Heiligtum war der Vorgarten mit den Tulpen und dem kleinen Gemüsebeet, das immer akkurat mit der Wasserwaage abgezogen und von Unkraut befreit sein musste. Ihre Hauptsorge war ansonsten: Was wohl die Nachbarn denken?!

Mara verdrehte die Augen und widmete sich ihrem Pfannkuchen.

»Wie sieht es denn bei dir aus, Diana, kannst wenigstens du mir helfen?«, fragte Ursula an die jüngere Tochter gewandt.

»Ach, Mama, ich bin heute mit Lisa verabredet. Wir wollen zusammen Klavier bei ihr üben«, sagte Diana mit einem gekonnten Augenaufschlag.

»Ach so, Schatz, geht ihr nur üben«, meinte Ursula mit Stolz in der Stimme.

Mara rollte erneut mit den Augen. Von wegen Klavier! Das Klavier hieß zurzeit Dirk, war fünfzehn Jahre alt und hatte ein Mofa. Meist sah man Dirk und Diana in irgendeiner Bushaltestelle knutschen. Aber Mara hielt den Mund, denn sie verriet ihre Schwester nicht, und die hielt dicht, wenn Mara öfters als das erlaubte eine Mal pro Woche in den Reitstall ging – Geschwisterliebe eben.

Nachdem das Geschirr endlich in der Geschirrspülmaschine war, zog Mara ihre Reitsachen an, schwang sich aufs Fahrrad und radelte zum ›Reiterhof Wiesengrund‹, der außerhalb der Stadt lag.

Ruhiges Schnauben und Stampfen empfing das Mädchen, als es den Stall mit den fünfzehn Holzboxen betrat, in denen zehn Schulpferde, sowie fünf Privatpferde standen.

Diese Zeit in der sie alleine war, bevor die Reitschüler um 15 Uhr einfielen und Unruhe verbreiteten, war Mara am liebsten. Sie ging als Erstes zu ihrem Lieblingspferd Odin, einem braunen Island-Mixwallach mit wuscheliger schwarzer Mähne und streichelte ihm über die Nase. Im Gegensatz zu den anderen Mädchen, die eher die leichttrittigen Warm- und Vollblüter mochten, bevorzugte Mara den manchmal etwas sturen Odin. Zwar neigte er gelegentlich dazu zu buckeln, doch im Laufe der Zeit hatten sich die beiden arrangiert und kamen recht gut miteinander zurecht.

»Hallo, Mara, du kannst Nero, Justus, Blacky und Stardust auf die Koppel bringen. Die gehen heute nicht in der Reitstunde mit. Außerdem die Privatpferde bis auf Ricarda und die drei Shetties«, erklärte Iris, die kleine drahtige Reitlehrerin.

»Ist okay.« Mara machte sich an die Arbeit, und als eine Stunde später die ersten Reitschüler eintrafen, hatte sie bereits die Hälfte der Boxen ausgemistet. In einer Stunde würde sie mit Reiten an der Reihe sein.

Als Mara am Reitplatz ankam, lief Iris auf sie zu und meinte seufzend: »Ich glaube, du musst heute wieder Odin nehmen, der hat Jasmin drei Mal abgesetzt!«

Mara freute sich.

Dass die anderen nicht begreifen, dass ich Odin sowieso am liebsten reite, dachte sie sich und ging auf das Pferd zu.

Eine ziemlich dreckige und verheulte Jasmin hielt ihn am Zügel.

»So ein Mistgaul«, schimpfte Jasmin und humpelte hinaus.

»Hast schon Recht, die eingebildete Kuh hätte ich auch runtergebuckelt«, flüsterte Mara dem Pferd ins Ohr.

Die Mädchen waren heute zu viert in der Reitstunde. Schritt, Trab, Galopp und etwas Stangenarbeit waren angesagt. Beim ersten Galopp versuchte Odin zu buckeln. Ein Klaps mit der Gerte belehrte ihn jedoch eines Besseren, dann lief er wie am Schnürchen.

»Zügel lang, Pferde loben und aufmarschieren«, kam nach einer dreiviertel Stunde das erlösende Kommando. Alle waren ganz schön ins Schwitzen gekommen.

»Wird Odin noch gebraucht, oder kann ich ihn auf die Koppel bringen?«, fragte Mara, als sie abgestiegen war.

»Na ja, lass ihn auf die Koppel, die anderen wollen ihn sowieso nicht reiten«, meinte Iris mit einem Blick zu den nächsten vier Mädchen, die am Rand des Reitplatzes warteten und verursachte damit ein allgemeines Aufatmen.

Mara führte Odin vom Platz und fragte ihre beste Freundin Julia, die unter den Wartenden war: »Kommst du nachher noch runter zur Koppel?«

»Klar, wenn ich dann noch laufen kann, ich habe heute den Sepp«, erzählte Julia mit gequältem Gesichtsausdruck.

Sepp hieß eigentlich Septino und war ein großes Bayerisches Warmblut. Der Wallach war extrem faul und musste deshalb ständig angetrieben werden, was meist zu einem heftigen Muskelkater führte.

»Da lobe ich mir doch meinen Isi«, grinste Mara.

»Na ja, ich will ja eine Reitstunde und keine Flugstunde«, konterte Julia. »Also, bis dann.«

Mara sattelte Odin ab, putzte über die verschwitzten Stellen und führte ihn dann am Reitplatz vorbei, wo die anderen Mädchen schon schwitzten.

»… verdammt, Karin, jetzt treib halt die Ricarda endlich mal an, die läuft ja wie ein Kamel«, brüllte Iris gerade.

Mara musste grinsen. Es war ein offenes Geheimnis, dass Iris Karin nicht ausstehen konnte. Karin war ziemlich eingebildet, ihr Vater hatte viel Geld und Karin kümmerte sich kaum um ihr Pferd, das sie zum fünfzehnten Geburtstag geschenkt bekommen hatte. Deshalb war Iris mit ihr meistens noch strenger als mit den anderen Mädchen.

Als der Reitplatz hinter der nächsten Hecke verschwunden war, schwang sich Mara nur mit Strick und Halfter auf Odins blanken Rücken.

Zum Glück sieht Iris das nicht, sonst gäb's einen riesen Anschiss, dachte Mara.

Aber bei ihren heimlichen kleinen Ausritten hatte Odin noch nie irgendwelchen Blödsinn gemacht, auch er schien das zu genießen.

Nach ein paar hundert Metern waren sie an der Koppel am Bach angekommen und Mara entließ Odin mit einem Klaps auf die Kruppe zu den anderen Pferden. Dann legte sie sich ins Gras und träumte in der warmen Septembersonne vor sich hin, bis Julia mit einem Seufzer neben sie ins Gras plumpste.

»Puh, bin ich fertig, und dann mussten wir auch noch Stangentraben. Ich bin echt am Ende!«

Mara grinste. Sepp hasste Stangentraben, da war er noch fauler als sonst.

Die Mädchen saßen im Gras und redeten über die Schule. Julia war ein Jahr jünger als Mara und ging ebenfalls in die Realschule, war aber erst in der neunten Klasse. Julia war etwa so groß wie Mara. Sie hatte halblange, bräunliche Haare und viele lustige Sommersprossen auf der Nase.

Die Freundinnen lästerten über Mitschüler und Lehrer bis Iris kam und meinte: »Ihr seid ja immer noch da, dann könnt ihr gleich helfen, die Privatpferde rein zu tun. Die anderen können über Nacht draußen bleiben.«

Also schnappte sich jeder einen Strick und sie führten die Pferde in den Stall.

Als Mara auf die Stalluhr blickte, rief sie erschrocken: »Oh Shit, schon halb sieben. Ich sollte um sechs zu Hause sein!« Dann spurtete sie los.

»Kommst du morgen zum Ponyführen?«, rief Iris ihr hinterher.

»Ja, ja, ich komm bestimmt bis um drei«, schrie Mara über die Schulter. Verdammt, jetzt musste sie wirklich in die Pedale treten!

In Rekordzeit von zwanzig Minuten kam Mara heftig keuchend zu Hause an und stürmte mit einem »T`schuldigung« ins Haus.

Ihre Familie saß am Abendbrottisch. Die Mutter hatte den wohlbekannten, leicht verbissenen Blick aufgesetzt und auch Walter hatte die Stirn gerunzelt und blickte demonstrativ auf die Uhr.

»Meine Güte, kannst du dich denn nicht einmal an die Zeit halten? Kaum bist du bei den Pferden, vergisst du alles um dich herum. Was soll nur aus dir werden?«, jammerte die Mutter.

Auch Walter meinte ernst: »Wenn du dich später im Berufsleben auch so verhältst, wirst du nie Erfolg haben.«

Aha, also wieder das leidige Thema ›Berufswahl‹.

Mara ergriff die Flucht, schnitt hinter der Tür eine Grimasse und rief über die Schulter: »Ich geh schnell duschen!«

Im Esszimmer hörte sie die Eltern undeutlich weiterreden. Wahrscheinlich diskutierten sie mal wieder über Maras Unfähigkeit, sich für einen Beruf zu entscheiden. Aber was sollte sie denn machen? Das Einzige, das sie sich noch vorstellen könnte, wäre Pferdewirtin gewesen. Doch das würden die Eltern ihr nie erlauben. Das war kein ›ordentlicher Beruf‹.

Mara stieg seufzend unter die Dusche.

Beim Abendessen ging es natürlich wieder um den Schulabschluss, dass Mara sich endlich entscheiden müsse, was

sie nach der Schule machen wolle und so weiter.
Diana saß in der Ecke und grinste.
Ja, ja, die hat es einfach, dachte Mara. *Mit dreizehn Jahren verlangt noch keiner von einem, sich zu entscheiden.*
Der Beginn der Nachrichten erlöste Mara vom Gerede ihrer Eltern. Sie zog sich in ihr Zimmer zurück und las in ihrem Buch über Kanada weiter.
Da müsste man leben, dachte sie seufzend. *Riesige Wälder, Seen, weites Land und dort auf einer Ranch arbeiten, das wär`s!*
Kurz nach 22 Uhr kam Diana in ihr Zimmer. »Du, ich brauche morgen ein Alibi. Kannst du sagen, wir gehen zusammen ins Kino? Mama und Papa lassen mich mit Dirk nicht alleine weg.«
»Trifft sich gut, ich wollte morgen sowieso um drei Uhr in den Stall, dann haben wir beide Zeit bis um sechs«, grinste Mara.
Sie klatschten die Hände zusammen und der Pakt war besiegelt. Mara las noch ein bisschen, dann machte sie das Licht aus und schlief bald ein. In ihren Träumen galoppierte sie auf Odin durch kanadische Wälder.

Kapitel 3

Drei Tage waren jetzt vergangen, seitdem Rhiann aus ihrem früheren, behüteten Leben gerissen worden war. Drei Tage Angst, Unsicherheit und Schmerzen.
 Wieder öffnete sich die Klappe und alle Pferde wurden ausgeladen. Rhiann trat unsicher auf den Boden, das Bein tat immer noch weh und war dick angelaufen. Hier roch es irgendwie anders als zu Hause. Und wo war der alte Mann, der sie immer versorgt hatte?
 Das Pony wurde in eine Box geführt. Doch das war Rhiann nicht gewohnt, zu Hause hatte sie sich immer frei bewegen können. Zum Schutz gegen den eisigen Wind und Regen hatte es nur eine Hütte auf der Koppel gegeben. Zumindest wackelte es jetzt nicht mehr, und zu fressen gab es auch genügend.
 Am nächsten Morgen kam Holger Petersen und zog Rhiann ein Halfter über, dann führte er sie auf den Hof.
 »Verflucht, die lahmt ja!«, kam eine unfreundliche Stimme von einem großen Mann, der an der Stallwand lehnte.
 »Na ja, wir hatten einen kleinen Unfall. So ein Idiot in 'nem Mercedes hat sich vor uns gequetscht, da musste ich stark bremsen und sie ist hingefallen«, entschuldigte sich Petersen verlegen.
 »Mann, Mann, Mann, so zahlt mir keiner 2000 Euro mehr für die, und gleich kommt Herr Winter, der wollte sie kaufen.« Fluchend verschwand der unfreundliche Mann, der Herr Dietrich hieß, ums Eck.
 Wenig später kam besagter Herr Winter, schaute Rhiann kurz an, befühlte die Fessel und ließ sie vortraben. Er schlug Herrn Dietrich vor, sie für 400 Euro mitzunehmen.
 »Sind sie verrückt? Das hat mich ja schon der Transport

gekostet, da bekomm ich ja vom Schlachter mehr!«, schimpfte der Pferdehändler.

»Ich kaufe doch kein lahmendes Pferd!« meinte ein leicht verärgert dreinschauender Herr Winter, der schon in sein Auto gestiegen war.

»Die wird schon wieder, so schlimm lahmt sie doch nicht«, versuchte Dietrich ihn umzustimmen.

»Zu riskant«, rief Herr Winter aus dem fahrenden Auto heraus.

»Verflucht, dann nehmen wir das Pony übermorgen mit auf den Pferdemarkt, vielleicht kauft sie ja da einer. Bandagier das Bein, Holger, notfalls kriegt sie halt der Schlachter. Mannomann, wieder einen Haufen Kohle in den Sand gesetzt! Könnt ihr Idioten nicht besser aufpassen?«, fuhr Herr Dietrich seine Angestellten an.

Rhiann durfte zwei Tage in der Box bleiben, dann wurde sie erneut zu einem Pferdeanhänger geführt, in dem schon eine große Warmblutstute stand.

Stocksteif blieb Rhiann stehen, rollte mit den Augen und ging rückwärts. In so ein Ding wollte sie nicht mehr einsteigen!

Zwei hinter ihrer Kruppe zusammengezogene Longen belehrten sie eines Besseren. Erschrocken sprang sie vorwärts und blieb schnaubend neben der großen Stute stehen.

Die Klappe schloss sich und der Anhänger rumpelte los. Die Warmblutstute stand gelassen neben Rhiann und kaute an dem Heunetz herum. Doch Rhiann war nervös und klatschnass geschwitzt, als sie zwei Stunden später ausgeladen wurde.

Sie fand sich auf einem großen Platz mit vielen Pferden wieder. Die sonst so ruhige Rhiann wurde nervös und tän-

zelte am Strick herum, wurde aber unsanft von Herrn Dietrich zur Ruhe gezwungen. Zusammen mit der Warmblutstute wurde sie schließlich an einem Holzzaun angebunden.
Viele Menschen gingen vorbei, Kinder streichelten sie. Die beruhigende Stimme von Rhianns altem Mann war nicht dabei. Hier klangen die Stimmen so anders.
Eine Familie mit einem etwa zehnjährigen Mädchen blieb lange bei Rhiann stehen.
»Schauen sie mal, was für ein nettes Pony für ihre Tochter. Sie ist zweieinhalb Jahre alt, beste Abstammung und kostet nur 1500 Euro. Sie hat nur auf der Koppel eins draufbekommen, deshalb lahmt sie etwas!«, pries der Händler Rhiann an.
»Zu teuer und zu jung«, winkte der Vater ab und zog seine Tochter mit sich.
Der Tag neigte sich dem Ende zu. Die Warmblutstute war bereits verkauft und die meisten Händler luden ihre Pferde wieder ein.
Ein unangenehm aussehender, untersetzter Mann in einem schmutzig weißen Kittel kam auf Herrn Dietrich zu.
Rhiann schnaubte entsetzt und wich zurück, als der Mann sie anfasste. Er roch so ekelhaft!
»Na, den kleinen Zottel wollte wohl keiner haben, hä? Ich geb´ dir vierhundert dafür.«
»Vierhundert? Das ist wohl nicht dein Ernst, die ist mindestens fünfzehnhundert wert!«, regte sich Dietrich auf.
»Zahlt aber keiner! Sagen wir vierhundertfünfzig, mehr geht nicht.«
»Also gut, für fünfhundert kannst du sie haben«, seufzte der Pferdehändler. Besser 500 Euro als gar nichts. Die nächste Ladung Pferde würde morgen kommen und er brauchte den Platz im Stall.

21

Die Männer schüttelten sich die Hände und 500 Euro wechselten den Besitzer.

Dietrich klopfte Rhiann den Hals und meinte: »Tut mir leid, Kleine«, und wandte sich ab. »Brauchst du die Papiere, Eduard? Sie heißt, ähm, warte mal, ›Rhiann‹ und hat 'ne gute Abstammung!«

»Nee du, Hundefutter braucht keine Papiere!«, antwortete der Pferdemetzger mit einem schmierigen Grinsen.

Dietrich zuckte mit den Achseln und ging, ohne sich noch einmal umzudrehen, weg. Geschäft war eben Geschäft und Mitleid konnte man sich da nicht leisten.

Unsensible, grobe Hände packten Rhiann am Halfter und führten sie zu einem alten, rostigen Transporter. Schon beim Anblick des Fahrzeugs und der dicht gedrängten Pferde im Inneren erfasste Rhiann die Panik. Sie versuchte zu steigen und seitwärts auszubrechen. Der Pferdemetzger schlug ihr brutal das Ende des Stricks über den Kopf. Rhiann schnaubte und rollte mit den Augen. So war sie ja noch nie behandelt worden!

»Hans, komm mal her, der Zottel hier macht Ärger!«, schrie der Pferdemetzger seinem Gehilfen zu, der, eine Zigarette rauchend, gelangweilt am Transporter lehnte.

Besagter Hans kam mit einer dicken Peitsche und drosch der verdutzten Rhiann aufs Hinterteil, woraufhin sie ausschlug. Hans schlug erneut zu. Das Pony sprang erschrocken in den Transporter und blieb zitternd stehen.

Und noch einmal ging es über lange Straßen, bis die Pferde schließlich ausgeladen und in engen Ständern angebunden wurden. Der Raum stank nach Angst, Blut und toten Tieren. Rhiann war vollkommen verstört.

Dort blieb sie die nächsten drei Tage. Um sie herum kamen und gingen die Pferde, gelegentlich hörte sie angstvolles Wiehern, dann einen Schuss. Die Luft roch furchtbar, das Futter war schlecht.

Dann, eines Tages, wurde Rhiann nach draußen geführt. Eine Familie mit drei kleinen Kindern stand im Hof. Das Pony wurde gestreichelt und endlich sprach wieder einmal jemand freundlich mit ihr. Rhiann entspannte sich.

»Das ist doch ein super Pony für Sie. Ist fünf Jahre alt, im besten Alter also. Da können Ihre Kinder drauf reiten! Muss ein Dartmoorpony oder so was sein. Na ja, sonst wird es morgen geschlachtet«, pries der Pferdemetzger Rhiann den Leuten an.

»Oh bitte, Papa, kauf das Pony!« bettelten die Kinder und sprangen um den Vater herum.

»Was soll es den kosten?«, wollte der Vater wissen.

»Na ja, für Sie mache ich einen Sonderpreis, sagen wir tausend Euro.«

»Achthundert! Das Pony ist ja total verzottelt und abgemagert«, handelte der Vater.

»Neunhundert, das ist mein letztes Wort, sonst kommt sie in die Wurst.« Der Metzger streckte die Hand aus.

Der andere Mann zögerte kurz, dann schlug er ein.

»Hat das Pferd einen Namen?« fragte das größere Mädchen.

»Rita«, antwortete der Pferdemetzger. Er zerrte das Pony schon hinter sich her und meinte im Weggehen: »Ich bring das Pony dann morgen bei Ihnen vorbei.« Hinter dem Rücken der Familie grinste er verschlagen. Das war ein gutes Geschäft für ihn gewesen!

Rhiann verbrachte eine weitere Nacht in dem stinkenden Stall. Am nächsten Morgen wurde sie erneut in einen noch älteren, klapprigen Pferdeanhänger geprügelt, bei dem man schon durch die Bretter die Straße sehen konnte. Das Bein tat ihr immer noch weh, aber viel schlimmer war die Panik, in dem dunklen, wackeligen Kasten eingesperrt zu sein. Jedes mal wenn sie dort einstieg, wurde ihr Leben schlimmer.

Nach zwei Stunden Fahrt wurde sie ausgeladen und atmete endlich wieder frische Luft. Sie waren auf einem kleinen Bauernhof angekommen und Rhiann wurde erneut in eine Box gestellt. Zumindest roch es hier besser. Kinder wuselten um sie herum.

»Mama, Papa, ich will reiten!«, schrien sie abwechselnd.

»Nein, lasst das Pony doch erst mal eingewöhnen, die Rita braucht ihre Ruhe«, sagte die Mutter der Kinder.

Rhiann wieherte. Wo waren denn die anderen Pferde? Unruhig lief sie in der Box umher und wieherte immer wieder, doch auch nach einigen Stunden bekam sie keine Antwort. Erschöpft machte sie sich schließlich über das frische Heu her.

Die nächsten Tage war Rhiann immer noch sehr aufgeregt, sie lief unruhig in ihrer Box umher und wieherte.

Schließlich ließ sie der Mann auf die Weide zu den Kühen, wo er feststellte: »Das Pony hinkt doch!«

Der Nachbar, ein ehemaliger Tierarzt von über achtzig Jahren meinte: »Bandagieren und zwei Wochen Ruhe, das wird schon wieder.«

Protestierendes Geschrei ertönte von den Kindern, denn sie wollten endlich reiten.

»Die Rita muss erst mal gesund werden, also, Geduld!«, versuchte der Vater seine Kinder zu beruhigen.

Nach zwei Wochen in der Box war Rhianns Fessel tatsächlich wieder in Ordnung. Sie hatte sich einigermaßen an

die Einsamkeit gewöhnt und etwas zugenommen.
Der Vater führte sie ins Freie und band sie an dem großen Kastanienbaum im Hof an. Die drei Kinder wuselten um Rhiann herum, doch das störte sie nicht. Sie wurde gestreichelt und gebürstet, daher fühlte sie sich recht wohl.
Doch dann machte der Vater Rhiann los, und sie spürte plötzlich ein ungewohntes Gewicht im Rücken.
Sie blieb stocksteif stehen, spreizte die Beine und drehte den Kopf nach hinten. Das größere Mädchen saß auf ihrem Rücken.
Der Vater zog am Strick.
»Jetzt komm schon, du Sturkopf!«, knurrte er.
Das Mädchen fing an zu schreien und klopfte wild mit den Beinen gegen Rhianns Bauch. Da verließ die kleine Stute die Geduld. Ein Bocksprung, ein Satz nach vorne, der Vater schrie, dann ließ er los und drei Galoppsprünge später war auch das Gewicht von Rhianns Rücken verschwunden.
Sie galoppierte ein paar Meter den Feldweg entlang, der in Richtung der Kuhweide führte, dann schüttelte sie sich kurz und fing an zu grasen. Aus der Ferne hörte man das Geschrei des Mädchens und das Schimpfen des Vaters, der hinter Rhiann hergerannt kam.
Wutentbrannt und mit rotem Kopf lief er auf das Pony zu. Rhiann hob kurz den Kopf und blickte ihn unschuldig mit ihren großen braunen Augen an.
»Na komm, du kleiner Teufel.«
Er ruckte unsanft am Halfter und führte das Pony zurück zum Hof, wo das Mädchen verheult am Boden saß.
»Hopp, gleich wieder drauf, ich hab mal gelesen, dass man das so machen soll. Der bring ich schon Manieren bei!«, rief der Vater.
»Ich will nicht mehr, das Pony ist doof!«, heulte das kleine

Mädchen und stampfte auf den Boden.

»Lass mal, morgen ist auch noch ein Tag«, besänftigte die Mutter. »Lass die Rita doch auf die Weide, da kann sie sich austoben.«

Wütend zog der Vater Rhiann hinter sich her und brachte sie auf die Weide, wo sie ein paar Runden galoppierte. Doch leider ließen sich die Kühe nicht auf ihre Spielversuche ein. Schließlich wälzte sie sich genüsslich und fing dann zu grasen an.

Zwei Tage später holte der Vater sie erneut aus dem Stall. Er hielt sie fest am Halfter und schon wieder plumpste das Mädchen in Rhianns empfindlichen Rücken.

Sie schnaubte und versuchte loszustürmen, doch diesmal war der Vater darauf gefasst, und hielt sie eisern am Halfter fest. Wieder trommelten Füße gegen Rhianns Flanken. Die kleine Stute wusste überhaupt nicht wie ihr geschah!

Rhiann machte einen Bocksprung auf der Stelle, dann noch einen, das Kind schrie. Rhiann stieg hoch, das Mädchen plumpste auf den Boden und der Vater ließ los – Rhiann war frei.

Wieder galoppierte sie in Richtung Weide, den wutentbrannten Vater hinter sich. Sie wurde eingefangen und in die Box gesteckt.

Einige Tage später kam ein etwas größeres Mädchen zu Rhiann. Es war die Nachbarstochter, die schon seit drei Jahren ritt. Sie versuchte, sich auf das Pony zu setzen. Rhiann reagierte wie die ersten beiden Male. Das Gewicht in ihrem Rücken machte ihr Angst und sie hasste das schrille Geschrei.

Auch dieses Kind landete auf dem Boden. Rhiann hatte

inzwischen gelernt, dass schreiende kleine Kinder nur Ärger bedeuteten. Daher ließ sie sich nicht mehr anfassen, auch von dem Mann nicht. Die letzten Männer, die sie kennen gelernt hatte, waren alle schlecht zu ihr gewesen.

Dann schien man sie endlich in Ruhe zu lassen. Die Kinder kamen kaum noch vorbei, die Frau führte sie, wenn sie sich denn mal aufhalftern ließ, gelegentlich auf die Weide.

So ging es ein halbes Jahr lang weiter, Frühling löste den Winter ab. Schließlich stand in der Zeitung unter der Rubrik Tiermarkt: Pony ca. 1,38 m günstig zu verkaufen.

Kapitel 4

Für Mara gingen Herbst und Winter relativ ereignislos vorüber, sie verbrachte die meiste Zeit im Reitstall. Da sie zwei Wochen Praktikum in der Bank ihres Vaters hinter sich gebracht hatte, verhielten sich die Eltern einigermaßen ruhig.

Maras sechzehnter Geburtstag rückte näher, am 21. April würde es soweit sein. Natürlich wünschte sie sich nichts sehnlicher, als ein eigenes Pferd. Besonders, seitdem sie gehört hatte, dass Odin verkauft werden sollte.

Leider wusste Mara nicht so recht, wie sie ihre Eltern überzeugen sollte. Ihr Zwischenzeugnis war eher bescheiden ausgefallen, aber Mara wollte Odin unbedingt haben.

Heute Abend frage ich, nahm sie sich fest vor.

Mara hatte ihr Zimmer aufgeräumt, den Müll hinausgetragen und gestern nicht gemotzt, als sie Unkraut zupfen sollte. Außerdem war Markus mal wieder für ein paar Tage zu Hause und hatte von seinen bestandenen Klausuren berichtet.

Also, keine allzu schlechte Gelegenheit, dachte Mara.

Die Familie war gerade mit Abendessen fertig.

Walter hatte sich hinter dem Börsenteil seiner Zeitung verschanzt, da begann Mara mit einem Räuspern: »Ähm, Mama, Papa, ihr habt doch neulich gefragt, was ich mir zum Geburtstag wünsche. Ich weiß jetzt was!«

»Aha«, meinte Ursula mit einem fragenden Blick, und auch der Vater blickte kurz von seiner Zeitung auf.

»Ja, ja, meine kleine Schwester wünscht sich bestimmt endlich mal einen Schminkkoffer, Minirock und Stöckelschuhe!«, zog Markus sie auf.

Mara streckte ihm die Zunge heraus und verpasste ihm unter dem Tisch einen Tritt gegen's Schienbein.

»Blödmann«, zischte sie ihm zu.

»Also wirklich, Dörthe, in deinem Alter könntest du schon mal etwas modebewusster sein. Immer nur Jeans und schlabberige T-Shirts, da kriegst du nie einen Freund ab«, meinte Ursula vorwurfsvoll.

»Ne, höchstens 'nen Gaul!«, grinste Markus.

Verdammt, der Idiot muss wirklich alles kaputtmachen!, dachte Mara wütend.

Dann holte sie tief Luft, richtete sich auf und setzte erneut an: »Genau darum geht es ja, ich wünsche mir ein Pferd!« Bevor jemand sie unterbrechen konnte, fuhr sie hastig fort: »Bei uns im Stall wird mein Lieblingspferd verkauft. Er ist echt ganz toll, und gar nicht so teuer, hat Iris gesagt. Bitte, ich will sonst überhaupt nichts geschenkt haben!«

Der Vater ließ die Zeitung auf den Tisch fallen und Ursula blieb mit offenem Mund in der Tür stehen.

»Bist du verrückt geworden? Wie kommst du denn auf so eine Schnapsidee? Ein eigenes Pferd, so ein Quatsch!«, polterte Maras sonst eher ruhiger Vater los. »Und das bei den schlechten Noten. Bring uns erst mal Leistungen, Fräulein!«

Auch Ursula fing an zu zetern: »Ein Pferd – und in einem Jahr, dann hast du einen Freund und dann steht der Gaul rum und kostet und kostet. Und überhaupt, da würden ja die Nachbarn denken, wir hätten im Lotto gewonnen! Mach du erst mal deine Ausbildung und verdiene dein eigenes Geld!«

Das war ja voll in die Hose gegangen! Mara sank auf der Bank der Essecke zusammen.

Markus und Diana hatten sich inzwischen verdrückt und die Eltern redeten jetzt abwechselnd auf Mara ein.

»Was soll denn nur aus dir werden?«

»Nur Flausen im Kopf, vollkommen realitätsfremd!«
»Entscheide dich endlich!«,
»Andere in deinem Alter haben schon längst eine Lehrstelle!«

So prasselten die Worte auf Mara nieder, bis ihr endlich der Kragen platzte.

Sie sprang auf und schrie: »Ich bin aber nicht ANDERE, und ich will auch keinen blöden Beruf lernen!«

Wütend rannte sie aus dem Esszimmer, die Treppe hinauf, in ihr eigenes Zimmer. Dort knallte sie die Tür zu und schloss sich ein. Vor Wut heulend warf sie sich auf ihr Bett und drosch mit der Faust gegen die Wand.

Ihre Eltern verstanden schon überhaupt gar nichts!

Jemand kam die Treppe hoch.

»Dörthe, so kannst du dich nicht verhalten, wir erwarten eine Entschuldigung!«, verlangte Maras Mutter.

– Schweigen –

»Dörthe, antworte mir gefälligst!«

»Nenn mich nicht Dörthe! Du weißt, dass ich das nicht mag«, kam die Antwort von drinnen.

»Das ist nun mal dein Name, ob es dir nun passt, oder nicht. Wenn du dich beruhigt hast, kannst du dich ja entschuldigen!«

Schritte auf der Treppe – die Mutter war weg.

Da könnt ihr lange drauf warten, dachte Mara stur.

Sie spielte an ihrem silbernen Anhänger herum und dachte seufzend: *Ach, Opa, du hättest mich verstanden!*

Dann nahm sie sich vor, am nächsten Tag zum Druidenhain zu fahren. Irgendwann schlief sie erschöpft ein.

Der nächste Morgen begann sonnig. Es war bereits recht warm für April. Mara streckte sich, wusch sich die verquollenen Augen und ging in die Küche.

Ihre Mutter stand mit verkniffenem Gesicht am Herd und kochte irgendetwas fürs Mittagessen. Markus und Diana waren gerade beim Frühstücken.

»Ist Papa gar nicht da?«, fragte Mara, um die peinliche Stille zu brechen.

Markus machte ein Handzeichen, dass sie lieber still sein sollte, doch es war schon zu spät.

»Wolltest du dich vielleicht für dein unmögliches Benehmen von gestern bei uns entschuldigen?«, kam es keifend vom Herd.

Mara verdrehte die Augen, jetzt ging das schon wieder los!

Diana zuckte mit den Achseln und blätterte in einer Jugendzeitschrift.

»Nöh, eigentlich nicht«, murmelte Mara trotzig.

»Na, dann kannst du gleich wieder in dein Zimmer verschwinden. Nimm dein Essen mit, ich will dich heute nicht mehr sehen. Und fürs Wochenende hast du Hausarrest!«

Wortlos nahm Mara ihr Marmeladenbrot und den Kakao und ging in ihr Zimmer. Warum waren Eltern nur so schwierig?

Mara verspeiste ihr Frühstück und schaute aus dem Fenster. Nach einiger Zeit hörte sie das Auto ihrer Mutter wegfahren.

Also – sturmfreie Bude! Die Mutter war bestimmt einige Stunden weg. Samstags ging sie immer einkaufen und ihren Friseurtermin hatte sie heute auch.

Trotzdem schloss Mara vorsichtshalber die Zimmertür ab, drehte die Musik auf und kletterte von ihrem Fenster über den Apfelbaum nach unten. Diesen Fluchtweg hatte sie schon öfters benutzt.

Schnell holte sie ihr Fahrrad aus der Garage und radelte schon wieder halbwegs gut gelaunt aus der Stadt hinaus. Die Sonne schien und die Vögel zwitscherten. Wer machte sich da schon Gedanken über hysterische Mütter?

Eine gute halbe Stunde später war sie im Wald angekommen. Sie kettete ihr Fahrrad an einen Baum, bahnte sich ihren Weg durch das Unterholz und stieg den Hügel hinauf. Schließlich kam sie zwischen den Felsen auf der Lichtung an. Es kam selten vor, und wenn, dann höchstens im Sommer, dass sich Leute hierher verirrten. Heute wäre Mara auf jeden Fall ungestört.

Sie legte sich auf den sonnigen Teil der Lichtung. Um sie herum standen die merkwürdig geformten Steine und ein leichter Wind rauschte in den Bäumen.

Mara schloss die Augen und spielte an ihrem Anhänger herum. Vier Jahre war es jetzt her, dass sie mit ihrem Großvater zum letzten Mal hier gewesen war. Der hätte sie verstanden und akzeptiert, dass sie nicht einen blöden Spießerberuf lernen wollte!

Opa Jakob hatte einmal gesagt: *»Deine Eltern meinen es nicht böse mit dir, sie sind einfach zu normal, um besondere Menschen verstehen zu können, und du bist ein besonderer Mensch. Folge deinem Herzen, dann wirst du schon den richtigen Weg finden!«*

Dann hatte er ihr den kleinen Silberanhänger mit der Lederkette um den Hals gelegt und gemeint: *»Den habe ich aus Schottland mitgebracht. Wenn du groß bist, dann fahre mal dorthin. Ich habe das Gefühl, dort könnte es dir gefallen.«*

Schottland, Kanada oder wer weiß wo. Mara wäre im Moment alles recht gewesen, um nur nicht hier sein zu müssen!

Die warme Sonne auf der Haut und die Stimme des Waldes beruhigten Mara langsam. Entspannt ließ sie ihre Gedanken schweifen. Manchmal glaubte sie, hier die Stimme ihres Großvaters zu hören, wie auch heute. Doch wenn sie die Augen öffnete und sich umblickte, war natürlich nichts zu sehen.

Mara seufzte und schaute auf die Uhr. Es war 12.30 Uhr. Wenn sie sich jetzt beeilte, könnte sie noch kurz bei Odin vorbeifahren. Mara blickte sich noch einmal um – wirklich ein schöner Ort!

Sie stieg den Hügel hinunter und fuhr den kleinen Umweg zum Stall.

Iris sattelte gerade Amor, den großen Vollblutwallach, und rief erfreut: »Hallo, Mara, magst du nachher bei der Anfängerstunde mithelfen? Ach, und hast du schon mit deinen Eltern wegen Odin geredet?«

Maras Gesicht verfinsterte sich.

»Ich bekomme ihn nicht. Außerdem habe ich Hausarrest und kann deshalb nicht so lange bleiben.«

»Oh je, tut mir echt leid. Dir hätte ich Odin wirklich gegönnt. Und jetzt fahr lieber nach Hause, sonst gibt es noch mehr Ärger!« Iris ging mit Amor am Zügel davon.

Mara hatte Odin noch kurz besucht und wollte gerade wieder losfahren, als sie Julias Stimme von hinten hörte: »Hey, wo willst du denn hin?«

Mara blieb stehen und erzählte der Freundin die ganze Geschichte.

»So ein Mist, und ich hatte gedacht, wir könnten heute Abend ins Kino oder so.« Julia runzelte die Stirn.

Mara seufzte. »Nee, daraus wird heute nix, und ich muss jetzt echt los, sonst merkt's Mama. ›Dörrrrrthe, aus dir wird nie etwas!!‹ «, ähnte Mara die Mutter so wirklichkeitsgetreu nach, dass Julia sich vor Lachen auf den Boden setzen musste.

Auch Mara musste grinsen. »Also dann, bis die Woche mal. Ich hoffe, ich kann Mittwoch kommen. Ciao!«

Rasch setzte sich Mara auf ihr Fahrrad und strampelte los.

Zu ihrem Glück war die Mutter wirklich noch nicht zu Hause, und so kletterte Mara auf dem gleichen Weg nach oben und verbrachte den Rest des Tages in ihrem Zimmer.

Walter rief sie schließlich zum Abendessen, dann redeten die Eltern noch mal ernst auf sie ein und erklärten, dass sie sich bis Mai endlich entscheiden müsse.

Mara willigte resigniert ein. Welche Wahl hatte sie auch? Und sie sollte sich etwas Realistisches zum Geburtstag wünschen. So hatte sich der Streit wieder einigermaßen gelegt.

Der 20. April kam, am nächsten Tag war Maras sechzehnter Geburtstag.

In der Zwischenzeit war Odin verkauft worden, aber als Privatpferd im Reitstall geblieben. Mara hatte Glück gehabt und durfte ihn jetzt als Pflegepferd drei bis vier Mal pro Woche kostenlos reiten. Sogar Ausreiten war in Begleitung erlaubt.

Odin gehörte jetzt einer älteren Dame, die Frau Brehm hieß. Sie wollte nur ab und zu mit ihm spazieren reiten, was ihm sehr behagte.

Mara graute schon vor ihrer Geburtstagsfeier. Ursula hatte natürlich die halbe Verwandtschaft eingeladen, auf die Mara, bis auf ihre Tante Nadja, gut verzichten konnte.

Nadja war die jüngere Tochter von Opa Jakob, und wie er immer gemeint hatte, mehr nach ihm geraten als Ursula. Sie lebte mit ihren fünfunddreißig Jahren immer noch in einer chaotischen WG in München, reiste viel und schrieb Berichte für Reisemagazine. Sonst jobbte sie, wo es ihr gerade einfiel und war meistens knapp bei Kasse.

Mit Nadja, die es übrigens immer streng verboten hatte, sie ›Tante‹ zu nennen, (»Sonst krieg ich ja gleich graue Haare«, hatte sie gesagt) konnte man herrlich herumalbern. So wollte Mara auch mal werden, wenn sie erwachsen war. In den Augen von Ursula war Nadja natürlich verantwortungslos, vergnügungssüchtig und nie erwachsen geworden. Auf Nadja freute sich Mara wirklich.

Ihre Tante sollte am Abend ankommen, am nächsten Tag Geburtstag mitfeiern und anschließend noch ein paar Tage bleiben.

Zum Glück waren Osterferien, so konnte Mara wenigstens noch schnell zum Stall fahren und Odin ein paar Karotten bringen.

»Mama, ich bin noch mal schnell weg!«, rief sie im Hinausgehen.

»Ja, aber bleib nicht so lange. Du weißt doch, dass Tante Nadja um sieben kommt. Und bitte fahr noch den Müll zum Wertstoffhof. Was sollen denn die Verwandten denken, wenn alles in der Garage steht!«

»Geht klar, Mama«, versprach sie, obwohl es ihr herzlich egal war, was die Verwandten über den Müll dachten.

Auf dem Weg zum Reitstall sah sie Diana knutschend in einer Bushaltestelle.

Aha, also nicht mehr Dirk, dachte sie grinsend. Der Neue hatte eine merkwürdige Stoppelfrisur mit eitergelben Spitzen.

Wenn Mama das wüsste!

Im Stall war alles ruhig. Dienstag war kein Reitunterricht und die meisten Privatpferdebesitzer kamen erst nach 18 Uhr.

35

Mara öffnete Odins Box, woraufhin das Pferd sie frech anstupste, setzte sich auf den Boden ins Stroh und fütterte ihm die Karotten.

Etwas später führte sie ihn in die Stallgasse und putzte ihn auf Hochglanz. Gerade wollte Mara ihn wieder zurückbringen, als Frau Brehm, seine Besitzerin, kam.

»Ach, Mara, schön dich zu sehen. Du hast ihn aber toll geputzt. Iris hat mir verraten, dass du heute Geburtstag hast. Ich habe ein Geschenk für dich im Auto.«

Die beiden gingen hinaus und Frau Brehm übergab Mara ein bunt eingepacktes Päckchen mit einer Schleife.

»Ich bin wirklich froh, dass du dich um meinen Dicken kümmerst und ihn ab und zu mal so richtig rannimmst. Da brauche ich kein schlechtes Gewissen haben, wenn ich nur gemütlich spazieren reite«, sagte die ältere Frau mit den grau gesträhnten kurzen Haaren und den vielen Lachfältchen im Gesicht.

Mara mochte Frau Brehm sehr gern.

»Vielen Dank, Frau Brehm! Aber ich muss jetzt echt los, ich bekomme Besuch.« Mara zappelte unruhig von einem Bein aufs andere.

»Natürlich, kein Problem, und viel Spaß bei der Feier.« Frau Brehm verschwand wieder im Stall.

Puh, schon 17.15 Uhr, und den Müll musste sie auch noch wegbringen. Mara trat in die Pedale – das würde sie gerade noch schaffen.

Sie fuhr nach Hause, hängte den Fahrradanhänger an ihr Rad und packte mit gerümpfter Nase den Müll hinten drauf. Dann fuhr sie die kurze Strecke zum Wertstoffhof.

Wie es der Teufel wollte war Frau Schmitz, die neugierige Nachbarin, auch da und warf ihren ordentlich in einzelne Plastikkisten vorsortierten Müll weg. Mara ging ihr so gut wie möglich aus dem Weg.

Sie schmiss gerade gelangweilt eine Tüte mit Joghurtbechern in einen großen Container, als sie eine schrille Stimme von hinten hörte.

»Das gehört aber nicht da rein! Dörthe, du musst wirklich besser aufpassen!« Mit triumphierendem Gesicht zog Frau Schmitz ein Stück Plastikfolie aus den Joghurtbechern.

»Also wirklich, so etwas darf nicht passieren!« Frau Schmitz schüttelte anklagend den Kopf.

Mara meinte genervt: »Na klar, davon geht die Welt unter.«

Frau Schmitz sah sie entsetzt an und begann über die ›Jugend von heute‹ zu zetern, die keinen Respekt mehr vor den Erwachsenen hätte.

Mara zog eine Grimasse und lief einfach weiter.

Blöde Müllhexe!, dachte sie.

Mara bog gerade mit dem Fahrrad um die Kurve, als Nadjas altes Auto in die Einfahrt fuhr.

Nadja kam mit ausgebreiteten Armen auf sie zu. »Da ist ja meine Lieblingsnichte, du wirst ja immer hübscher!«

Die beiden gingen Arm in Arm auf Ursula zu, die in der Tür stand.

»Grüß dich, Nadja, schön, dass du da bist. Du meine Güte, Dörthe, du stinkst ja wie ein ganzer Pferdestall und dreckig bist du auch. Warst du etwa so auf dem Wertstoffhof? Man muss sich ja für dich schämen!«

»Vor mir braucht sich niemand zu schämen, und ich finde, das ist das passende Outfit für einen Wertstoffhof«, grinste Nadja und zwinkerte ihrer Nichte zu.

Mit einem kritischen Blick auf Nadjas neue Frisur, sie hatte jetzt feuerrote Rastalocken, die zu einem Pferdeschwanz gebunden waren, antwortete Ursula: »Na ja, vor dir wohl

wirklich nicht.«
»Schick, oder?!« meinte Nadja unbekümmert. Dann ging sie mit Mara hinein, und sie hatten sich viel zu erzählen.
Der Abend war recht nett. Nadja berichtete von ihren Reisen, scherzte mit Diana und Markus und konterte die spitzen Bemerkungen von Ursula gutgelaunt mit einem von ihren frechen Sprüchen.
Kurz vor 21 Uhr kam Walter müde aus dem Büro. Die Erwachsenen tranken noch ein Glas Wein, dann gingen alle ins Bett.

Am nächsten Morgen ging Mara, nachdem sie ausgeschlafen hatte, in die Küche.
Der Tisch war gedeckt, Blumen und Kerzen standen darauf und Nadja stimmte ›Happy Birthday‹ an. Alle gratulierten Mara herzlich, nur ihr Vater musste leider arbeiten.
Dann wurden Geschenke ausgepackt. Kinogutscheine von Diana, Reitstunden von Markus. Die Eltern hatten ihr ein Buch ›Wege zur Berufsfindung‹, eine neue dunkelblaue Jeans, zwei T-Shirts und zehn Stunden Tanzkurs geschenkt.
Mara hielt die T-Shirts mit zwei Fingern in die Luft – Rosa mit Perlen bestickt. Wusste Mama denn immer noch nicht, dass sie auf so etwas nicht stand?! Und die Tanzstunden waren genauso daneben, denn Mara machte sich nichts aus Tanzen. Ganz zu schweigen von dem Buch!
Mit gequältem Lächeln bedankte sich Mara bei ihrer Mutter, die nicht gemerkt zu haben schien, dass ihre Tochter alles andere als begeistert war. Dann packte Mara Nadjas Geschenk aus. Eine blaue Ganzlederbesatz-Reithose.
»Super, Nadja, die ist echt toll!«
»Die hab ich vor ein paar Wochen auf 'nem Flohmarkt gefunden. Hab gedacht, die könnte dir passen«, meinte Nad-

ja zwischen zwei Bissen Käsebrötchen hindurch.
Ursula rümpfte die Nase. »Na, die muss aber erst mal in die Waschmaschine!«
Nadja und Mara verdrehten hinter ihrem Rücken die Augen und kicherten los.
Frau Brehm hatte Mara ein Paar Reithandschuhe und ein gerahmtes Bild von Odin geschenkt.
Dann war der Tag ausgefüllt mit Kuchenbacken, Grillfleisch einkaufen, Salate machen und weiteren Vorbereitungen.
Es war zum Glück ein schöner, sonniger Tag und gegen 16 Uhr sollten die ersten Gäste kommen.
Ursula wuselte im Garten herum und deckte den Kaffeetisch. Mara und Nadja knieten in der Küche auf der Essbank und warteten auf die ersten Gäste.
Punkt 16 Uhr stoppten mehrere Autos vor dem Haus der Steiners.
»Achtung, Greenpeace verständigen – ein Wal ist gestrandet!« trompetete Nadja und blies die Backen auf.
Mara prustete los und lachte, bis ihr die Tränen kamen. Tante Martha, die Frau von Walters älterem Bruder Franz, sah tatsächlich wie ein gestrandeter Wal aus, als sie mit ihren schätzungsweise 130 Kilo neben Onkel Franz die Einfahrt hoch walzte. Besonders, da sie heute einen grauen Rock mit passendem Oberteil trug.
Franz dagegen war sehr groß und dürr. Er hätte sich spielend hinter Tante Martha verstecken können. Dahinter kamen Oma Ingrid, wie immer sehr schick angezogen, und Opa Theodor mit Anzug und Krawatte.
Außerdem stiegen aus einem glänzend schwarzen Mercedes Walters jüngerer Bruder Wolfgang mit Ehefrau Sigrid und Maras Cousinen, die beiden vierzehnjährigen Zwillinge

Sarah und Judit.

Der Rest der Familie hatte unter der Woche keine Zeit gehabt und abgesagt. Aber Mara reichte es auch so schon – das konnte ja heiter werden!

»Auf in den Kampf!« Nadja gab ihr einen Schubs und grinste sie aufmunternd an.

Mara seufzte einmal tief, setzte ein Lächeln auf und öffnete die Haustür.

Heftiges Durcheinandergerede, Umarmungen, Küsse auf die Wangen, dann hatte sich die Flut der Verwandtschaft einen Weg ins Innere des Hauses gebahnt.

»Ach Kind, bist du aber groß geworden!«, tönte es von allen Seiten. Es schnatterte wie in einem Hühnerstall.

Mara leitete alle in den Garten. Sie konnte Nadja gar nicht anschauen, denn sie befürchtete einen neuen Lachanfall. Tante Martha plumpste gerade in einen viel zu kleinen Gartenstuhl und ächzte laut.

Für diesen Wal kommt wohl jede Hilfe zu spät, dachte Mara grinsend.

Nachdem die mal mehr, mal weniger nützlichen Geschenke ausgepackt waren, wurde Kaffee getrunken. Die Verwandtschaft unterhielt sich wie immer über irgendwelche Krankheiten, zog über Verwandte und Bekannte her, die gerade nicht anwesend waren, oder sie sprachen von Kalorien und über das Abnehmen. Aber heute konnte man ja noch das dritte Stück Kuchen verkraften!

Mara wandte sich gelangweilt ab. Jedes Jahr das Gleiche!

Die Zwillinge hatten sich mit Diana um die neueste Ausgabe einer Jugendzeitschrift versammelt und diskutierten über Frisuren und Mode.

Dummerweise war Nadja schon seit längerer Zeit in ein Gespräch mit Onkel Franz verwickelt, sah allerdings auch nicht gerade sonderlich interessiert aus.

Plötzlich kam Markus aus dem Haus und rief: »Mara, Telefon!«

Mara spurtete los – wenigstens ein paar Minuten Abwechslung.

»Hey, Mara, lass dir gratulieren! Kommst du morgen in den Stall, dann kriegst du dein Geschenk?«, kam es fröhlich vom anderen Ende der Leitung – Julia!

»Hmm, ich weiß nicht, ich hoffe schon, dass es klappt. Ich tue mein Bestes!« antwortete Mara.

Dann unterhielten sich die Freundinnen noch mindestens zwanzig Minuten lang über alles Mögliche.

Ursula kam mit genervtem Gesicht herein.

»Dörthe, du hast Gäste, komm doch endlich raus!«

»Also, ich muss Schluss machen. Ciao, Julia«, seufzte Mara.

»Sei doch nicht immer so unhöflich, alle sind schließlich wegen dir hier!«

»Zu Hühneraugen und Cholesterinwerten kann ich sowieso nichts beitragen«, murmelte Mara in sich hinein.

»Was hast du gesagt?«, fragte die Mutter im Hinausgehen.

»Nix, Mama, ist schon gut!«

Besser, wenn sie das nicht hört, sonst gibt's wieder einen Vortrag, dachte Mara.

Am Abend kam der Vater nach Hause, umarmte Mara und sagte: »Alles Gute, meine Große!« Dann steckte er ihr fünfzig Euro zu.

Damit konnte man zumindest etwas anfangen!

Ab 19 Uhr wurde gegrillt. Die Verwandtschaft unterhielt sich prächtig. Opa Theodors Erfolge an der Börse und seine Geschäfte in der Bank, bevor er in Pension gegangen war, wurden mit jedem Bier größer. Ursula und Ingrid redeten über Rezepte.

Zum Glück hatte sich Nadja zu Mara gesetzt und erzählte lustige und interessante Sachen über ihre Reisen.

Der Abend kam, es wurde langsam kühler und so wanderte die Geburtstagsgesellschaft nach drinnen. Die Zwillinge und Diana hatten sich mittlerweile in Dianas Zimmer verdrückt.

Die haben es gut!, dachte Mara.

Gerade wurde über Markus' tolle Klausurergebnisse und seine wahrscheinlich glänzende Karriere in der Bank seines Vaters gesprochen, da schnitt Onkel Franz das leidige Thema an – Mara hatte es schon lange befürchtet.

»Sag mal, Dörthe, was willst du eigentlich mal beruflich machen? Du bist doch bald mit der Schule fertig!«

Maras Gesicht verfinsterte sich.

»Weiß noch nicht«, murmelte sie verlegen.

Und schon legte Ursula los: »Ja, stellt euch mal vor, was wir für Probleme mit dem Kind haben, sie kann sich einfach nicht entscheiden. Andere haben sich schon längst für eine Lehrstelle entschieden!«

Und so ging es weiter – Mara kam sich vor wie in einem Horrorfilm.

»In deinem Alter muss man doch wissen, was man will!«

»Lerne doch in Papas Bank!«

»Ich habe da Kontakte zu einer Firma.«

Ohne Pause prasselten die gut gemeinten Ratschläge auf Mara ein und sie wurde immer kleiner in ihrem Sessel.

Nadja rettete die Situation, indem sie mit dem Löffel an ein Glas klopfte und rief: »Will jemand Nachtisch? Es ist noch Tiramisu da!«

Wie durch Magie wandten sich alle Köpfe zu Nadja um. Gemurmel, zustimmendes Nicken, dann sagte Nadja: »Na,

dann hol ich's mal. Mara, hilfst du mir?«
Aufatmend hechtete diese aus ihrem Sessel und verschwand in der Küche.
»Du lieber Himmel, die sind ja wie die Hyänen!«, sagte Nadja kopfschüttelnd.
»Du hast mich ja gerettet. Danke!« Mara seufzte erleichtert.
»Es ist mir eine Ehre, Madame!«, flötete Nadja, verbeugte sich tief und ließ dabei ein Stück Tiramisu auf den blanken Küchenboden fallen.
»Ihr braucht 'nen Hund!«, meinte Nadja mit einem Blick auf den zerfließenden Haufen Nachspeise. Dann lachten sie beide los.
Der Nachtisch wurde serviert und zum Glück drehte sich das Gespräch jetzt wieder um Kalorientabellen und ähnlich weltbewegende Themen.
Gegen 22 Uhr brachen die ersten Gäste auf und nach und nach leerte sich das Haus.
Puh, das hätte ich mal wieder überstanden, dachte Mara. Kurz darauf ging sie in ihr Zimmer.
Nadja und die Eltern blieben noch eine Weile sitzen. Was Mara nicht mehr mitbekam, war eine weitere Diskussion über ihre berufliche Zukunft. Ihre Tante versuchte Mara in Schutz zu nehmen und redete auf die Eltern ein, Mara nicht zu sehr zu drängen, wenn auch nicht sonderlich erfolgreich.
Doch Mara träumte bereits von fernen Ländern und einem eigenen Pferd.

Der nächste Tag begann trüb. Beim Frühstück erzählte Mara, dass sie heute zum Reiten fahren wollte. Wie nicht anders erwartet widersprach ihre Mutter. Sie brauche doch nicht auch noch in den Reitstall, wo ihre Tante da sei!

Nadja meinte bloß: »Zeig mir doch mal deinen Stall, das interessiert mich echt!«

Ursula zuckte mit den Achseln. »Ich muss sowieso gleich zur Arbeit. Was macht ihr heute?« Sie blickte zu Markus und Diana.

Diana wollte mit zwei Freundinnen bummeln gehen. Markus musste an seiner Hausarbeit weiter schreiben.

Zustimmendes Nicken von der Mutter.

»Na, worauf warten wir dann noch?«, fragte Nadja gutgelaunt.

Mara zog ihre neue Reithose an, dann quetschten sie sich in Nadjas altes, klappriges, und mit allem möglichen Krimskrams vollgestopftes Auto und fuhren zum Reitstall.

Julia war bereits dort und gratulierte Mara herzlich, verschwand jedoch schnell wieder.

Mara führte ihre Tante herum, zeigte ihr die Pferde und natürlich besonders Odin. Mittlerweile schien schon wieder die Sonne.

»Puh, ich glaube, das wäre nichts für mich. Sind ja echt schöne Tiere, aber so groß!«, meinte Nadja mit skeptischem Blick und kraulte Odin vorsichtig am Ohr. Als er schnaubte, sprang sie mit einem Quietschen zurück.

»Ach was, die meisten sind ganz lieb und Nadjas stehen heute nicht auf dem Speiseplan!«, witzelte Mara.

Iris kam um die Ecke, gratulierte Mara und sagte: »Wenn du Zeit hast, schenke ich dir heute eine Springstunde. Um eins kannst du mitreiten.«

Mara nickte strahlend.

»Tja, was fangen wir bis um eins an?«, fragte Nadja mit einem Blick auf die Uhr.

»Du, ich hab 'ne Idee. Ich zeig dir etwas, es ist nicht weit!«, rief Mara nach kurzem Überlegen und zog Nadja hinter sich her.

Sie stiegen in das alte Auto, das dreimal nicht ansprang und dann rumpelnd vom Hof fuhr. Mara lotste sie bis zu dem kleinen Wald und dem Weg, der zum Druidenhain führte. Dann stiegen sie auf den Hügel hinauf.

Nadja blieb überrascht stehen.

»Boah, das ist ja ein toller Ort!«, rief sie überrascht.

»Das ist mein Lieblingsort, Opa hat ihn mir mal gezeigt.«

Maras Blick wurde traurig und auch Nadja seufzte. Doch dann lächelte sie schon wieder.

»Das passt zu ihm, solche Plätze hat er immer sehr gern gehabt. Als Kinder hat er uns zu allen möglichen Steinen und geheimnisvollen Orten geführt.«

Nadjas und Ursulas Mutter war schon früh gestorben. Im Gegensatz zu Maras Mutter interessierte sich Nadja, ebenso wie ihr Vater, für abenteuerliche Reisen. Die beiden hatten sich immer sehr gut verstanden.

»Weißt du eigentlich, wie ähnlich du deiner Großmutter siehst? Du bist genauso hübsch, wie sie als junges Mädchen. Sonst hat ja keiner in der Familie diese dicken, rötlichbraunen Haare.«

»Was soll denn an mir hübsch sein?«, fragte Mara und wurde leicht rot. Sie fand sich eher unscheinbar und langweilig.

»Na, hör mal! Du bist schlank, hast ein hübsches Gesicht und wunderschöne braune Augen. Die Jungs müssten doch Schlange stehen! Hast du denn einen Freund?«, grinste Nadja verschmitzt.

Mara wurde verlegen. »Nee, die meisten Jungs die ich kenne sind irgendwie doof. Auf der Abschlussfahrt letztes Jahr war ich mal kurz mit Michael aus der 9b zusammen. Aber der war mir schon nach einer Woche zu langweilig –

immer nur Motorräder!«, antwortete Mara. »Außerdem brauche ich nicht dauernd 'nen anderen Freund. Das ewige Gerede vom ›Ersten Mal‹ und dem ganzen Quatsch von den blöden Hühnern aus meiner Klasse geht mir eh auf die Nerven!« Mara hatte sich richtig in Rage geredet und angefangen, Blätter aus den Büschen zu rupfen.

»Hey, Friede, Mara!« Nadja ließ sich auf den moosigen Boden fallen. »Ich habe ja nur gefragt. Außerdem finde ich es in Ordnung, wenn du auf den Richtigen wartest. Ich hatte meinen ersten richtigen Freund auch erst mit neunzehn«, erzählte Nadja mit verträumtem Blick.

Mara legte sich neben sie.

»Echt?«, meinte sie erstaunt. »Wie hieß er denn?«

»Giovanni, er war Austauschschüler aus Italien. Er hat bei meiner besten Freundin gewohnt. Die war natürlich eifersüchtig ohne Ende! Ich war furchtbar verliebt. Wir haben uns noch Monate lang, nachdem er wieder zu Hause war, Liebesbriefe geschrieben.«

»Und, was wurde aus euch?«, wollte Mara neugierig wissen.

»Na ja, irgendwann kamen keine Briefe mehr und ich war am Boden zerstört. Irgendwann hatte ich dann einen anderen. Ich habe mir vor ein paar Jahren mal den Spaß gemacht, zu seiner alten Adresse zu fahren – Er ist verheiratet, hat vier Kinder, eine Glatze und 'nen Bierbauch!«

Mara und Nadja lachten herzlich. Sie blieben im Gras liegen, schauten in die Wolken und hingen ihren Gedanken nach.

Plötzlich begann Nadja: »Du, Mara, jetzt raste nicht gleich aus, aber ich wollte mit dir über deine Berufspläne sprechen!«

Maras Blick verfinsterte sich, als sie sich aufsetzte.

»Ich weiß doch auch, dass ich irgendwas machen muss, aber mir fällt nichts Gescheites ein. Ich will doch nicht fünfzig Jahre lang einen Spießerjob machen müssen, der mich nervt!«, jammerte Mara.

»Hmm, na ja, also dich hinter einem langweiligen Bankschalter, das kann ich mir auch nicht wirklich vorstellen«, gab Nadja zu.

Sie überlegte eine Weile, dann schrie sie auf: »Ich hab's! Mensch, geh doch ein Jahr lang als Aupairmädchen irgendwo hin. Dann siehst du etwas von der Welt, lernst eine Fremdsprache und kannst dann immer noch überlegen, was du später machen willst.«

Mara blickte ihre Tante nachdenklich an. Vielleicht war das gar nicht so schlecht?! Jetzt hatte sie zumindest etwas, das sie ihren Eltern anbieten konnte.

»Nadja, du bist die Beste!« Mara umarmte ihre Tante fest.

»Ich weiß!«, flötete diese gespielt hochnäsig. »So, und jetzt zeigst du mir mal deine Reitkünste!«

Dann sprangen sie beide auf, klopften sich die Blätter von den Kleidern und fuhren zurück zum Reitstall.

Die Reitstunde verlief, bis auf Odins zwei traditionelle Bocksprünge, recht gut. Beim Springen war er konzentriert bei der Sache und auch Iris war zufrieden, was bei ihr nicht so häufig vorkam.

»Mensch, Mara, du kannst ja echt schon toll reiten!«, freute sich Nadja nach der Reitstunde.

Mara lächelte stolz. Bisher hatten noch nicht viele ihre Reiterei zu würdigen gewusst.

Iris kam ums Eck. »Wenn du mit Odin fertig bist, komm doch mal in die Sattelkammer, ja!?«

Mara nickte und versorgte Odin. Als sie etwas später die Tür zur Sattelkammer öffnete, kam ihr ein mehrstimmiges, schräg klingendes und halb geschrienes »Happy Birthday to you« entgegen.

Die Sattelkammer war mit Girlanden dekoriert. Ein altes Brett diente als Tisch und darauf waren mehrere Kuchen, Kakao und Kaffe aufgebaut. Um die Tafel saßen auf Strohballen Saskia, Mona, Doris, Sybille, Tina, Iris und natürlich Julia, die besonders breit grinste.

»Wow, das ist ja eine tolle Überraschung«, meinte Nadja und schubste die verdutzte Mara in den Raum.

»Na ja, wenn unsere beste Hilfe sechzehn wird, dann ist das doch ein Grund zum Feiern!«, verkündete Iris.

Alle hatten zusammengelegt und Mara das schöne hellbraune Zaumzeug mit dem geflochtenen Stirnriemen gekauft, welches sie schon lange für Odin haben wollte.

»Ihr seid echt toll. Vielen, vielen Dank«, sagte Mara gerührt. Dann aßen alle mit Appetit.

Der Nachmittag verging lustig mit Stallanekdoten und viel Gelächter. Auch Nadja amüsierte sich prächtig.

Wieder zu Hause, erzählte Nadja begeistert von Maras toller Reitstunde und den netten Freunden, die sie im Reitstall hatte.

»Habt ihr eigentlich schon mal zugeschaut?«, fragte Nadja an Maras Eltern gewandt.

Walter winkte ab, er las gerade in der Tageszeitung. »Keine Zeit für so was.«

Ursula blickte halb verlegen, halb verächtlich drein.

»Ich hab' nichts übrig für dieses stinkende Viehzeug. Reicht schon, wenn ich Dörthes dreckige Wäsche waschen muss.«

Nadja wollte zu einer empörten Entgegnung ansetzen, doch Mara fasste sie beruhigend am Arm und schüttelte den Kopf. Das hatte doch sowieso keinen Sinn!

Wenig später verkündete Mara: »Mama, Papa, ich weiß jetzt, was ich nach der Schule machen will!«
Plötzlich hatte sie die volle Aufmerksamkeit ihrer Eltern.
»Aha, dann lass mal hören!«, meinte der Vater gespannt.
»Also, ich gehe nach dem Abschluss ein Jahr lang als Aupair ins Ausland.« Bevor jemand etwas einwenden konnte, fuhr sie fort: »Da lerne ich eine Fremdsprache und kann in Ruhe überlegen, was ich machen will.«
Nadja zwinkerte ihr aufmunternd zu.
»Waaas? Aupair? – Nadja, da steckst doch du wieder dahinter! Das Kind, alleine im Ausland. Sie schafft es ja noch nicht einmal hier, irgendwohin pünktlich zu kommen. Sie ist viel zu unselbständig! Außerdem, Dörthe, wenn dich Frau Schmitz von nebenan gebeten hat, auf die Kleinen aufzupassen, hast du immer eine Ausrede gefunden. Und dann jeden Tag auf fremde Kinder aufpassen …« So zeterte Ursula in einem nicht enden wollenden Redefluss vor sich hin.
Maras Mut sank, denn offensichtlich hatte das wohl auch keine Aussicht auf Erfolg.
Doch Nadja nahm sie fest an der Schulter und unterbrach ihre Schwester. »Jetzt mach sie aber mal nicht schlechter als sie ist! Mara ist sehr wohl selbständig für ihr Alter. Schließlich verdient sie sich schon seit Jahren ihr Geld für die Reitstunden selbst. Und die dämlichen Gören von der Schmitz sind ja wohl auch nicht ein Maßstab für alle Kinder!«
Mara grinste ihre Tante dankbar an. Die Nachbarskinder waren wirklich lästig. Ständig brüllten sie herum und schossen mit Plastikpistolen aufeinander.
Ursula holte tief Luft und setzte zu einem neuen Redeschwall an. Doch jetzt schaltete sich Maras Vater ins Gespräch ein.

»Also, mal im Ernst, so schlecht finde ich die Idee gar nicht. Da wird sie selbständig und Englisch ist fürs Berufsleben auch wichtig, das merke ich in der Bank. Lass dir die Unterlagen mal zuschicken.« Walter verschwand wieder hinter seiner Zeitung.

Damit war es entschieden. Ursula drehte sich um, brummelte etwas von »Schnapsidee« vor sich hin und verschwand in der Küche.

Nadja flüsterte Mara »1:0 für uns« ins Ohr und grinste. Mara war erleichtert.

Kapitel 5

Anfang Mai wurde Rhiann an einen Ponyhof verkauft. In den Pferdeanhänger konnte sie erst nach mehreren Stunden verzweifelter Bemühungen, einem zerrissenen Halfter und schließlich einer Beruhigungsspritze vom Tierarzt verfrachtet werden. Frau Lamprecht, die neue Besitzerin, bezweifelte inzwischen, dass das Pony Rita wirklich so ein Schnäppchen gewesen war.

Nach über drei Stunden Fahrt wurde die immer noch benebelte Rhiann auf dem Ponyhof Lamprecht ausgeladen und in eine Eingewöhnungsbox gestellt. Die anderen Ponys lebten in einer Herde in einem großen Offenstall und reckten neugierig die Köpfe über die Boxenwand.

Rhiann bekam davon noch nicht viel mit, erst ein paar Stunden später wurde sie neugierig. Endlich hatte sie wieder Artgenossen, die sie quietschend begrüßte.

Am nächsten Tag durfte sie mit den anderen Pferden auf die große Koppel am Fluss. Rhiann galoppierte buckelnd über die Wiese und forderte die anderen Pferde zu wilden Spielen auf.

Frau Lamprecht und einige Kinder standen am Zaun.

»Ich glaube, die Kleine fühlt sich hier wohl. Aber Rita gefällt mir nicht, wem fällt ein anderer Name ein?«, fragte sie an ihre Reitschüler gewandt.

Aufgeregtes Getuschel, Vorschläge wurden gemacht und wieder verworfen. Schließlich einigten sie sich auf ›Ruby‹.

Nach einigen Tagen hatte sich das Pony in die Herde eingewöhnt und es schien ihr sehr gut zu gehen.

Frau Lamprecht beschloss, Saskia, eine ihrer besseren Reitschülerinnen, das erste Mal auf dem Pony reiten zu lassen. Doch zunächst wollte sie Ruby etwas ablongieren.

Die Frau führte die kleine Stute mit Halfter und Longe auf den Reitplatz, hob die Peitsche und rief: »Scheerit!«
Rhiann spitzte die Ohren und schaute verdutzt. Die Peitsche berührte sie an der Kruppe. Rhiann quietschte und spurtete los, und Frau Lamprecht wurde beinahe die Longe aus der Hand gerissen.
»Brrr, hoooohhooo«, redete sie beruhigend auf das Pony ein, das schließlich langsamer wurde und neben der Frau stehen blieb. Die Peitsche beäugte Rhiann skeptisch.
Auch der zweite Versuch brachte keinen Erfolg.
»Mist, die kann ja gar nichts. Ich glaube, das wird heute nichts mit Reiten«, meinte Frau Lamprecht leicht verärgert.
Saskia zuckte mit den Achseln, denn nach dieser Vorstellung war sie aufs Reiten sowieso nicht mehr so scharf.

Die nächsten Wochen wurden damit verbracht, Rhiann ans Longieren zu gewöhnen. Auf die Peitsche reagierte sie ängstlich. Den Sattel, der ja noch nie zuvor auf ihr gelegen hatte, versuchte sie anfangs immer herunterzubuckeln. Ganz vorbei war es, als Saskia schließlich aufsteigen wollte – das Mädchen landete postwendend im Sand.
Bei vielen lauten Kindern in der Nähe wurde das Pony immer extrem nervös und verweigerte jede Mitarbeit. Frau Lamprecht war mittlerweile ziemlich sauer. Hinzu kam, dass das Pony sich bei dem jetzt heißen Juniwetter ständig scheuerte. Bald war von der ehemals so schönen vollen, schwarz-silbernen Mähne nur noch ein kläglicher Rest übrig.
Schließlich holte Frau Lamprecht den Tierarzt, der ihren Verdacht bestätigte: Sommerekzem. Außerdem stellte er, sehr zur Verwunderung aller fest, dass das Pony nicht fünf- oder sechsjährig sei.

»Die ist maximal drei Jahre alt. Manche Ponys sind recht spätreif. Kein Wunder, dass sie Schwierigkeiten haben, sie zu reiten. Ist zwar schon recht gut gebaut und kräftig, aber das ist ja so bei manchen Ponyrassen. Wahrscheinlich irgendein Mix. Die wird bestimmt noch über 1,40m!«

Frau Lamprecht streichelte die kleine Stute am Kopf. »Oh du Arme, jetzt habe ich dir Unrecht getan! Danke, Dr. Voss, ich werde Ruby bis nächsten Frühling auf der Koppel lassen.«

»Sehr gut, aber Sie müssen sie regelmäßig einschmieren, ich lasse Ihnen ein Mittel da. Eventuell eine Decke drauf wenn die Fliegen zu lästig werden«, meinte der Tierarzt und verabschiedete sich.

Und so konnte Rhiann endlich ihre wohlverdiente Kindheit auf der Koppel genießen. Das Sommerekzem stellte sich als nicht so schlimm heraus. Sie verbrachte die heißen Tage im Stall und ging nur nachts hinaus, wenn die Fliegen nicht unterwegs waren.

Seit langer Zeit fühlte sich Rhiann endlich wieder richtig wohl.

Kapitel 6

Im Juni bekam Mara die Unterlagen für verschiedene Aupairstellen zugeschickt. Sie verbrachte Stunden damit, die Prospekte durchzublättern – Italien, USA, Österreich, England oder Schottland – Mara konnte sich einfach nicht entscheiden. Außerdem liefen ihre Prüfungsvorbereitungen auf Hochtouren.

Mara bemühte sich nach Kräften, ihr nicht allzu tolles Zwischenzeugnis auszugleichen, doch bei den letzten Exen und Schulaufgaben, besonders in ihrem Horrorfach Mathe, waren es meist nur Fünfer geworden.

Nur gut, dass meine Eltern nichts wissen, dachte Mara.

Sogar das Reiten hatte sie auf zweimal pro Woche beschränkt, da sie unbedingt im Herbst ins Ausland gehen wollte.

Mara lag auf ihrem Bett in einem Haufen Blätter und Broschüren, als ihre Mutter hereinkam.

Ein missbilligender Blick auf die Unordnung.

»Aha, schon wieder die Aupairstellen. Weißt du jetzt schon, wo du hingehen willst? Entscheide dich endlich, sonst sind alle Stellen besetzt!« Die Mutter sammelte die herumliegende Wäsche ein. »Und die Prüfungen nicht vergessen!«, ermahnte sie im Hinausgehen.

»Ja, Mama, schon gut. Simone aus meiner Klasse kommt nachher, dann lernen wir zusammen Mathe.«

Mit einem anerkennendem Nicken ging Ursula hinaus.

Wenig später klingelte es an der Haustür. Simone kam die Treppe hinauf und die Mädchen übten Algebra und Geometrie. Bald schweifte das Gespräch jedoch ab. Bei dieser Hitze hatten beide keine so rechte Lust.

Simone fing an, in den Aupair-Unterlagen herumzublät-

tern.
»Cool, du gehst also wirklich ins Ausland! Na ja, ich habe ein Lehrstelle als Bürokauffrau«, meinte Simone mit gelangweiltem Blick. »Wo willst du denn hin?«

Mara zuckte mit den Achseln. »Weiß noch nicht, klingt irgendwie alles interessant.«

»Hey, geh doch nach Italien, da gibt´s bestimmt süße Jungs!«, rief Simone aus.

Mara verzog das Gesicht. Für Simone gab es wohl immer nur ein Thema!

Es klopfte an der Tür.

»Schnell, die Mathebücher obendrauf sonst gibt's Gezeter!«, zischte Mara.

Simone reagierte sofort, dann riefen sie: »Herein!«

Ursula stand in der Tür. »Na, kommt ihr gut voran?«

Einstimmiges Nicken.

»Simone, möchtest du zum Essen bleiben, es gibt Pizza?«

»Ja klar, gerne«, antwortete Simone.

»Gut, dann will ich nicht weiter stören, lernt nur fleißig weiter!« Ursula verließ das Zimmer.

Simone vertiefte sich erneut in die Italieninfos und Mara schaute zum Fenster hinaus.

Um 18 Uhr gab es Abendessen. Wirklich viel gelernt hatten die Mädchen nicht. Die Eltern fragten Simone natürlich über ihre Berufswünsche aus.

Bei der Antwort ›Bürokauffrau‹ hagelte es erwartungsgemäß begeisterte Zustimmung für Simone und missbilligende Blicke auf Mara. Zumindest verkniffen sie sich diesmal bissige Kommentare.

Als Simone schließlich gegangen war, drehte sich das Gespräch erneut um Maras Aupairstelle.

»Und morgen Abend will ich eine Entscheidung haben,

sonst kannst du das Ganze vergessen!«, verlangte ihr Vater.
Sie ging in ihr Zimmer, wälzte noch mal alle Unterlagen durch und schlief schließlich beim Lesen ein.
Mara hatte in dieser Nacht einen merkwürdigen Traum. Sie galoppierte auf Odin an einem wunderschönen Strand entlang. Ein alter Mann mit langen weißen Haaren und weißem Bart stand auf einem Hügel und sprach mit der Stimme ihres Großvaters: *»Folge deinem Herzen, Mara!«*
Mara schreckte aus dem Traum auf, ihr Herz raste. Sie blickte auf die Uhr – drei Uhr früh. Von draußen schien der Mond herein und es war warm und stickig im Zimmer. Mara öffnete das Fenster, doch auch von draußen kam nur wenig kühle Luft und sie konnte einfach nicht mehr einschlafen.
Schließlich holte sie ihre Aupair-Unterlagen heraus und setzte sich ans offene Fenster. Plötzlich hielt sie den Prospekt über Schottland in der Hand.
Mara erstarrte. Was hatte Opa Jakob damals gesagt?
»Und wenn du mal groß bist, dann fährst du nach Schottland. Ich glaube, dort könnte es dir gefallen!«
Das war es!
Mara legte sich wieder ins Bett, strich über ihren silbernen Anhänger und flüsterte leise: »Danke, Opa!« Dann schlief sie tief und traumlos, bis um 6.30 Uhr der Wecker klingelte.
Da Mara in der Nacht kaum geschlafen hatte, war sie in der Mathe-Schulaufgabe am nächsten Tag unkonzentriert und konnte einige Aufgaben nicht lösen. Außerdem schaute Herr Lehmann, der Aufsicht hatte, ständig zu ihr herüber, sodass sie nicht einmal von Katrin abschreiben konnte. Trotzdem war sie guter Laune. Heute Abend könnte sie ihren Eltern endlich sagen, wohin sie gehen wollte.
Mara gönnte sich den Luxus, eine Stunde mit Odin auszureiten und fuhr anschließend nach Hause, um Englisch zu

lernen.

Am Abend saß die Familie im Garten. Diana lackierte sich die Fingernägel, als Walter sein strenges Gesicht aufsetzte und sagte: »Also, Dörthe, ich höre!«

»Ich habe mich für Schottland entschieden!« Mara strahlte ihre Eltern an.

»Wo is'n des?«, wollte Diana wissen, die ungerührt ihre Nägel weiterlackierte.

»Schottland ist ein Teil von Großbritannien, mein liebes Kind. Du solltest gelegentlich mal in Erdkunde aufpassen!«, kritisierte der Vater.

Maras Mutter schaute etwas säuerlich drein.

»Schottland?! Warum denn gerade Schottland?« Ursula sprach Schottland aus, als ob es sich um ein ekliges Insekt handeln würde. »Da regnet es doch die ganze Zeit. Es gibt nur Schafe und die Männer tragen Röcke! Geh doch lieber nach Spanien, da ist es schön warm. Oder nach Amerika, da ist es wenigstens zivilisiert!«

Maras Lächeln gefror – das war ja wieder typisch! Alles was sie wollte, war in den Augen ihrer Mutter Quatsch! Mara wurde wütend.

»Na klar, und bei uns in Bayern laufen alle in Lederhosen herum, wie man an Papa sieht, und die Norddeutschen essen ständig nur Fisch. Jetzt habe ich mich endlich entschieden und dann passt es euch auch wieder nicht!« Mara war knallrot angelaufen.

»Jetzt reg dich doch nicht gleich auf! Ich meine es ja nur gut mit dir, nicht, dass du dich dann ärgerst«, erwiderte Ursula mit beleidigtem Unterton in der Stimme.

»Na ja, also ich hätte mir auch etwas anderes vorgestellt«, meinte Maras Vater. »Bist du dir wirklich sicher? Das will gut überlegt sein!«

Mara richtete sich auf und sagte mit aller Überzeugung: »Ja, es muss Schottland sein!«
»Na gut, dann schicken wir morgen die Unterlagen weg«, antwortete ihr Vater.
»Böhhhh, böhhhh!«, kam es von Diana und Mara streckte ihr die Zunge raus.

Kurz vor Maras Abschlussprüfung kamen die Unterlagen der Familien, die ein Aupairmädchen suchten:
- Eine Familie in Edinburgh mit einem Kleinkind.
- Eine Familie in Aberdeen, die allerdings jemanden über achtzehn wollte. Die schied von vornherein aus.
- Und eine Familie mit zwei Kindern in einem Ort Namens ›Clachtoll‹.

Mara holte sich einen Atlas. Edinburgh war klar, das war die Hauptstadt von Schottland, aber dieses Clachtoll konnte sie einfach nicht finden.

Sie setzte sich im Arbeitszimmer ihres Vaters an den Computer. Clachtoll stellte sich als kleiner Ort an der Nord-Westküste Schottlands heraus.

Diana kam herein und schaute ihrer Schwester über die Schulter.

»Und, wo willste´ hin?«, fragte sie mit einem Kaugummi im Mund.

»Ich glaube, nach Clachtoll«, antwortete Mara.

»Ich würde lieber nach Edinburgh gehen, da ist bestimmt mehr los«, meinte Diana. »Ich gehe ins Freibad, kommst du mit?«

Mara schüttelte den Kopf und verzog das Gesicht. »Ich muss noch Englisch lernen!«

»Schau mal, ich hab mir voll den schicken Bikini gekauft!« Diana hielt ihr ein rosanes Miniteil unter die Nase.

»Und wer ist der Glückliche, der das bewundern darf?«, grinste Mara.

Diana lächelte verträumt, wobei zwei süße Grübchen auf ihrem Gesicht erschienen.

»Andy aus der 9c, der ist voll cool«, schwärmte Diana und stolzierte aus dem Zimmer.

Mara lächelte und blickte zurück auf ihre Unterlagen. Mrs. Murray aus Clachtoll. Man sollte sich telefonisch bei ihr melden und ab 19 Uhr anrufen.

Ein Blick auf die Uhr zeigte Mara, dass sie noch genügend Zeit hatte, sich vorzubereiten. Sie ging zurück in ihr Zimmer und überlegte den ganzen Nachmittag, was sie dieser Mrs. Murray sagen sollte.

Beim Abendessen hatte Mara keinen Appetit. Zum Glück fuhr ihre Mutter anschließend in die Stadt, um Diana abzuholen, die den Bus verpasst hatte. Ihr Vater war noch in der Arbeit.

Mara schlich ums Telefon herum, wählte die Nummer, legte wieder auf, wählte ein zweites Mal und wieder landete der Hörer auf der Gabel.

Verdammt, warum bin ich denn so feige?, dachte sie.

Es klopfte und eine grinsende Julia stand in der offenen Tür.

»Was ist denn mit dir los? Du siehst ja aus, als ob du 'nen Zahnarzttermin ausmachen musst?!«

Mara erzählte der Freundin von ihrem Problem.

»Mann, Augen zu und durch, du hast doch schon total viel aufgeschrieben, das klappt schon!« Julia gab ihr einen Schubs in Richtung Telefon.

»Also gut.« Mara seufzte und drückte die Wahlwiederholung.

Mehrmaliges Tuten – Mara wollte schon wieder auflegen, doch Julia drückte ihr den Hörer aufs Ohr.

Plötzlich meldete sich eine weibliche Stimme: »Leslie Murray.«

Mara erstarrte, schluckte und stotterte schließlich: »Ähm, hallo, äh, Mara Steiner from Germany is speaking.«

»Oh, hallo Mara, nice to hear from you!«, kam es fröhlich vom anderen Ende der Leitung.

Nun entspannte sich Mara etwas, die Frau schien ja ganz nett zu sein. Sie unterhielten sich etwa eine viertel Stunde, dann legte Mara mit knallroten Wangen und einem erleichterten Seufzen auf.

Sie erzählte der Freundin, dass Mrs. Murray sich bald melden wollte, da sich noch zwei andere Mädchen für den Job interessierten.

»Auf den Schreck lade ich dich zu 'nem Eis ein!«, verkündete Julia.

»Hmm, ich müsste noch Englisch lernen«, meinte Mara wenig begeistert.

»Ach was, komm, 'ne halbe Stunde, deine Mutter ist sowieso nicht da.« Julia zog sie mit sich.

»Also okay, wer viel fragt, kriegt viele Antworten!«, grinste Mara.

Sie war richtig stolz darauf, sich zu dem Telefonat überwunden zu haben. Dann zogen die beiden Freundinnen kichernd davon.

Im Juli hatte Mara endlich ihre Abschlussprüfungen hinter sich gebracht. Bis auf Mathe hatte sie ein einigermaßen gutes Gefühl. In Chemie würde wohl eine fünf im Zeugnis stehen, doch wenn es in Mathe wenigstens eine vier wäre, dann hätte sie es geschafft. Endlich hatte sie wieder richtig Zeit für Odin.

Mara kam gerade aus dem Stall, als ihre Mutter ihr einen Brief in die Hand drückte – Absender: Leslie Murray!
Ungeduldig riss Mara den Umschlag auf. Sie überflog den Inhalt und stieß einen Freudenschrei aus. Mrs. Murray hatte sie ausgewählt, sie wurde am 24. August in einer Stadt namens Ullapool erwartet, dort würde Mrs. Murray sie abholen.
»Gute Neuigkeiten?«, fragte die Mutter.
»Ja, ich habe die Aupairstelle«, freute sich Mara.
»Na dann, Herzlichen Glückwunsch!«, meinte Ursula lächelnd.
»Ich muss gleich Julia anrufen!« Schon war Mara aus dem Raum.
Später versuchte sie noch, Nadja zu erreichen. Doch die war gerade in Mexiko, wie ihr irgendein Gerd aus Nadjas WG berichtete.

Im Reitstall stand das alljährliche Hofturnier an und alle Mädchen übten fleißig Springen und Dressur. Mara wollte im E-Springen und der A-Dressur starten. Am Sonntag um zehn Uhr sollte ihre Reitprüfung sein.
Auch Frau Brehm war zum Zuschauen gekommen. Mara hatte ihr schon ein paar Tage vorher erzählt, dass sie im August für ein Jahr nach Schottland gehen würde und sich in dieser Zeit nicht um Odin kümmern konnte. Mara hatte den Eindruck gehabt, dass Frau Brehm sogar irgendwie erleichtert gewirkt hatte. Doch sie hatte sich keine weiteren Gedanken darüber gemacht.
Heute stand Frau Brehm am Zaun und winkte Mara zu, als sie mit Julia die Dressuraufgabe ritt.
In der Dressurprüfung landete Mara auf dem dritten Platz, beim Springen immerhin noch auf dem fünften. Odin hatte

eine Stange am vorletzten Oxer gerissen, doch Mara war stolz. Sie hatte eine weiße und eine rote Schleife gewonnen.

Mara stand gerade in Odins Box und sattelte ab, als Frau Brehm hereinkam.

»Herzlichen Glückwunsch, Mara, das hast du ja toll gemacht auf meinem Dicken!«

Mara strahlte sie an. »Odin ist echt der Beste!«

Frau Brehm blickte verlegen zu Boden.

»Du, Mara, ich wollte neulich nichts sagen, damit ich dir das Turnier nicht verderbe, aber ich ziehe ab Oktober nach Bonn zu meiner Tochter. Sie hat ihr zweites Baby bekommen. Odin nehme ich mit, es tut mir wirklich leid für dich, aber wenn du sowieso ins Ausland gehst, ist es vielleicht nicht ganz so schlimm, oder?!« Frau Brehm blickte sie unsicher und betreten an.

Mara stiegen die Tränen in die Augen. Ihr Odin sollte nicht mehr da sein, wenn sie in einem Jahr aus Schottland zurückkommen würde?

Aber Frau Brehm sah so unglücklich aus, dass Mara ihre Tränen herunterschluckte und mit gepresster Stimme sagte: »Ja, ja, nicht so schlimm, bei Ihnen geht es ihm ja gut. Ich muss den Sattel wegbringen!«

Dann lief sie schnell aus der Box hinaus, räumte den Sattel auf und rannte mit brennenden Augen den Weg zur Koppel hinunter. Dort ließ sie ihren Tränen freien Lauf.

Julia und die anderen Mädchen suchten Mara schon eine ganze Weile, da sie ihre Platzierungen feiern wollten. Schließlich lief Julia Frau Brehm über den Weg und fragte sie, ob sie wisse, wo Mara denn stecken würde.

»Ich glaube, sie ist vorhin zur Koppel hinuntergelaufen«, antwortete die ältere Frau mit verlegenem Blick.

Julia schaute sie fragend an, zuckte dann mit den Schultern und lief zur Koppel hinunter. Dort fand sie eine in Tränen aufgelöste Mara im Gras sitzen.

Mara erzählte der Freundin, was sie heute von Frau Brehm erfahren hatte und Julia nahm sie tröstend in den Arm. So schön hatte der Tag angefangen, und jetzt das!

Schließlich hatte Mara sich wieder etwas beruhigt, doch zum Feiern war ihr jetzt nicht mehr zumute, daher fuhr Mara nach Hause. Ihre Schleifen warf sie achtlos auf den Schreibtisch.

Na ja, Frau Brehm hätte sich wahrscheinlich sowieso eine andere Pflegerin für Odin gesucht, wenn ich weg bin, dachte sie, aber wirklich tröstete sie das nicht. Odin war über die Jahre ein treuer Freund für sie geworden. Zumindest hatte sie noch ein paar Wochen mit dem Pferd, die sie für lange Ausritte nutzen konnte.

Trotz allem genoss Mara die nächsten Wochen, endlich kein Lernen mehr. Sie machte viele Ausritte, ging mit Julia an den Baggersee und abends in die Stadt, wo sie sich mit Freunden trafen.

Eines Abends, als sie gutgelaunt vom Baggersee kam, empfing sie ihre Schwester am Gartenzaun und raunte ihr zu: »Dicke Luft!«

Mara ging ins Haus, wo ihr Vater mit ernstem Gesicht im Wohnzimmer wartete. Er hatte einen Brief mit dem Briefkopf ihrer Schule in der Hand.

Mara schluckte, das konnte nur heißen, dass sie durchgefallen war!

»Setz dich mal her«, sagte ihr Vater. »Heute sind die Prüfungsergebnisse gekommen, du bist durchgefallen. Ich habe Mama weggeschickt, sie hat sich furchtbar aufgeregt.«

Tränen brannten in Maras Augen, jetzt konnte sie Schott-

land vergessen!
Walter gab Mara den Brief – Englisch 3, Deutsch 4, BWR 4, Mathe 5. In Chemie hatte sie sowieso eine 5, so ein Mist!
Plötzlich zuckte Mara zusammen.
»Mensch, Papa, wenn ich in die mündliche Prüfung in Mathe gehe, dann könnte ich ausgleichen!«
»Ja, das mag schon sein, aber mit so einem Zeugnis brauchst du dich nirgendwo bewerben, da nimmt dich kein Mensch!«, erklärte ihr Vater mit gerunzelter Stirn.
Mara schluckte, Recht hatte er schon.
»Und was ist mit meiner Aupairstelle?«, wagte sie vorsichtig zu fragen.
»Also, wir haben uns Folgendes überlegt, du setzt dich die Hälfte der Ferien auf den Hosenboden und strengst dich im nächsten Schuljahr richtig an. Zwei Monate vor den Prüfungen kein Reiten, kein Weggehen, gar nichts. Wenn du Nachhilfe brauchst, bezahle ich das. Wenn du einen Schnitt von besser als 2,5 hast, darfst du nächstes Jahr Aupair machen, wenn du das dann immer noch willst. Aber nur bis Mai, dann musst du dir eine Lehrstelle suchen.« Ihr Vater blickte sie eindringlich an. »Und keine Diskussion. So, oder gar nicht!«

Mara überlegte kurz, dann sagte sie: »In Ordnung, Papa, ich denke, das ist fair.«

Sie ging in ihr Zimmer und dachte: *Wenn Odin weg ist, reite ich sowieso nicht mehr so oft. Verflixt, ich muss Mrs. Murray absagen!*

Sie setzte sich an den Schreibtisch und versuchte in ihrem besten Schulenglisch einen Brief zu schreiben, der erklärte, warum sie nicht kommen konnte.

Einige Wochen vergingen, und Mara lernte jeden Tag zwei Stunden lang ein Fach. Ihre Mutter hatte ihr zwar noch eine Moralpredigt gehalten und betont, dass, wenn es nach ihr ginge, Mara gar nicht mehr reiten dürfte, doch zum Glück war ihr Vater etwas großzügiger gewesen.

Dann lag eines Tages überraschend ein Brief von Mrs. Murray in der Post. Mara beschloss, zum Druidenhain zu fahren und den Brief dort zu lesen.

Im Schatten zwischen den Steinen war es angenehm kühl, sie öffnete den Brief.

Mrs. Murray schrieb, wie leid es ihr täte, dass Mara ihre Prüfungen nicht geschafft hatte. Sie würde jetzt ein Mädchen aus Finnland nehmen. Mara konnte ihren Augen kaum trauen, als sie weiterlas. Mrs. Murray schrieb, dass Mara im nächsten Jahr ab September bei ihnen arbeiten könne, wenn sie wolle.

Mara konnte ihr Glück nicht fassen – eine zweite Chance! Sie legte sich ins Gras und träumte von Schottland, dem Land, von dem sie sich gar nicht so recht vorstellen konnte, wie es dort aussah.

Später fuhr sie zum Reitstall und erzählte Julia bei einem gemeinsamen Ausritt, was in dem Brief gestanden hatte.

»Na also, ist doch alles gar nicht so schlimm. Weißt du was? Wir kommen wahrscheinlich sogar in die gleiche Klasse, das wird bestimmt voll lustig!«, meinte Julia gutgelaunt. Dann trieb sie Sepp in seinen langsamen Schaukelgalopp und rief: »Attacke, die Sieger kommen!«

Odin buckelte los und Mara musste aufpassen, dass sie nicht herunterfiel. Sie trieb ihr Pferd an, beugte sich vor und zischte an Sepp vorbei, den langgezogenen Waldweg hinauf.

Keuchend und lachend kamen die Mädchen auf der Hü-

gelkuppe an. Manchmal entwickelten sich auch schlechte Dinge zum Guten!
Sie ritten weiter auf den Feldwegen und blödelten herum. Plötzlich sahen sie von weitem einen überdimensionalen Traktor auf sich zufahren.
»Ich glaube, wir weichen lieber ins Stoppelfeld aus«, schlug Julia vor und lenkte Sepp in das abgeerntete Feld hinein.
Mara folgte mit dem zappelnden Odin, der schon wieder losgaloppieren wollte.
Der Traktor kam näher und hielt schließlich neben ihnen an. Ein Bauer mit hochrotem Kopf öffnete die Tür und bellte hinaus: »Whuss mocht noch ihr do auf meim´ Feld, hää?«[1]
Die Mädchen schauten sich verblüfft an. Was wollte der denn von ihnen?
»Ähm, ausweichen vielleicht«, sagte Mara.
»Ihr mocht ja allas hi, ihr scheiß Reiter, ihr bleeden, mit eure Drecksgäul dooo!«[2]
»Na also wirklich, wir mussten doch ausweichen. Außerdem ist das Feld abgeerntet«, regte sich Julia auf.
»I zieh di gleich roo, du frecha Görn, hey, a suuu a Scheißdrecksreitervolk!«[3]
Der Bauer hatte mittlerweile die Farbe einer überreifen Tomate angenommen und sprang auf seinem Sitz auf und ab. Schließlich stieg er aus und stampfte, wüst vor sich hin schimpfend, auf die beiden zu.

---

1 Was macht ihr hier auf meinem Feld?
2 Ihr macht ja alles kaputt, ihr scheiß Reiter, ihr blöden mit euren Dreckspferden da!
3 Ich zieh dich gleich runter, du freche Göre, hey, so ein Scheißdrecksreitervolk!

»Zeit zu verschwinden«, flüsterte Julia und trieb Sepp an. Über die Schulter rief sie: »Hopp, hopp, hopp, Bauer lauf Galopp!«

Mara galoppierte grinsend hinterher. Als sie über die Schulter blickten, konnten die Mädchen kaum glauben was sie sahen! Der Bauer war auf die Motorhaube seines Traktors gesprungen und hüpfte mit hochrotem Kopf darauf auf und ab. Dabei warf er ihnen Steine hinterher.

»Sag mal, war der jetzt nicht ganz dicht oder was?«, fragte Julia schließlich ungläubig, als sie auf einem schmalen Waldweg in Sicherheit waren.

»Keine Ahnung, aber die anderen haben schon öfters solche Geschichten erzählt«, antwortete Mara.

Zurück am Reiterhof erzählten sie Iris von dem merkwürdigen Bauern.

Die schüttelte den Kopf und fragte kritisch: »Ihr seid aber durch keine hohe Wiese geritten?«

Beide Mädchen schüttelten einstimmig die Köpfe.

»Wir wissen doch, dass wir das nicht dürfen. Dann hätte ich's ja eingesehen, wenn der sich aufgeregt hätte. Wir waren die ganze Zeit auf den Wegen und sind nur zum Ausweichen in das Stoppelfeld geritten!«, versicherte Julia.

»Hmm, mich hat auch schon mal einer mit dem Auto verfolgt und die ganze Zeit auf mich eingeschrien, als ich im Winter im Schritt über eine knallhart gefrorene Wiese geritten bin. Ich weiß auch nicht, was mit manchen Leuten los ist«, sagte Iris ratlos. »Also, passt auf jeden Fall auf, wenn ihr ausreitet. Und vor allem, provoziert die nicht auch noch!«

Julia grinste breit und pfiff ›Hopp, hopp, hopp, Pferdchen lauf Galopp‹ vor sich hin.

Der Sommer ging vorüber und ein neues Schuljahr begann. Mara und Julia kamen tatsächlich in die gleiche Klasse und saßen natürlich nebeneinander.

Schulaufgaben und Exen liefen bei Mara dieses Jahr recht gut. Sie strengte sich richtig an, denn schließlich hatte sie ja ein Ziel vor Augen.

Frau Brehm war inzwischen weggezogen. Sie hatte Mara für die gute Pflege von Odin zweihundert Euro geschenkt und ihr versprochen, regelmäßig zu schreiben. Mara sollte sie unbedingt in Bonn besuchen.

Ihr war der Abschied von Odin sehr schwer gefallen, und immer noch wurde sie traurig, wenn sie an seiner ehemaligen Box vorbeiging.

Zu Weihnachten kam Nadja ein paar Tage zu Besuch und sie hatten eine lustige Zeit miteinander.

Mara ritt nun wieder einmal pro Woche auf den Schulpferden. Es gab jetzt auch einen Jungen im Reitstall, der hieß Lars und hatte ein eigenes Pferd. Im Sommer wollte Lars auf Springturniere gehen. Julia meinte, er hätte ein Auge auf Mara geworfen. Doch die wollte es nicht so recht glauben, bis er sie eines Tages zum Schlittschuhlaufen eingeladen hatte. Seitdem waren die beiden häufiger zusammen unterwegs.

Doch Mara wusste nichts so recht, ob sie wirklich in Lars verliebt war. Sie fand ihn zwar ganz nett, doch so richtig vermissen tat sie ihn auch nicht, wenn er sich mal ein paar Tage lang nicht meldete.

Der Winter ging vorbei und machte dem Frühling Platz. Dauerregen setzte ein und die Koppeln im Reitstall hatten sich in Schlammlöcher verwandelt.

Mara hatte schließlich mit Lars Schluss gemacht. Sie hatte

ihn eines Tages knutschend mit Katja, einer anderen Reitschülerin, in der Sattelkammer überrascht. Mara war zwar sauer, aber nicht wirklich traurig gewesen. In letzter Zeit hatte Lars sie sowieso genervt.

Das Zwischenzeugnis war recht gut ausgefallen. Wenn sie ihren Schnitt von 2,3 halten könnte, dann wäre Schottland gerettet.

An einem Dienstag, es war Mitte April, klingelte es um 20.30 Uhr an der Haustür. Mara war in ihrem Zimmer.

»Wer kommt denn um diese Zeit noch zu uns?«, fragte Ursula gereizt, die es sich gerade vor dem Fernseher gemütlich gemacht hatte.

Eine zappelnde, aufgeregte Julia stand vor der Tür.

»Frau Steiner, kann ich bitte Mara sprechen, es ist echt wichtig!« Julia trat von einem Fuß auf den anderen.

»Na ja, wenn das jetzt noch sein muss! Dörthe ist oben in ihrem Zimmer.«

»Danke!« Und schon war Julia an Maras Mutter vorbeigeschlüpft und polternd die Treppe hinauf gerannt.

Ursula schüttelte den Kopf – Kinder!

Mara lag auf ihrem Bett und hörte Musik, als die Tür aufgerissen wurde und Julia keuchend hereinstürzte.

»Mara, jetzt ist echt was Krasses passiert!«, stieß sie hervor.

Mara setzte sich auf. »Was ist denn los?« So aufgeregt hatte sie die Freundin selten gesehen.

»Ich habe ein Pferd bekommen!«, schrie Julia und umarmte Mara stürmisch.

»Hey, das ist ja toll! Wie sieht es denn aus? Welche Rasse und …«, sprudelte Mara hervor. Sie freute sich wirklich für ihre Freundin.

»Also, er heißt Nathano, ist neun Jahre alt, ein Vollblutmix, 1,54 groß und supertoll! Papa hat ihn von einem Arbeitskollegen bekommen, seine Tochter will nicht mehr reiten. Er geht Dressur bis L, stell dir das mal vor!« Julias Worte überschlugen sich fast. »Und weißt du, was das Beste ist? Wir stellen ihn zu meiner Oma auf den Bauernhof neben uns.«

»Aber dann ist er ja ganz alleine«, meinte Mara skeptisch.

Julia grinste übers ganze Gesicht. »Eben. Papa hat gesagt, ich darf mir am 22. April auf dem Pferdemarkt noch ein Pony aussuchen. Oder – jetzt kommt das Beste – falls du dir ein Pferd kaufen willst, darfst du es zu uns stellen, brauchst nur das Futter bezahlen. Ist das nicht toll?!«, rief Julia aufgeregt.

Mara verzog das Gesicht. »Wollen ist da keine Frage, aber du kennst doch meine Eltern. Die erlauben das nie, und gerade jetzt, wo ich durchgefallen bin. Ab Mai habe ich sowieso Reitverbot und im Herbst bin ich ja dann weg. Aber danke, dass du an mich gedacht hast.«

»Na ja, dann kannst du ja ab und zu auf Nathano reiten« sagte Julia gutgelaunt. »Aber zum Pferdemarkt gehst du schon mit?! Dann kauf ich halt ein Shetty, damit Nathano Gesellschaft hat.«

»Aber Ehrensache! Und morgen muss ich mir das Wundertier ansehen«, verkündete Mara.

Die Mädchen quatschten noch ziemlich lange. Dann rief Julia bei sich zu Hause an und sagte, dass sie bei Mara übernachten würde. In dieser Nacht wurde selbstverständlich kaum geschlafen!

Der nächste Schultag wurde mit Mühe und Not herumgebracht. Zum Glück wurde heute keine Ex geschrieben, doch dummerweise war Julia gerade heute in Englisch mit

Abfragen an der Reihe.

Mit hochrotem Kopf stand sie an der Tafel und redete so einen Blödsinn, dass die ganze Klasse in wieherndes Gelächter ausbrach. ›Stratfort upon Avon‹, sprach sie zum Beispiel: ›Schtradford upp ooon Awoon‹ aus.

»Ich weiß wirklich nicht, was heute mit dir los ist! Als Sprachgenie kann man dich zwar sowieso nicht gerade bezeichnen, aber derart falsches Englisch habe ich in meiner ganzen Schullaufbahn noch nicht gehört«, schimpfte Frau Gumprecht, die Englischlehrerin, und trug Julia eine 5 in ihr Notizbuch ein.

Julia zuckte mit den Achseln und setzte sich verlegen neben Mara.

»Wenn die ein Pferd bekommen hätte, wäre sie wohl auch durch den Wind«, flüsterte Julia Mara zu.

Obwohl sich Mara kaum vorstellen konnte, dass sich Frau Gumprecht über ein Pferd gefreut hätte, konnte sie ihre Freundin verstehen. Sie selbst wäre wohl auch mehr als aufgeregt gewesen.

Nach der Schule ging es sofort zum Reitstall, wo Julias Pferd momentan noch stand. Nathano war ein durchtrainierter, eleganter Fuchs mit kurzer Mähne und einer schmalen Blesse. Julia platzte beinahe vor Stolz.

Mara gefiel er natürlich auch sehr gut, doch irgendwie vermisste sie ihren dicken Odin mit der langen Wuschelmähne.

Am übernächsten Sonntag sollte es auf den Pferdemarkt gehen, um Julias zweites Pferd zu kaufen.

Kapitel 7

Mitte März wurde Rhiann, die ja jetzt Ruby hieß, von der Koppel geholt. Sie war nun etwas über vier Jahre alt und inzwischen 1,40 m groß. Mit ihrem dicken Winterfell sah sie wie ein kleiner Teddybär aus.

Frau Lamprecht begann wieder mit Longieren und Sattelauflegen. Solange keine schreienden Kinder in der Nähe waren und niemand die Peitsche benutzte, arbeitete die kleine Stute recht gut mit. Sobald jedoch jemand in den Sattel steigen wollte, oder ein Mann versuchte sie festzuhalten, rastete sie aus.

Langsam verzweifelte Frau Lamprecht.

»Eigentlich sollte sie ab April zumindest in den Führstunden mitlaufen und für die Ferienkinder hätte ich sie auch ab und zu gebraucht. Ich kann doch nicht ewig mit dem Pony rummachen!«, sagte sie eines Tages zu ihrem Mann. »Wenn das so weitergeht, muss ich sie wieder verkaufen, das ist echt zu gefährlich mit den Kindern.«

Herr Lamprecht zuckte mit den Achseln. »Probier's doch noch mal zwei Wochen. Wenn es nicht besser wird, dann nehmen wir sie halt am 22. April auf den Pferdemarkt mit. Der ist irgendwo in der Nähe von Würzburg, habe ich gelesen.«

Frau Lamprecht seufzte. »Ich denke, da wird uns nichts anderes übrig bleiben.«

Rubys Verhalten verbesserte sich nicht. Sie ließ nach wie vor keine kleinen Kinder an sich heran und buckelte selbst die besseren Reiter herunter. Mit dem Stress und dem wärmeren Wetter kehrte auch wieder das Sommerekzem zurück.

Durch den Fellwechsel und die abgescheuerten Stellen am

Hals machte das Pony einen reichlich zerrupften Eindruck, als es schließlich auf dem Pferdemarkt in Rothenfels stand. Das Verladen war eine einzige Katastrophe gewesen und hatte mehrere Stunden gedauert.

»Für die bekommen wir nicht mehr viel. Da hole ich wahrscheinlich nicht mal das Futter raus, das sie gekostet hat«, ärgerte sich Frau Lamprecht.

»Kannst froh sein, wenn Ruby überhaupt einer nimmt, so, wie die aussieht!«, antwortete ihr Mann mit kritischem Blick auf das Pony, das mit hängenden Ohren an einem Holzzaun angebunden stand.

Maras siebzehnter Geburtstag verlief recht entspannt. Sie hatte ihre Eltern davon überzeugt, die Verwandten nicht einzuladen und mit ihren Freunden im Reitstall gefeiert. Bis spät in die Nacht war die Party gegangen und alle hatten im Heu übernachtet.

Am nächsten Tag wollte Mara mit Julia zum Pferdemarkt nach Rothenfels fahren, einem Dorf, etwa zehn Kilometer von Traunfelden entfernt. Nathano hatten sie schon am Morgen auf den Bauernhof von Julias Großeltern gebracht, wo er genüsslich sein Heu kaute.

Reichlich müde wurden Julia und Mara von Julias Vater zum Pferdemarkt gefahren. Falls sie ein Pony fanden, sollten sie ihn anrufen, er würde sie dann mit dem Pferdeanhänger abholen.

Sie liefen über den Pferdemarkt und plötzlich war die Müdigkeit wie weggeblasen.

Mara hatte zum Geburtstag insgesamt 150 Euro von der Verwandtschaft und einen Bildband über Schottland von Nadja bekommen. Sie überlegte gerade an einem Verkaufsstand, ob sie sich ein paar neue Reitschuhe kaufen sollte, konnte sich aber dann doch nicht entschließen.

Julia kaufte ein neues Halfter und eine dunkelgrüne Satteldecke für Nathano. Ein kleines, braun-geschecktes Shetlandpony fand Julia besonders süß, aber sie wollte sich zunächst noch weiter umschauen.

Die Freundinnen liefen über den recht gut besuchten Pferdemarkt. Julia unterhielt sich gerade mit einem Mann über ein Welshpony, während Mara weiterschlenderte. Ziemlich am Rande des Geländes stand ein struppig und zerrupft aussehendes Pony mit hängendem Kopf angebunden.

Mara dachte: *Armer kleiner Kerl, dich will bestimmt keiner, bei den vielen schönen Pferden hier!*

Sie wollte schon weiterlaufen, doch plötzlich hob das Pony den Kopf und schien Mara direkt in die Augen zu sehen. Mara erstarrte – irgendetwas in diesem Blick berührte sie tief in ihrem Inneren.

Sie ging näher heran, vom Besitzer war keine Spur zu sehen. Mara versuchte, das Pony zu streicheln, das zunächst instinktiv zurückwich, dann aber entspannt stehen blieb und sich die Mähne kraulen ließ.

Eigentlich hat das falbenfarbene Pony mit der dunklen Mähne doch einen recht hübschen Kopf, dachte sie.

Eine Frau kam mit einem Becher Kaffee in der Hand näher. »Na, möchtest du ein Pferd kaufen?«

Mara schüttelte den Kopf. »Nein, ich bin mit meiner Freundin hier.«

Die Frau seufzte. »Das Pony bekomme ich bestimmt nicht los, mit dem Sommerekzem, und noch dazu ist sie sehr schwierig.«

Mara streichelte die kleine Stute weiter. »Scheint doch ganz lieb zu sein.«

»Na ja, von dir lässt sie sich komischerweise streicheln,

aber kleine Kinder und Männer lässt sie überhaupt nicht an sich heran.«

Julia kam in eiligem Schritt heran.

»Mensch, da steckst du! Komm mit, das Welshpony ist ganz goldig, auf dem könntest sogar du noch reiten! Ich könnte es für achthundert Euro haben«, sprudelte Julia los und zog Mara am Ärmel ihres Pullovers hinter sich her.

Mara hörte gar nicht zu. Immer wieder wandte sie sich zu dem Pony um, das ihr schon wieder mit diesem hilfesuchenden Blick nachzuschauen schien.

»Julia, bleib mal stehen!«, verlangte Mara.

»Was denn? Sonst verkauft der Typ noch das Welshpony«, nörgelte Julia.

»Julia, bitte halte mich jetzt nicht für verrückt, aber ich muss dieses Pony da hinten kaufen!« Maras Stimme klang total aufgeregt.

»WAAAS, das Zotteltier da?«, fragte Julia ungläubig.

Mara war schon wieder zu dem Pony gelaufen, welches sich nun an sie herandrückte. Die Besitzerin stand ein Stück entfernt und redete mit einem Mann.

»Mensch, Mara, du hast doch gesagt, dass es deine Eltern nicht erlauben.«

»Ja, ich weiß schon, aber – Kannst du die Kleine nicht kaufen? Ich kümmere mich auch um sie«, bettelte Mara.

»Nee, du, die gefällt mir nicht. Wenn du schon ein Pony willst, dann nimm doch ein sportliches, mit dem du auf Turniere gehen kannst«, meinte Julia und schaute verächtlich auf das Pony.

»Julia, bitte! Ich glaube, dieses Pony ist etwas ganz Besonderes. Ich kann es mir ja selbst nicht erklären, aber irgendwie weiß ich, wir gehören zusammen.« Mara kraulte das Pony verträumt am Hals.

So hatte Julia ihre Freundin ja noch nie erlebt! Mara schien vollkommen entrückt zu sein. Julia schüttelte den Kopf.

Ihre Freundin blickte sie jedoch so flehend an, dass Julia schließlich seufzte: »Also gut. Wenn du wirklich meinst, dann frag halt, was das Pony kostet. Mein Vater hat ja gesagt, dass du ein Pferd mit zu uns stellen kannst. Er braucht ja nicht wissen, dass deine Eltern es nicht erlaubt haben. Ich kann dir das Geld leihen. Oh Mann, ich muss echt 'nen Knall haben!« Julia blickte mit gerunzelter Stirn auf das Pony.

Mara umarmte sie stürmisch. »Julia, du bist super!«

Nun kam die Frau zurück. »Na, bist du immer noch da? Hat deine Freundin schon ein Pferd gefunden?«, erkundigte sie sich freundlich.

»Nein, aber was soll denn das Pony hier kosten? Ich hab's mir überlegt, ich würde es gerne kaufen«, fragte Mara aufgeregt.

Die Frau blickte sie skeptisch an.

»Du, Ruby ist nichts für dich. Meine Mädchen in der Reitschule hat sie alle runtergebuckelt, außerdem ist sie ziemlich ängstlich und macht nur Schwierigkeiten. Die kann ich doch keinem jungen Mädchen verkaufen!«

Julia grinste. »Dann ist sie ja genau das Richtige für dich!« Zu der Frau gewandt fuhr sie erklärend fort: »Mara steht auf sture, buckelnde Ponys.«

»Bitte, sagen Sie doch, wie viel sie kostet. Ich kann wirklich gut mit schwierigen Pferden umgehen«, bettelte Mara.

Die Frau schaute Mara und das Pony an.

»Na ja, so zahm habe ich sie zumindest schon lange nicht mehr gesehen. Ich wollte fünfhundert Euro für Ruby. Bist du denn schon über achtzehn, ich will nämlich keinen

Ärger?!« Sie blickte Mara skeptisch an.

»Ja klar«, versicherte Mara hastig. »Ich bin gestern achtzehn geworden!«

Gerade wollte Julia den Mund aufmachen, doch Mara trat ihr schnell auf den Fuß.

»Also gut, Mädchen, jetzt schaut euch noch mal genau um. Wenn ihr in zwei Stunden kein besseres Pferd gefunden habt, dann könnt ihr Ruby haben«, meinte die Frau, die sich jetzt als Frau Lamprecht vorstellte, resigniert. Vielleicht würde sie ja das Pony doch noch loswerden, wobei sie ein schlechtes Gewissen gegenüber den zwei netten Mädchen hatte.

Mara konnte sich kaum von dem Pony trennen, doch Julia zog sie hinter sich her.

»Mara, bist du bescheuert, wie kannst du sagen du bist achtzehn?«, schimpfte Julia außer Hörweite los.

»Sonst hätte Frau Lamprecht ja gleich nein gesagt, Unterschrift von den Eltern, blablabla …«, rechtfertigte sich Mara.

»Oh Shit, wieso habe ich mich da bloß drauf eingelassen? Das gibt bestimmt Ärger!« Nun blickte Julia ziemlich sauer und zweifelnd drein.

»Julia, jetzt mach bloß keinen Rückzieher, ich muss dieses Pony haben!« Mara hatte Julia an der Schulter gefasst und schaute sie so verzweifelt an, dass Julia grinsen musste.

»Na ja, 'ne normale Freundin kann ja jeder haben, oder?!« Dann riefen sie Julias Vater an, damit er sie in zwei Stunden abholte.

Julia wollte sich noch etwas umschauen, doch Mara bestand darauf, in der Nähe des Ponys zu bleiben. Sie hatte panische Angst, dass jemand anderes ihr die kleine Stute wegschnappen könnte. Doch niemand schien sich für das kleine, zottelige Pferd zu interessieren, das jedes Mal zurückzuckte, wenn es jemand berührte.

Mara saß wie auf Kohlen.

Endlich war es 14 Uhr. Mara ging mit Julia im Schlepptau selbstbewusst auf Frau Lamprecht zu, die mit einem Mann bei dem Pony stand. Sie hatte sich 500 Euro von Julia geliehen. Zum Glück hatte Mara etwas gespart und gerade Geburtstagsgeld bekommen. So konnte sie der Freundin das Geld bald zurückzahlen.

»Hallo, da bin ich wieder. Ich möchte Ruby jetzt kaufen!«, sagte Mara mit aller Überzeugung die sie aufbringen konnte.

Die Frau blickte sie skeptisch an.»Und du weißt, worauf du dich da einlässt? Ruby ist wirklich sehr schwierig!«

»Ja, ich bin sicher, dass ich mit ihr zurechtkomme!« Sie hatte einen Arm um den Hals des Ponys gelegt und hielt Frau Lamprecht die 500 Euro ausgestreckt hin.

»Also gut«, seufzte Frau Lamprecht und nahm das Geld. »Ruby ist etwa vier Jahre alt, irgendein Ponymix. Longieren lässt sie sich einigermaßen, aber beim Reiten hat sie noch jeden runtergeschmissen. Sie ist sehr ängstlich und kaum in den Hänger zu bringen. Notfalls müsst ihr einen Tierarzt anrufen, damit er ihr eine Beruhigungsspritze gibt.«

»Ich heiße Mara Steiner. Bei mir hat es Ruby gut, sie steht dann mit Julias Wallach zusammen.«

»Möchtest du einen Kaufvertrag?«, fragte Frau Lamprecht.

Mara schüttelte den Kopf, für sie schien es nur noch ihr Pony zu geben. Frau Lamprecht hatte ein schlechtes Gewissen und sah sehr verlegen aus. Sie fragte sich, ob es wirklich richtig war, dem jungen Mädchen dieses verrückte Pony zu verkaufen. Frau Lamprecht zögerte kurz, dann gab sie Mara 100 Euro zurück.

»Komm, kauf dir mal die erste Ausstattung davon, du hast ja nicht mal versucht zu handeln«, meinte die Frau verlegen. Mara blickte sie verdutzt an. »Ähm, Danke!«, stotterte sie.

»Kommt ihr zurecht, werdet ihr abgeholt, dann fahren wir nämlich nach Hause?«, fragte Frau Lamprecht besorgt.

»Ja, ja, mein Vater holt uns gleich mit dem Pferdeanhänger ab«, versicherte Julia der netten Frau.

»Na dann, viel Glück, Mara.« Frau Lamprecht streichelte dem Pony ein letztes Mal über den Kopf, dann ging sie mit ihrem Mann zum Auto und sie fuhren davon.

Mara, Julia und das Pony standen plötzlich alleine da.

»Na dann, herzlichen Glückwunsch zum eigenen Pferd!«, verkündete Julia und versuchte das Pony zu streicheln, doch dieses machte vor Schreck einen Satz auf die Seite.

»Nettes Tier«, murmelte Julia.

Mara zuckte mit den Schultern und sie liefen los, um zur verabredeten Stelle zu kommen, wo Julias Vater warten würde.

Das Pony trottete brav neben Mara her. Nur, als ein paar kleine Kinder schreiend vorbei liefen, wurde es unruhig, doch Mara konnte ihr Pferd schnell wieder beruhigen.

Julias Vater stand schon neben dem Anhänger und wartete.

»Ja, Mara, was hast du denn da aufgegabelt?«, fragte er mit skeptischem Blick auf das kleine Pferd.

»Das ist Ruby, Herr Wiesner«, erklärte Mara stolz.

»Na ja, ich kenne mich ja nicht aus, dann laden wir mal ein. Deine Eltern wissen Bescheid, nehme ich mal an!«, erkundigte sich Julias Vater mit einem Blick zu Mara.

Julia zwinkerte Mara verschwörerisch zu und antwortete: »Klar, Papa, lass mal die Klappe runter!«

Beim Anblick der sich senkenden Klappe schreckte das

Pony zurück, rollte mit den Augen und schoss panisch rückwärts. Mara konnte den Strick kaum halten.

»Warte mal, das mach lieber ich!« Herr Wiesner nahm Mara den Strick aus der Hand. Er versuchte, die Stute in den Hänger zu führen, doch das Pony wehrte sich mit aller Gewalt.

So ging es eine ganze Weile. Leute kamen, standen herum und glotzten, manche riefen ihnen mal mehr, mal weniger gute Tipps zu. Irgendjemand brachte zwei Longen, ein anderer eine Gerte. Das Pony war mittlerweile schweißgebadet und zitterte am ganzen Körper.

Da rief Mara: »Schluss, aufhören, seht ihr denn nicht, dass sie Angst hat?! Ich führe sie nach Hause. Bis es dunkel wird, bin ich im Stall.«

»Das kann ich nicht erlauben, das ist viel zu gefährlich mit dem kleinen Teufel hier«, keuchte Julias Vater, der schon Blasen an den Händen hatte.

Mara nahm ihm das Pony ab und führte es ein Stück abseits.

»Komm, Ruby, keine Angst, du brauchst da nicht rein, ich passe auf dich auf.« Sie redete sanft auf das zitternde Pferd ein und tatsächlich, kaum entfernten sie sich von dem bedrohlichen Pferdeanhänger und den vielen Menschen, beruhigte sich das Pony und hörte auf zu zittern.

Julia war in ein Gespräch mit ihrem Vater verwickelt. Mara hörte sie sagen: »Ach komm schon, Papa, ich hab doch mein Handy dabei. Mara und ich schaffen das schon. Beim Führen ist Ruby echt brav, schau mal, wie ruhig sie da hinten steht. Die Verkäuferin hat schon gesagt, dass sie schlecht in den Hänger geht!«

Schließlich gab der Vater zähneknirschend nach.

»Aber falls ihr in Schwierigkeiten seid, ruft an. Und nicht

an der Straße entlang laufen!«, ermahnte er die Mädchen. »Wenn ihr bis um halb sechs nicht am Stall seid, dann rufe ich die Polizei!«

Julia winkte ihm beruhigend zu, dann zog das Trio ab. Je ruhiger es wurde, umso mehr entspannte sich das Pony. Zum Glück waren die Freundinnen schon öfters in der Gegend ausgeritten und fanden problemlos den Weg.

Unterwegs rief Julias Vater viermal an, ob alles in Ordnung sei und jedes Mal versicherte Julia ihm, dass es keine Probleme gab.

Mara war sehr schweigsam. Zwar war sie überglücklich, das Pony gekauft zu haben, doch sie machte sich inzwischen ernsthafte Gedanken. Wie sollte sie auf Dauer das Pferd vor ihren Eltern geheim halten? Wie Futter, Tierarzt und Hufschmied bezahlen?

»Hey, Mara, was 'n los? Bereust du den Kauf jetzt schon, du bist ja total blass um die Nase?«, fragte Julia besorgt.

»Nee, das nicht«, seufzte Mara. »Ich überlege nur, wie ich das alles bezahlen soll, und na ja, meine Eltern …« Sie zuckte vielsagend mit den Achseln.

»Ach komm«, meinte Julia unbekümmert. »Offiziell ist es halt mein Pferd. Und wenn du, wie ich, zweimal pro Woche im Supermarkt Regale einräumst, verdienst du auch ein bisschen Geld. Das wird schon reichen!«

Julia legte der Freundin einen Arm um die Schulter, was das Pony mit zurückgelegten Ohren quittierte.

»Hey, schau mal, die ist schon eifersüchtig!«, grinste Julia.

Gegen 17 Uhr kamen sie ziemlich geschafft auf dem Bauernhof von Julias Großeltern an. Julias Vater sah sehr erleichtert aus.

Sie führten das Pony auf die Koppel zu Nathano. Die Pferde beschnupperten sich, die Stute quietschte, dann galoppierten sie gemeinsam über die Koppel. Schließlich senkten sie die Köpfe und grasten nebeneinander.

»Na, die scheinen sich ja zu mögen.« Julias Vater wirkte zufrieden.

Es war schon ein seltsames Paar. Der elegante, langbeinige Nathano und das zottelige, stämmige Pony.

Die Mädchen richteten die Boxen für die Nacht her. Gegen 18 Uhr, es war schon beinahe dunkel, führten sie die Pferde in den Stall. Die beiden Pferde wirkten zunächst etwas aufgeregt in der neuen Umgebung, senkten dann aber doch die Köpfe und knabberten an ihrem Heu.

Mara umarmte ihr Pony und sagte dann: »Julia, ich muss jetzt gehen, sonst laufen meine Eltern Amok.«

»Soll ich dich nach Hause fahren?« fragte Herr Wiesner.

»Nein, nein, ist ja noch hell«, versicherte Mara rasch.

Obwohl sie todmüde war und sich kaum auf den Beinen halten konnte, stieg sie auf ihr Fahrrad und fuhr los. Es hätte ihr gerade noch gefehlt, dass Herr Wiesner ihren Eltern über den Weg lief und erzählte, dass sie gerade mit Maras Pferd angekommen waren. Das wäre wohl der Anfang vom Ende gewesen!

Natürlich kam die erwartete Standpauke, wo sie denn den ganzen Tag gewesen sei, und warum sie so spät heim käme. Doch Mara war viel zu müde, um sich über irgendetwas aufzuregen. Sie ließ alles an sich abprallen, aß noch etwas und ging dann in ihr Zimmer, wo sie erschöpft einschlief.

Am nächsten Tag gab sie Julia die vierhundert Euro zurück. Hundertfünfzig hatte sie zum Geburtstag bekommen, die zweihundert von Frau Brehm waren auch noch da und die letzten fünfzig hatte sie von ihrer Schwester geliehen.

Die Mädchen konnten sich kaum auf den Unterricht konzentrieren. Sie redeten ständig über ihre Pferde und wie die beiden wohl die Nacht verbracht hatten. Nach den Hausaufgaben wollten sie sich gleich auf dem Bauernhof treffen.

Mara, die sich fest vorgenommen hatte, diesmal die Abschlussprüfung zu bestehen, zwang sich, ihre Hausaufgaben gewissenhaft zu erledigen. Die Sache mit der Aupairstelle verdrängte sie zunächst einmal.

Gegen 15 Uhr fuhr Mara los.

»Wiedersehen macht Freude«, erinnerte sie Diana an die geliehenen fünfzig Euro.

»Ja, ja, spätestens nächste Woche kriegst du das Geld!«, versicherte Mara.

Sie wollte ihr Sparbuch plündern, da sie Sattel, Putzzeug und alles weitere für ihr Pferd benötigte. Doch das ging nur, wenn ihr Vater nicht in der Bank war, sonst würde er gleich unangenehme Fragen stellen, wofür sie soviel Geld bräuchte. Gott sei Dank hatte er nächste Woche Urlaub.

Julia war schon im Stall und gerade mit Ausmisten beschäftigt, als Mara kam. Sie ging schnell zur Koppel und wollte ihr Pony streicheln, doch dieses beäugte sie misstrauisch und ging ein paar Schritte weiter.

Mara zuckte mit den Achseln. Sie würde das Pony erst später holen und Julia jetzt beim Ausmisten helfen. Gutgelaunt und schwatzend machten sich die Mädchen an die Arbeit, bis alles blitzte.

Julias Großeltern kamen herein und meinten, wie schön es wäre, dass jetzt endlich mal wieder ›Viecher‹ auf dem Hof seien. Die beiden alten Leute boten an, dass sie auch mal ausmisten würden, falls die Mädels irgendwann keine Zeit hätten.

Dann holte Julia Nathano von der Koppel. Mara brauchte etwas länger mit ihrem Pferd, doch mit viel gutem Zureden und einem Apfel ließ sich das Pony schließlich einfangen. Sie putzten die Pferde ausgiebig und Mara rieb die offenen, aufgescheuerten Stellen mit Ringelblumensalbe ein, die sie aus dem Medizinschrank ihrer Mutter mitgenommen hatte.

»Jetzt sieht sie doch schon viel besser aus!«, meinte Mara und blickte ihr Pony stolz an. »Schau mal, was die für einen süßen weißen Blitz unter ihrem Schopf hat!«

Julia warf einen skeptischen Seitenblick auf Ruby und striegelte ihren glänzenden Nathano mit dem seidigen Fell.

»Wann willst du sie das erste Mal reiten?«, fragte Julia neugierig.

»Ich weiß noch nicht, sie soll sich ein paar Tage lang eingewöhnen. Wenn du reiten willst, dann führe ich sie halt mit«, antwortete Mara.

Julia sattelte Nathano und dann machten sie einen gemütlichen Spazierritt durch den Wald.

Beim Abendessen erzählte Mara ihren Eltern, mit etwas schlechtem Gewissen, dass Julia jetzt zwei eigene Pferde hätte und sie sich um eins davon kümmern dürfe.

»Was, du sollst dich um die Viecher von anderen Leuten kümmern? Haben die selbst keine Zeit?«, fragte Ursula kritisch.

»Doch, aber Julia konnte Nathano ja nicht allein stehen lassen, dann wäre er doch einsam gewesen«, meinte Mara. »Und zu zweit ist es eben schöner auszureiten.«

Ursula machte ein verächtliches Gesicht. »Also, ich finde es sehr unvernünftig Kindern in diesem Alter ein eigenes Pferd zu kaufen, ganz zu schweigen von zwei. DIE müssen ja Geld haben! Und dann, dann hat Julia einen Freund, und der Gaul ist vergessen!«

Mara verdrehte die Augen. »Ein Freund heißt ja nicht gleich, dass man sein Pferd vernachlässigen muss!«

»Ja, ja, das sagst du jetzt, und wenn dann der Mann deiner Träume vor dir steht und sagt, dass er keine Pferde mag, dann sieht das ganz anders aus«, meinte Ursula überzeugt.

»So charakterlos sind weder Julia noch ich!«, beharrte Mara wütend.

Der Vater schaltete sich ein: »Aber denke an unsere Abmachung. Eine Zeit lang kannst du dich meinetwegen um dieses Tier kümmern, aber ab Mai gibt es kein Reiten mehr!«

Mara nickte. Sie überlegte krampfhaft, wie sie um das Reitverbot herumkommen konnte, aber irgendetwas würde ihr bis dahin sicher einfallen!

Etwa eine Woche später startete sie ihren ersten Reitversuch. Das Pony hatte sich beim Longieren recht geschickt angestellt.

Mara wollte auf dem Stück abgesteckter Wiese reiten, das ihnen bei gutem Wetter als Reitplatz diente. Nathano stand auf der Koppel nebenan und schaute neugierig herüber. Mara war schon sehr aufgeregt.

Julia hielt Ruby am Zaumzeug fest, die sie misstrauisch beäugte. Mara gegenüber war die Stute jetzt schon recht zutraulich, doch Julia war ihr wohl immer noch nicht ganz geheuer.

Vorsichtig stellte Mara ihren Fuß in den Steigbügel.

Das Pony schnaubte und wich zur Seite aus.

»Komm, ruhig, Ruby, ich tu dir doch nichts«, versuchte Mara das Pony zu beruhigen. Sie atmete tief durch und schwang das Bein über den Sattel.

Ruby wurde kurz stocksteif, dann brach die Hölle los. Die Stute spurtete los, sodass Julia das Zaumzeug loslassen musste, dann rannte das Pony wild buckelnd über die Wiese.

Mara hielt sich tapfer einige Sekunden im Sattel, doch dann wurde sie abgeworfen und landete unsanft auf dem Hinterteil. Von seiner Last befreit galoppierte das Pony einige Runden um den Zaun und blieb schließlich schnaubend stehen.

Julia rannte erschrocken zu ihrer Freundin, die sich inzwischen wieder aufgerappelt hatte.

»Hast du dir wehgetan?«, fragte sie besorgt.

Mara verzog das Gesicht. »Nee, geht schon.« Sie humpelte zu ihrem Pferd, das mit großen Augen in einer Ecke stand.

Beruhigend redete sie auf das Pony ein, bis es sich entspannte, dann meinte sie: »Julia, halt noch mal fest.«

»Bist du verrückt? Du brichst dir ja noch das Genick mit dem kleinen Miststück!«, rief Julia entsetzt.

»Quatsch, Ruby hat doch nur Angst, und irgendwann muss ich sie ja reiten.«

Doch auch der zweite Versuch endete mit blauen Flecken, Prellungen und einem aufgeschürften Arm für Mara.

Schließlich gab sie auf und beschloss, zur Entspannung noch ein wenig mit ihrem Pferd spazieren zu gehen, auch wenn sie nur noch humpeln konnte.

Julia schüttelte den Kopf, ging dann aber mit Nathano mit.

Auch die nächsten Tage änderte sich nichts. Das Pony blieb lieb und zutraulich, solange niemand versuchte, es zu reiten. Zwar war Ruby Fremden gegenüber misstrauisch, besonders bei Männern, doch nie aggressiv.

Mara schaffte es irgendwie, ihren humpelnden Gang und die blauen Flecken zu verheimlichen. Zum Glück war es nicht so warm, so konnte sie ihre Schürfwunden unter langen Shirts verstecken.

Eines Tages kam sie humpelnd nach Hause. Sie hatte einen neuen, erfolglosen Versuch unternommen, auf ihrem Pferd zu reiten.

Ihre Mutter saß mit Herrn und Frau Fischer, die zwei Häuser entfernt wohnten, am Kaffeetisch. Herr Fischer war schon seit einigen Jahren pensioniert und dafür bekannt, dass er ständig seine Nase in die Angelegenheiten von anderen Leuten steckte.

»… ja und dann hat unser Nachbar, der Herr Kleinert, doch tatsächlich sein Carport so hoch gebaut, dass ich gar nicht mehr rüber zu den Lochners schauen kann. Natürlich habe ich sofort beim Bauamt angerufen und stellen Sie sich vor, die hatten gar keine Genehmigung!«, sagte Herr Fischer gerade, wobei er in seiner Aufregung mit feuchter Aussprache den Apfelkuchen benetzte.

Mara unterdrückte ihr Hinken und wollte sich schnell verdrücken, doch Frau Fischer, die eigentlich ganz nett war, sagte: »Oh, Hallo, Dörthe, iss doch ein Stück Kuchen mit uns.«

Mara lehnte dankend ab und würgte. Sie setzte sich nach einem strengen Blick ihrer Mutter aber zumindest an den Tisch.

Herr Fischer, etwas ärgerlich über die Unterbrechung, fuhr fort: »Ähm, ja, wo war ich stehen geblieben? Ach so, also, natürlich habe ich die Kleinerts sofort angezeigt, ist ja schließlich mein Recht!«

Zustimmendes Nicken von den beiden Frauen.

»… ha, und dann mussten sie das ganze Teil abbauen und das Beste ist, jetzt kam heraus, dass der Zaun zwei Zentimeter zu weit über die Grenze gebaut wurde! Also so etwas, nein, nein, nein, die Leute erlauben sich wirklich was! Selbstverständlich werden sie den auch abreißen müssen.« Herr Fischer machte ein Gesicht, als ob er gerade einen Oscar gewonnen hätte und blickte triumphierend in die Runde.

Mara trank der Höflichkeit halber einen Milchkaffee mit und hörte sich das anklagende Gerede der Erwachsenen über unmögliche Leute an, die sich nicht an Gesetze und Bestimmungen hielten.

Also wirklich, manche Leute haben Probleme!, dachte Mara, und entschuldigte sich schließlich damit, dass sie noch lernen musste. Nach dem langen Sitzen konnte sie allerdings ein Humpeln nicht ganz verbergen.

»Ja, was ist denn mit dir los?«, fragte ihre Mutter.

»Ich hab 'nen fetzen Muskelkater, hatte gestern Sport in der Schule«, sagte Mara ausweichend und bemühte sich, so normal wie möglich zu laufen.

Frau Fischer schüttelte den Kopf. »Also wirklich, dass die die Kinder so hart rannehmen müssen heutzutage!«

Ursula meinte: »Na ja, also Kochunterricht anstatt Sport fände ich sowieso sinnvoller!«

Mara entschloss sich, ihre Reitversuche erstmal auf Eis zu legen, auch wenn das ziemlich an ihrer Ehre kratzte.

Eines Tages wollte Julia zum Reitstall hinüber reiten, um an der Springstunde teilzunehmen. Mara entschloss sich, ihr Pony mitzunehmen.

Vielleicht kann ich Ruby ja später ein bisschen longieren, dachte sie.

Die kleine Stute sah mittlerweile gepflegter aus. Das Winterfell war ausgegangen und das Sommerekzem nicht so schlimm, da Mara sie regelmäßig mit Fliegenmittel einschmierte. Langsam begann das Fell sogar zu glänzen.

Am Reitstall angekommen scharten sich alle um Julia und

bewunderten Nathano.

Iris meinte: »Na, und die kleine Stute hast du also auch noch gekauft, sieht ja recht niedlich aus!« Sie versuchte das Pony zu streicheln, das ängstlich zurückwich.

»Oh je, oh je, ich tu dir doch nichts!«, sagte sie kopfschüttelnd. Dann fragte sie Julia: »Ist die immer so?«

»Mich mag sie auch nicht!«, antwortete Julia mit einem Grinsen.

»Dann scheint sie wohl eher Maras Pferd zu sein!«, erwiderte Iris scherzhaft.

Mara grinste verlegen zurück und wurde rot.

Anschließend begann die Springstunde. Julia und die anderen machten erst Stangenarbeit, dann kleine Sprünge und Oxer. Mara ließ ihr Pony währenddessen am Wiesenrand fressen und schaute etwas neidisch zu.

Am Ende der Stunde kam Iris zu ihr. »Warum reitest du denn nicht mit? Julia hat bestimmt nichts dagegen.«

Mara druckste verlegen herum, dann erzählte sie von ihren missglückten Reitversuchen und was Frau Lamprecht ihnen erzählt hatte.

»Dass Julia so ein Pferd kauft? Die ist doch sonst nicht so unvernünftig!«, sagte Iris kopfschüttelnd.

Mara zuckte verlegen mit den Achseln.

»Ich mag Ruby, sie ist wirklich lieb, nur beim Reiten hat sie halt Angst«, verteidigte sie ihr Pony.

»Komm, wir probieren´s mal. Ich hab jetzt keine Reitstunden mehr. Du hältst die Longe fest und ich setze mich drauf!«, schlug Iris optimistisch vor.

Mara blickte sie zweifelnd an. Ihre blauen Flecken waren kaum verschwunden und jetzt wollte Iris sich wohl welche holen.

»Christina, bring doch bitte mal die Schutzweste!«, schrie

Iris einer ihrer Reitschülerinnen zu, und meinte an Mara gewandt: »Sicher ist sicher!«

Mara hatte die Stirn gerunzelt, doch den Versuch war es vielleicht wert und Iris ritt ja wirklich sehr gut. Sie legte einen geliehenen Sattel auf und longierte ihr Pony zehn Minuten lang ab.

»Das sieht doch schon gut aus!«, meinte Iris anerkennend. Doch sobald sie versuchte den Fuß in den Steigbügel zu stellen, schoss das Pony panisch vorwärts.

»So wird das nichts! Mara, willst du es versuchen? Die Kleine hat ja total Angst vor mir!«, fragte Iris und hielt Mara die Schutzweste hin.

Mara nickte, ging zu ihrem Pony und redete leise auf die Stute ein, bis sie sich schließlich entspannte und den Kopf senkte. Dann schwang Mara sich vorsichtig in den Sattel.

Iris konnte die Longe kaum festhalten. Das Pony buckelte auf der Stelle wie ein Rodeopferd. Mara wurde ordentlich durchgeschüttelt, hielt sich aber noch tapfer oben. Doch dann versuchte Iris, die Stute am Zaumzeug zu packen.

Das Pony stieg und buckelte, kaum auf den Beinen, erneut los. Iris ließ los.

Mara schlug einen Salto und landete im Sand, während das Pony an der Longe weitertobte. Sofort stand Mara auf und nahm Iris die tobende Stute ab. Langsam beruhigte sich das Pony wieder.

Iris stand inzwischen mit hochrotem Kopf bei Julia am Zaun und schrie sie mit überschlagender Stimme an, was sie denn da für einen Mistbock gekauft hätte, und dass der Gaul in die Wurst gehören würde!

Julia hatte die Schultern eingezogen und sah hilfesuchend zu Mara, die das Pony wieder beruhigt hatte.

Mara kam herübergehinkt. »Iris, ich habe Julia überredet

Ruby zu kaufen und versprochen, mich um sie zu kümmern!«, verteidigte sie die Freundin.
»Ja bist denn du auch noch blöde? Dagegen war ja Odin ein Engel! Habt ihr denn gar nichts bei mir gelernt?!«
So schimpfte Iris in einer Tour weiter.
Die beiden Mädchen standen betreten neben ihr und selbst das Pony ließ die Ohren hängen.
Schließlich wandte sich Iris ab und stampfte wütend in Richtung Stall davon.
»Tut mir leid, jetzt hast du alles abbekommen«, sagte Mara schuldbewusst.
Doch Julia winkte ab. »Nicht so schlimm, wir kennen doch Iris' Wutausbrüche.«
Zehn Minuten später kam Iris zurück, scheinbar hatte sie sich wieder beruhigt.
»Also, passt mal auf, Ruby hat wahrscheinlich schlechte Erfahrungen gemacht, sie ist ja noch recht jung. Mara, dich scheint sie zu mögen. Geh mit ihr spazieren und longier sie weiter. Ich zeig dir noch ein paar Übungen aus der Bodenarbeit. Wenn sie dir wirklich vertraut und überall mit hingeht, dann kannst du anfangen, dich über sie drüberzulegen. Ganz langsam, lobe sie und gib ihr eine Belohnung. Und Julia, du musst auch ab und zu mit ihr arbeiten!«
Julia zog eine Grimasse. Ein wütender Blick von Iris hielt sie davon ab zu widersprechen.
»Versprecht mir, das Pony nicht mehr alleine zu reiten!«, fuhr Iris nachdrücklich fort.
Beide Mädchen nickten.
»Gut, wenn ihr mit Ruby vom Boden aus zurechtkommt, dann probieren wir noch mal, sie zu reiten«, sagte Iris bestimmt.
Schließlich gingen sie auf den Reitplatz und Iris zeigte

ihnen einige Übungen mit Nathano.
Mara seufzte, vielleicht würde sie das Pony ja doch noch hinkriegen.

Die Wochen gingen vorüber und es war eine stressige Zeit für Mara. Sie arbeitete zweimal pro Woche im Supermarkt, Julia hatte ein gutes Wort beim Marktleiter für sie eingelegt. Danach übte sie mit ihrem Pony und lernte oft bis spät in die Nacht. Meistens war sie todmüde.

Da ihre Mutter auf dem Elternabend erfahren hatte, dass sich ihre Noten erheblich verbessert hatten, war zu Hause Ruhe eingekehrt.

Das Problem mit dem Reitverbot hatte Mara so gelöst, dass sie alte Sachen bei Julia deponiert hatte und sich immer dort umzog. Sie hatte zwar ein schlechtes Gewissen, aber eigentlich log sie ja nicht wirklich, denn sie ritt ja nicht.

Wie Iris ihr geraten hatte, machte sie viel Bodenarbeit, longierte und ging spazieren. Oft saß sie einfach in der Box und lernte. Ruby wurde in ihrer Gegenwart zunehmend entspannt und vertraute ihr jetzt vollkommen. Selbst Julia kam nun einigermaßen mir ihr zurecht, doch etwas misstrauisch und vorsichtig wirkte das Pony dann doch.

Mara überlegte die ganze Zeit, ob sie ihre Aupairstelle in Schottland absagen, und lieber doch eine Lehre anfangen sollte, obwohl sie der Gedanke nicht wirklich begeisterte.

Den nächsten Reitversuch hatte sie bis nach den Prüfungen verschoben, schließlich wollte sie nicht am Ende noch mal das Schuljahr wiederholen müssen, weil sie mit gebrochenen Knochen im Krankenhaus lag.

Die Abschlussprüfungen rückten näher. Mara und Julia lernten häufig gemeinsam und fragten sich ab, während sie auf

der Pferdekoppel saßen.
Im Juli war dann endlich alles vorbei. Mara war sich ziemlich sicher, dass sie diesmal bestanden hatte, obwohl noch ein letzter Rest Angst übrig blieb. Sie hatte sich immer noch nicht entschieden, was sie machen sollte. Schottland, oder dem Pferd zuliebe eine Lehre, die sie nicht interessierte?
Zwei Wochen später kam die erlösende Nachricht – sie hatte bestanden! Sogar besser, als sie gedacht hatte, der Durchschnitt war 2,2. Auch Julia hatte ihren Abschluss in der Tasche und so gab es eine große Party am Baggersee.

Zur Feier der bestandenen Prüfungen wollte Nadja ein paar Tage vorbeikommen. Mara holte sie zusammen mit ihrem Vater und Diana vom Zug ab. Nadjas altes Auto hatte den Geist aufgegeben.
Lachend und scherzend fuhren sie nach Hause. Ihre Tante erzählte lustige Geschichten von ihren neuesten Reisen. Diana hatte sie ein paar ausgeflippte T-Shirts mitgebracht und Mara bekam ein Taschenwörterbuch ›Deutsch-Englisch, Englisch-Deutsch‹.
»Damit du in Schottland deine Fish&Chips bestellen kannst!«, sagte Nadja fröhlich.
Mara schaute sie verlegen an und bedankte sich mit gezwungenem Lächeln. Nadjas fragender Blick machte sie allerdings nervös.
Die nächsten zwei Tage waren sie kaum ungestört, dann lud Nadja Mara zum Eisessen in die Stadt ein.
»Und, hast du schon deine Koffer gepackt, bist bestimmt schon aufgeregt, oder?«, fragte Nadja. Sie liefen durch den Stadtpark und schleckten ihr Eis.
»Nee, na ja, also …«, druckste Mara herum. »Vielleicht mache ich doch lieber eine Lehre.« Mara wurde noch röter

als Nadjas Himbeereis.

Nadja verschluckte sich, hustete und sagte schließlich: »Also, wenn deine Mutter immer noch versucht, dir das einzureden, dann werde ich sie verprügeln wie vor fünfundzwanzig Jahren!« Jetzt hatte Nadja einen blutrünstigen Gesichtsausdruck bekommen.

Mara erwiderte hastig: »Nein, nein, meine Eltern haben nichts damit zu tun. Ich dachte halt, es ist vernünftiger, gleich etwas zu lernen!« Sie versuchte überzeugend dreinzuschauen, was ihr aber nur halbherzig gelang.

»Das klingt aber nicht nach der Mara, die ich kenne!« Nadja drückte sie auf eine Parkbank und nahm sie an den Schultern. »Was ist los?«, fragte sie und schaute Mara ernst an.

Mara machte den Mund auf, doch Nadja unterbrach sie: »Und keine Geschichten! Ich kenne dich!«

Mara seufzte, ihrer Tante konnte man wirklich nichts vormachen.

»Na gut, aber du darfst meinen Eltern nichts erzählen, versprich es!«, sagte Mara eindringlich.

Nadja überlegte kurz. »Also, solange du keinen umgebracht und unter Ursulas heiligen Tulpen vergraben hast, halte ich den Mund«, versprach sie feierlich.

Gegen ihren Willen musste Mara grinsen, dann erzählte sie die ganze Geschichte von Ruby, Julia und ihr.

Nadja war etwas blass geworden, und als Mara fertig war meinte sie: »Boah, das ist ja heftig, und du hast das wirklich alles geschafft, ohne dass deine Eltern etwas gemerkt haben. Und dann noch der gute Abschluss! Hut ab! Aber, Mara, mal im Ernst, ewig kannst du das nicht geheim halten.«

Mara blickte sie verlegen an. »Ja, ich weiß, aber die verkaufen Ruby auf der Stelle. Zumindest bis ich achtzehn bin dürfen sie nichts wissen. Bitte, Nadja, du darfst mich nicht verraten!«

»Hmm, ich glaube, du hast Recht. Aber Schottland solltest du deswegen nicht sausen lassen. Deine Julia würde sich doch bestimmt um das Pferd kümmern, ist doch nur ein halbes Jahr«, sagte Nadja, schon wieder gutgelaunt.

»Ja, ich denke schon, aber wie soll ich denn das Geld für Futter, Tierarzt und Hufschmied aufbringen? Ich verdiene als Aupair ja fast nichts und das kann ich Julia nicht auch noch zumuten«, antwortete Mara verzweifelt.

»Mensch, ich würde dir ja echt gern helfen, aber ich bin zurzeit mega pleite, und jetzt auch noch das Auto ...« Nadja sah ziemlich betreten aus, doch dann hellte sich ihr Gesicht urplötzlich auf. »Ich glaube, ich hab 'ne Idee. Lass mich mal machen, ich bin bis morgen zurück!« Damit ließ sie die verdutzte Mara sitzen und rannte mit einem breiten Grinsen im Gesicht davon.

»Nadja, wo gehst du denn hin?«, rief Mara ihr hinterher. Doch sie war schon außer Hörweite.

Nadja ist manchmal echt total verrückt, dachte Mara kopfschüttelnd.

Sie ging allein nach Hause und erzählte den Eltern, Nadja hätte einen Anruf bekommen und überraschend weggemusst.

Ihre Mutter murmelte etwas von: »Das sieht ihr wieder ähnlich, jetzt steht ihr Zeug wahrscheinlich ein halbes Jahr bei uns rum!«

Etwas später fuhr Mara in den Stall und ging mit ihrem Pony spazieren. Julia war scheinbar zum Reitstall geritten. Die kleine Stute wieherte Mara erfreut zu.

Wie versprochen tauchte Nadja am nächsten Tag mit einem dicken Grinsen im Gesicht auf.

Sie nahm Mara zur Seite und sagte geheimnisvoll: »So, jetzt zeigst du mir mal dein Geheimnis. Und dann gebe ich dir etwas, das vielleicht deine Probleme löst.«

Nadja lieh sich Ursulas Fahrrad aus, dann radelten sie in Richtung Stall los. Mara versuchte die ganze Zeit über, etwas aus ihrer Tante herauszubekommen, doch die schwieg wie ein Grab.

Sie kamen ganz schön ins Schwitzen, denn es war mal wieder schwül und unerträglich heiß. Am Stall angekommen gingen sie zur Koppel und Nadja begutachtete das Pony.

»Sieht aus wie ein kleiner Teddybär, mit den großen braunen Knopfaugen!«, sagte Nadja und setzte sich ins Gras.

Mara gesellte sich zu ihr. Ihre Tante holte einen Umschlag heraus und wurde dann ernst.

»Eigentlich solltest du den erst zu deinem 18. Geburtstag bekommen! Aber Papa wäre es bestimmt recht, wenn ich ihn dir jetzt schon gebe.«

Nadja hielt ihr den Brief hin, drückte sie kurz an der Schulter, sagte: »Ich lass dich jetzt mal alleine«, und ging in Richtung Bauernhof davon.

Mara hielt den Brief in der Hand, auf dem in der großen schnörkeligen Handschrift ihres Großvaters stand:

Für Mara zum 18. Geburtstag

Mara schluckte. Über vier Jahre war es jetzt her, dass sie ihren Großvater zum letzten Mal gesehen hatte. Nicht im Traum wäre ihr eingefallen, noch einmal etwas von ihm zu bekommen. Mit zitternden Fingern riss sie den Briefumschlag auf.

Liebe Mara,

heute wirst Du volljährig, gerne hätte ich diesen Tag mit dir gefeiert, doch wenn Du diesen Brief erhältst, lebe ich nicht mehr. Aber sei nicht traurig, ich hatte ein wunderbares Leben und habe immer getan was ich wollte. Außerdem kann ich ja Deine Großmutter auch nicht ewig warten lassen! Wie Du weißt, habe ich alle meine Enkel sehr gerne, sag es nicht weiter, aber Du warst mir immer die Liebste. Du hast etwas von dem Abenteuergeist in Dir, der mich mein Leben lang auf Trab gehalten hat. Deine Mutter konnte das nie verstehen. Ich befürchte, dass Du als Teenager so einige Schwierigkeiten mit ihr gehabt hast! Was auch immer Du willst, wenn Du Dir sicher bist, dass es richtig ist, dann ziehe es durch, es ist Dein Leben! Lass Dich nicht in ein langweiliges Schicksal zwängen und gehe Deinen eigenen Weg. Nur Du kannst entscheiden wie Du leben möchtest! In den kleinen Umschlag habe ich etwas Geld getan. Tu mir den Gefallen und kaufe Dir etwas herrlich Unvernünftiges davon, mach eine Weltreise, oder was immer Dir einfällt. Du bist jetzt erwachsen und kannst tun und lassen was Du willst. Ich wünsche Dir alles, alles Gute für Deine Zukunft! Und, Mara, hör auf zu weinen. Falls ich Dich jetzt von irgendwo sehe, möchte ich ein lachendes Gesicht vorfinden!
In Liebe, Dein Großvater

Tatsächlich liefen Mara die Tränen in Strömen übers Gesicht. Wie gut ihr Opa sie doch kannte!

Dann lächelte sie. Eines hatte sie ihm ja schon erfüllt. Der unvernünftige Wunsch stand kaum zwei Meter von ihr entfernt und graste friedlich.

Sie öffnete den zweiten Umschlag. Darin lag ein Sparbuch auf ihren Namen mit 4000 DM. Mara stockte der Atem, das waren ja fast 2000 Euro!

Sie sprang auf und rannte in Richtung Stall. Das Pony schreckte zusammen und galoppierte davon.

»Sorry, Süße!«, rief Mara dem Pferd hinterher.

Nadja saß im Schatten des großen Kastanienbaums im Hof.

»Du hattest Recht, meine Geldprobleme sind gelöst!«, rief Mara ihr schon von weitem zu und ließ sich dann schnaufend auf die Bank plumpsen. Ein Lächeln erschien auf ihrem ansonsten tränenverschmierten Gesicht. »Opa hat mir ein Sparbuch mit viertausend Mark geschenkt!«

Nadja seufzte erleichtert auf.

»Na, so was habe ich mir schon fast gedacht, jetzt kannst du locker nach Schottland gehen! Papa hat immer gesagt: *›Wenn ich mal nicht mehr bin, dann kümmere dich um Mara, die geht sonst ein in der Spießerbude!‹* «, erzählte Nadja, dann nahm sie Mara in den Arm. »Habe ich übrigens gerne gemacht!«

»Weiß ich doch! Opa und du, ihr seid echt die Besten!« Mara verdrückte ein paar Tränen.

So saßen sie einträchtig nebeneinander bis Julia, die seit neuestem einen Roller hatte, laut hupend in den Hof fuhr.

»Hey, Mara, sag bloß, du wolltest deiner Tante eine Reitvorführung liefern, so verheult wie du aussiehst?!«, fragte Julia vorwurfsvoll.

Mara schüttelte den Kopf. »Nee, aber ich glaube, meine Probleme haben sich gerade gelöst!«

Dann erzählte sie der Freundin von dem Brief und dem Sparbuch. Julia erklärte sich sofort bereit, das halbe Jahr auf das Pony aufzupassen.

»Solange ich den kleinen Teufel nicht reiten muss!«, meinte sie grinsend.

»Du kannst Ruby auch nur auf der Koppel stehen lassen, sie muss nur im Frühling und im Sommer eingeschmiert werden«, antwortete Mara.

»Ach Quatsch, longieren und spazieren gehen tu ich trotzdem!«, verkündete Julia großzügig.

Nadja fuhr bald wieder nach Hause. Mara hatte inzwischen das Sparbuch nachtragen lassen, es waren tatsächlich etwas über 2000 Euro. Sie war jetzt guter Laune und glücklich.

Wie gut, dass ich Mrs. Murray nicht abgesagt habe!, dachte sie.

Endlich musste Mara nichts mehr lernen, hatte Zeit für ihr Pony und in vier Wochen würde sie nach Schottland aufbrechen. Ihr machte das Leben wieder so richtig Spaß.

Mrs. Murray hatte noch mal geschrieben und Mara eine Zugverbindung von Edinburgh, wo sie mit dem Flugzeug landen würde, nach Inverness herausgesucht. Dort sollte sie dann den Bus bis zu einem Ort namens ›Ullapool‹ nehmen. Mrs. Murray würde sie dort abholen.

Maras Mutter war schon vollkommen aus dem Häuschen. Sie fragte ständig, ob Mara noch etwas brauchte und was sie denn alles zu essen mitnehmen wollte. Bei dem fürchterlichen englischen Essen würde sie sowieso abmagern! Sie sollte ja kein Rindfleisch essen, wegen BSE, und die schreckliche Pfefferminzsoße sei sowieso ungenießbar!

Mara wusste zwar nicht viel von Schottland, nur, dass die Landschaft laut Nadjas Bildband wunderschön sein musste. Mrs. Murray hatte weder geklungen, als sei sie an BSE erkrankt, noch sah ihre Familie irgendwie abgemagert aus. Sie hatte ein Foto mitgeschickt, und alle wirkten sehr nett! Doch

Mara hatte gelernt, dass es am besten war, ihre Mutter einfach reden zu lassen.

Noch zwei Wochen waren es jetzt bis zur Abreise. Mara wollte unbedingt versuchen ihr Pony zu reiten, bevor sie wegfuhr. Sie hatte am nächsten Tag einen Termin mit Iris ausgemacht und war schon ziemlich aufgeregt. Doch heute wollte sie einen gemütlichen Spaziergang zum Druidenhain machen.

Die Luft war nach einem nächtlichen Gewitter abgekühlt, daher war sie guter Dinge. Auch das Pony machte einen entspannteren Eindruck. Offensichtlich teilten die beiden ihre Abneigung gegen zu heiße Temperaturen. Mara fiel auf, dass sie bisher noch nie mit ihrem Pferd am Druidenhain gewesen war.

Die Ruhe und die friedliche Stimmung schienen sich auf das kleine Pferd zu übertragen. Die Stute graste entspannt zwischen den Steinen.

Mara legte sich mit ihrem Oberkörper über den Rücken des Pferdes, wie sie es jetzt schon häufig getan hatte. Das Pony störte das mittlerweile nicht mehr.

Jetzt ist es soweit, heute muss ich es probieren!, schoss es ihr durch den Kopf.

Sie hob den Kopf und versuchte den Gedanken abzuschütteln, auch das Pony hatte aufgehört zu grasen und blickte Mara mit großen Augen an.

Ich habe doch nur Halfter und Strick dabei und bin ganz allein, versuchte Mara sich von dem verrückten Gedanken abzubringen. Doch irgendwie schien es ihr so selbstverständlich und so richtig, hier in dieser ruhigen, friedlichen Atmosphäre das erste Mal wieder auf ihre Ruby zu steigen.

Mara atmete tief durch, dann führte sie ihr Pony zu einem

am Boden liegenden Stein, verknotete den Strick zu einem Zügel, holte Luft – und schwang vorsichtig das Bein über den Rücken des Pferdes.

Mara hielt die Luft an, auch das Pony war erstarrt.

Die Zeit schien stillzustehen – dann kam ein Sonnenstrahl durch die Bäume, und als ob sich ein Bann gelöst hätte, fing das Pony an, langsam, mit vorsichtigen, etwas unsicheren Schritten loszulaufen.

Mara konnte ihr Glück nicht fassen! Sie ritt auf ihrem Pferd, und es hatte nicht mal den Versuch unternommen, sie runterzuschmeißen!

Vorsichtig lenkte Mara die kleine Stute im Kreis herum. Das Pony lief ganz ruhig, nur am Ohrenspiel merkte man, dass auch Ruby nicht so recht wusste, wie ihr geschah.

Mara lenkte das Pferd ein Stück in den Wald, auch hier blieb es ruhig. Sie war überglücklich, stieg vorsichtig ab, und umarmte das Pony.

»Ruby, du bist die Beste!« Dann führte sie ihr Pony nach Haus, wo sie Julia aufgeregt erzählte, was geschehen war.

»Du bist sicher, dass du nicht runtergefallen bist und dir den Kopf angehauen hast?«, fragte Julia skeptisch und begann, in Maras dichtem Haar herumzuwühlen.

Die stieß ihr ungeduldig die Hand weg.

»Komm halt morgen mit zum Reitstall, dann beweis ich´s dir!«, sagte Mara genervt.

Doch am nächsten Tag war sie sich schon nicht mehr so ganz sicher. Was, wenn wieder alles schief gehen würde?

Die Mädchen sattelten ihre Pferde und führten sie den knappen Kilometer zum Reitstall. Dort erwartete Iris sie bereits.

»Also, heute soll der große Tag sein, Mara? Ich hoffe, es

klappt diesmal!«, sagte Iris mit einem Blick auf das Pony.

»Mara hatte eine Vision!«, witzelte Julia und machte ein Zeichen, dass Mara nicht ganz dicht wäre.

Das brachte ihr einen fragenden Blick von Iris und einen sehr bösen von Mara ein. Mara zitterten inzwischen die Hände.

Was, wenn Ruby wieder spinnt?, dachte sie verzweifelt.

»Jetzt longier sie erst mal ein bisschen, du bist ja total aufgeregt, das merkt sie doch. Wenn du soweit bist, dann ruf mich, okay?«, sagte Iris aufmunternd und ging zu den Koppeln, um die Wassertröge aufzufüllen.

Mara longierte eine Weile und versuchte sich zu beruhigen. Nach und nach wurde sie etwas entspannter und ihre Hände zitterten nicht mehr.

Iris kam und sagte: »Bist du soweit? Wir können's auch verschieben!«

Mara schüttelte den Kopf, ging zu ihrem Pony und streichelte es. Iris hielt die Longe fest, dann stellte Mara einen Fuß in den Steigbügel und schwang sich vorsichtig in den Sattel. Das Pony legte kurz die Ohren an, blieb aber stehen.

»Atmen, Mara, du läufst ja gleich blau an!«, rief Iris ihr zu.

Mara atmete aus, legte vorsichtig die Beine an den Bauch des Pferdes und Ruby lief los.

Julia stand mit offenem Mund am Zaun.

Sie ritten einige Runden im Schritt, und das Pony blieb ruhig. Nur einmal zuckte es kurz zusammen, als ein Vogel aus dem Gebüsch aufflatterte.

Nach einer Viertelstunde machten sie Schluss.

»Mann, bin ich froh, das ging ja besser, als ich gedacht hatte!«, seufzte Iris erleichtert.

Mara strahlte sie überglücklich an.

»Am besten übst du jetzt jeden Tag hier mit ihr. Aber langsam die Zeit steigern. Julia kann ja die Longe halten, wenn ich keine Zeit habe. Aber nicht allein ins Gelände!«, ermahnte Iris.
»Würde Mara doch nie einfallen!«, verkündete Julia vom Zaun und grinste.
Iris runzelte die Stirn und schaute von einer zur anderen. Na ja, besser, sie wusste nicht alles.

Wie abgesprochen, übte Mara jetzt jeden Tag mit ihrem Pferd. Erst an der Longe, dann in der Reitbahn. Das Pony war lieb und lernwillig, ließ sich jedoch leicht verunsichern.
Am Ende der Woche konnte Mara ihr Pferd jedoch bereits in Schritt und Trab um den Reitplatz lenken und einfache Hufschlagfiguren reiten.
Einmal wurde sie abgeworfen, als eine Gruppe kleiner Ferienkinder ums Eck gerannt kam. Doch das Pony blieb sofort stehen und schien sich besorgt nach seiner Reiterin umzuschauen.
Mara war mehr als zufrieden. Fast tat es ihr leid, bald nach Schottland fahren zu müssen.

Kapitel 8

Am Tag vor ihrer Abreise drückte sie Julia 1500 Euro in die Hand. Das müsste sogar reichen, falls der Tierarzt mal kommen musste.

Mara verabschiedete sich tränenreich von ihrem Pony und nahm Julia das Versprechen ab, ihr jede Woche zu schreiben und sofort anzurufen, falls irgendetwas Ungewöhnliches passiert wäre.

Dann verbrachte sie einen anstrengenden Abend mit ihren Eltern, der gefüllt war mit Ermahnungen und guten Ratschlägen. Um 6 Uhr am nächsten Morgen sollte es nach Frankfurt zum Flughafen gehen.

Mara hatte nachts kaum ein Auge zubekommen, so aufgeregt war sie. Als um 5 Uhr der Wecker klingelte, fühlte sie sich, als ob sie überhaupt nicht geschlafen hätte. Doch dann erfasste sie die Aufregung.

Sie packte schnell noch ein Foto von ihrem Pony ein und stopfte die restlichen Sachen in den großen Rucksack, den Nadja ihr geliehen hatte. Unten hörte sie schon ihre Mutter herumrumpeln und schimpfen. Dann ging sie vollbepackt in die Küche, wo ihr Vater vor einer Tasse Kaffee saß.

»Ich habe dir noch ein Brot gemacht, iss etwas!«, sagte die Mutter.

Mara schüttelte den Kopf. »Nein, Mama, ich kann jetzt nicht, pack's mir doch bitte ein, ich esse es dann später.«

»Aber du musst doch etwas essen ...«, setzte Ursula an. Ein Blick ihres Mannes brachte sie zum Schweigen.

Ursula murmelte noch etwas vor sich hin und begann nervös die Küche zu putzen.

Mara trank noch eine Tasse Kakao, dann fragte ihr Vater: »Also, wollen wir los?«

Mara nickte und lud den schweren Rucksack ins Auto.
Diana war verschlafen aus ihrem Zimmer gekommen und murmelte: »Viel Spaß und bring mir was mit, okay?«
Rasch verabschiedete sich Mara von ihrer Schwester und stieg dann in den schwarzen Audi.
Die Autofahrt war ein nicht enden wollender Redeschwall von Ursula, die vergessene Reisepässe, schlechtes Wetter und die allgemeinen Gefahren eines fremden Landes prophezeite.
Doch Mara hatte die Ohren auf Durchzug geschaltet. Sie war aufgeregt, neugierig und ein wenig schuldbewusst wegen ihres Ponys.
Gegen 8 Uhr kamen sie am Flughafen an. Mara war seit vielen Jahren nicht mehr geflogen und der riesige Flughafen und die vielen hektischen Menschen machten sie ziemlich nervös. Sie ging mit ihren Eltern zum Schalter und checkte ein. Dann musste sie zum wohl zehnten Mal ihrer Mutter die Bahn- und Busfahrkarten für Schottland zeigen. Außerdem sollte ja nicht vergessen, ihre Uhr eine Stunde zurückzustellen, wegen der Zeitverschiebung.
Ihr Vater drückte sie und flüsterte: »Du machst das schon, meine Große!«
Maras Mutter redete immer noch unaufhörlich und umarmte sie unter Tränen.
Dann stand Mara plötzlich allein hinter der Passkontrolle und winkte den Eltern zu. Sie setzte sich in den Warteraum und blickte sich neugierig um. Draußen starteten und landeten ununterbrochen Maschinen.
Schließlich erschien der Aufruf zum Einsteigen auf dem Display der großen Anzeigetafel und sie stieg über einen langen Gang in ihr Flugzeug.
Eine nette Stewardess half Mara, ihre Sporttasche in das

Gepäckfach zu stopfen. Als dann endlich die letzten Fluggäste eingestiegen waren, ging es los.

Mara wurde etwas mulmig zu Mute. Die Turbinen starteten und sie wurde in ihren Sitz gedrückt. In ihren Ohren dröhnte es. Doch nach wenigen Minuten waren sie auf Flughöhe und Mara entspannte sich etwas.

Ein hektisch wirkender Mann mit Anzug und Krawatte saß neben ihr, beschwerte sich lautstark über das Handyverbot und das schlechte Essen, dann vertiefte er sich in sein Börsenjournal.

Mara sah vorsichtig zum Fenster hinaus und war erstaunt, wie klein alles wirkte!

Zwei Stunden später landeten sie in Edinburgh. Leichter Regen begrüßte die Passagiere als sie ausstiegen. Der hektische Mann rannte Mara beinahe um und drängelte sich an der Passkontrolle vor sie.

Mara holte noch schnell ihren Rucksack vom Gepäckband, dann stand sie etwas verloren auf dem Flughafen herum. Jetzt musste sie den Bus finden, der sie zum Bahnhof bringen sollte. Glücklicherweise stand der Bus mit der Nummer 5 schon an der Haltestelle.

Der rote Doppeldecker war bereits vollgestopft mit Reisenden. So ging es durch die Stadt und Mara sah sich neugierig um. Besonders beeindruckend fand sie das große Schloss, das auf einem Felsen über der Stadt thronte. Die gewaltigen Mauern mit den großen Kanonen wirkten imposant. Irgendwo her kam Dudelsackmusik.

Endlich waren sie am Bahnhof angekommen, auch hier herrschte hektisches Treiben. Der Regen hatte wieder aufgehört und es war angenehm mild.

Mara schaute sich um, doch sie konnte den Bahnsteig nicht finden. Die Zeit wurde etwas knapp und Mara nervös.

Schließlich fragte sie in ihrem besten Schulenglisch einen Schaffner. Der nette Mann führte sie zum richtigen Bahnsteig und wünschte eine gute Reise.

Mara ließ sich seufzend auf einer Bank nieder.

Neben ihr saß eine dicke Frau, die ihr freundlich zulächelte und dann fragte: »Arrrre you going to Inverrrrness?«, wobei sie das ›R‹ wie ein Donnergrollen rollen ließ.

Mara nickte. Die Frau bot ihr einen Bonbon an, doch Mara lehnte höflich ab.

Dann fragte die Frau etwas das wie: »Yerrrr firrrrrst teim in Ejdnbörrrrra, Lassie?«, klang.

Mara schaute sie hilflos an. Sollte das wirklich Englisch sein? Und wieso Lassi, sie hatte doch gar keinen Hund dabei?!

»Pardon?«, fragte Mara unsicher.

»Is it yourrr firrst time in Edinboroh?«, kam es jetzt etwas verständlicher.

Dass Edinburgh wie ›Edinboroh‹ ausgesprochen wurde, hatte Mara in der Schule gelernt.

Erleichtert nickte sie und sagte »Yes.«

»Oh, that´s grrrrand, Lassie!«, grollte die Frau.

Was hat die bloß immer mit der Lassi?, fragte sich Mara.

Die Frau stieg mit Mara zusammen in den Zug und plapperte freundlich auf sie ein, wobei Mara nicht einmal die Hälfte verstand.

Das kann ja heiter werden, dachte Mara. *Wenn die alle so einen Dialekt haben, kann ich´s vergessen!*

Schließlich schlief Mara erschöpft ein.

Kurz vor Inverness weckte die Frau sie auf. Mara war es etwas peinlich, mitten im Gespräch eingeschlafen zu sein, doch die nette Frau erzählte schon wieder lächelnd von ihren ›Grrrrandchildren‹ in Glasgow.

In Inverness hatte Mara zwei Stunden Zeit, bis ihr Bus fuhr. Sie hatte die Bushaltestelle gefunden und sah sich die nähere Umgebung an. Hier war es etwas ruhiger als in Edinburgh und ein frischer Wind wehte.

Mara verspürte Hunger. Außer einem pappigen Brötchen im Flugzeug hatte sie noch nichts gegessen. Das zusammengedrückte Brot von ihrer Mutter sah nicht mehr sehr appetitlich aus. Mara kaufte sich die ersten Fish&Chips in ihrem Leben.

»With salt 'n vinegar?«, nuschelte die Verkäuferin.

»Pardon?«, fragte Mara.

›Salt‹ verstand sie ja noch, aber was sollte das andere sein?

»Do you like salt and vinegar?«, kam es, nicht wesentlich verständlicher, von der Frau.

Mara sagte schließlich »Yes«, da ihr nichts Besseres einfiel.

Der ominöse ›Vinegar‹ stellte sich als nach Malz schmeckender Essig heraus, der über die Pommes geträufelt worden war.

Gar nicht mal so übel, dachte sie und ließ es sich schmecken.

Der Bus kam mit zehn Minuten Verspätung an und Mara ergatterte einen Platz am Fenster. Neben ihr saß ein junger Mann, der versuchte, sich auf Französisch mit ihr zu unterhalten. Sie zuckte hilflos mit den Achseln, schließlich gab er auf und Mara konnte sich auf die Umgebung konzentrieren.

Die Landschaft wurde zunehmend dünner besiedelt, das Land wilder. Sie fuhren vorbei an Seen, die in der Mitte kleine, mit Bäumen bewachsene Inselchen hatten. Am Straßenrand grasten Schafe. Irgendwie löste die Landschaft in Mara ein ganz seltsames, nie da gewesenes Gefühl aus.

Es war fast so, als ob sie schon mal hier gewesen wäre. Doch sie verdrängte den Gedanken, denn das konnte ja nicht sein. Mara wurde irgendwann wieder schläfrig. Sie stellte den kleinen Reisewecker, den ihre Mutter ihr geschenkt hatte. In drei Stunden sollten sie in Ullapool sein. So richtig schlafen konnte sie nicht, der Bus holperte und schaukelte über die engen Straßen und hielt in verschiedenen Dörfern oder kleineren Städten an. Gelegentlich mussten sie eine Vollbremsung hinlegen, sodass alle Fahrgäste nach vorne geschleudert wurden – ein Schaf hatte die Fahrbahn überquert.

Gegen 20.30 Uhr sah sie das Ortsschild von Ullapool. Es war inzwischen dunkel geworden. Zum Glück stoppte der Bus am Hafen, wo Mara abgeholt werden sollte.

Alles war bunt beleuchtet. Ein frischer, aber angenehmer Wind wehte, der nach Meer roch. Einige Jugendliche liefen lachend durch die Straßen, aus den Kneipen drang Musik.

Wo war nur Mrs. Murray? Mara schaute auf ihre Uhr, schon kurz vor 21 Uhr.

Hoffentlich hat sie mich nicht vergessen!, dachte Mara mit einem kribbligen Gefühl in der Magengrube. Sie lehnte sich an die Mauer und wartete ungeduldig.

Eine Viertelstunde später fiel ihr eine kleine dunkelhaarige Frau mit Locken auf, die sich suchend umschaute und dann zielstrebig auf sie zukam.

»Bist du Mara aus Deutschland?«, fragte sie mit etwas atemloser, aber angenehmer Stimme.

Mara stellte sich höflich vor, und die Frau meinte, sie solle einfach Leslie zu ihr sagen. Sie rollte das ›R‹ ähnlich wie die Frau aus dem Zug, doch war sie besser zu verstehen und sprach zum Glück langsamer.

Leslie nahm Mara den schweren Rucksack ab und versuchte im Laufen zu erklären, warum sie zu spät gekommen sei. Mara verstand etwas von »Kinder nicht ins Bett« und »Baustelle«. Sie liefen durch die Straßen und hielten schließlich an einem alten blauen Volvo an, dann luden sie ihr Gepäck ein. Leslie schwatzte während der Fahrt munter vor sich hin.

Mara versuchte ihr zu folgen und zu antworten, doch sie konnte kaum noch die Augen offen halten.

Plötzlich meinte Leslie: »Du meine Güte, Mara, ich bin wirklich ein Kamel, ich rede und rede, du musst doch todmüde sein! Kannst ruhig schlafen, wir sind noch über eine Stunde bis nach Clachtoll unterwegs.«

Schließlich verstummte sie und Mara nickte tatsächlich kurz darauf ein.

Irgendwann stoppte der Wagen. Mara hörte wie von weitem Stimmen, die sich leise unterhielten, dann rüttelte sie jemand vorsichtig an der Schulter. Sie sah in das freundliche Gesicht eines Mannes Anfang vierzig mit rotblonden Haaren und Brille. Das musste Mr. Murray sein.

»Hallo, schön dass du da bist, ich bin John«, begrüßte er Mara herzlich. »Komm, ich zeige dir gleich dein Zimmer, dann kannst du ausschlafen.«

Mara gähnte und stieg aus dem Auto. John nahm ihr Gepäck und Leslie führte sie zu einem gemütlich aussehenden kleinen Haus.

Von der kalten Nachtluft war Mara plötzlich wieder wach. Alles war stockdunkel. Um sich herum konnte sie schemenhafte Hügel erkennen. Tausende von Sternen funkelten am Himmel und ein halber Mond stand über den Bergen.

Das Haus war im unteren Stockwerk erleuchtet. Der erste Stock hatte zwei kleine Erker und alles strahlte Wärme und Gemütlichkeit aus, ebenso wie die Murrays, die Mara auf

Anhieb mochte. Von Leslie wurde sie ins Wohnzimmer geführt.

»Möchtest du noch eine Tasse Tee, oder gehst du lieber gleich ins Bett?«, fragte Leslie aus der Küche heraus.

»Oh, eine Tasse Tee wäre super!«, antwortete Mara und blickte sich um.

Das Wohnzimmer bestand aus einem riesigen blauen, gemütlich aussehenden Sofa und einem ebensolchen Sessel. Ein alter Eichentisch und alte Holzmöbel verliehen dem Raum ein rustikales Aussehen. In einem offenen Kamin flackerte ein lustiges Feuer.

Mara ließ sich in den Sessel plumpsen – das war ein langer Tag gewesen!

Leslie kam mit einem Tablett herein, auf dem eine dampfende Teekanne und ein Teller mit Keksen stand. Mara nahm sich gerne ein paar Kekse, die Fish&Chips hatte sie schon längst verdaut.

John kam lächelnd zurück und erkundigte sich nach Maras Reise. Sie versuchte, so gut es ging, alles in holprigem Englisch zu erzählen, doch mit der Zeit schienen sich die Worte nur noch in ihrem Kopf zu drehen.

Leslie meinte: »Zeit fürs Bett, wir reden morgen weiter!«

Sie zeigte Mara schnell noch die Toilette und führte sie dann eine hölzerne, knarrende Treppe nach oben.

Mara fand sich in einem süßen kleinen Zimmer unter dem Dach wieder. Ein Bett, ein alter Holzschrank, eine Kommode mit frischen Wildblumen und ein riesiger alter Sessel standen darin.

»Es ist nicht groß, aber ich hoffe, es reicht«, sagte Leslie unsicher.

»Das ist wunderbar!«, lächelte Mara.

»Also dann, gute Nacht, du kannst morgen so lange schlafen wie du willst. Wir haben alle frei«, erklärte Leslie im Hinausgehen.

Mara war allein. Sie ließ sich seufzend ins Bett fallen und schaffte es gerade noch, die Schuhe und die Hose auszuziehen, dann war sie auch schon eingeschlafen.

Am nächsten Morgen wurde Mara vom Blöken einiger Schafe geweckt, außerdem schien die Sonne warm ins Zimmer. Mara schaute auf die Uhr – gerade mal 8 Uhr.

Sie hatte wunderbar geschlafen und reckte sich genüsslich in ihrem Bett. Der kleine Raum gefiel ihr bei Tageslicht noch besser. Durch das Fenster schien die Sonne und alles wirkte hell und freundlich. Ihr Bett mit den riesigen dicken Kissen war gelb-orange überzogen, an den Wänden hingen Landschaftsbilder in Öl.

Mara schaute zum Fenster hinaus – Was für ein Ausblick!

Vor ihr erstreckten sich grüne Hügel, auf denen hunderte von Schafen zu grasen schienen. Der Himmel war strahlend blau, mit einzelnen kleinen Wolken durchsetzt. In der Ferne glaubte Mara, das Meer zu sehen. Sie war begeistert!

Naserümpfend zog sie ihre alten Reisesachen aus, wusch sich notdürftig in dem kleinen Waschbecken und putzte sich die Zähne.

So, schon besser, dachte sie.

Dann zog sie sich frische Jeans und ein neues T-Shirt an und lief die Treppe hinunter. Von unten hörte sie Kinderstimmen und anschließend Leslie, die schimpfte, die Kinder sollen ruhig sein.

Mara klopfte an die Küchentür.

»Oh je, jetzt haben dich die kleinen Monster aufgeweckt!«, sagte Leslie betreten und machte eine Grimasse in Richtung der Kinder.

Der Junge und das Mädchen kicherten und schauten zu Mara hinüber.

»Nein, kein Problem ich war schon wach«, versicherte Mara.

»Möchtest du erst duschen, oder frühstücken?«, fragte Leslie.

Mara entschied sich fürs Frühstück, sie hatte einen Bärenhunger. Dann stellte Leslie ihr die Kinder vor. Brian war acht Jahre alt, hatte rötliche Haare wie sein Vater und wirkte ziemlich ruhig. Fiona war eine aufgeweckte Vierjährige mit strohblonden Haaren, die zu zwei Zöpfen gebunden waren. Sie zeigte Mara gleich ihren Teddy ›Sam‹.

»Oh, eine große Ehre, den darf nicht jeder anschauen!«, sagte Leslie lächelnd. »Tja, und die beiden da«, sie deutete auf die Fensterbank, auf der zwei Katzen saßen, »sind Murphy und Liz. Murphy ist zutraulich, aber Liz mag eigentlich keine Menschen. Versuch lieber nicht sie zu streicheln. So, jetzt kennst du unsere Familie!«

Sie stellte Mara einen Korb mit Toast, Butter, Marmelade, Wurst und Käse hin, dazu gab es frischen Kaffee. Mara langte mit Appetit zu.

Wenig später kam John herein und erzählte seiner Frau im schönsten Dialekt irgendetwas. Mara glaubte »Zaun« und »kaputt« zu verstehen. Dann setzte er sich mit an den Küchentisch und unterhielt sich mit Mara über ihre Reise und scherzte mit den Kindern.

»Wir haben gedacht, wir zeigen dir heute mal ein bisschen die Gegend. Morgen geht die Arbeit wieder los!« Leslie verzog das Gesicht.

Als das Frühstück beendet und Mara frisch geduscht zu neuem Leben erwacht war, machten sich alle auf den Weg nach draußen. Das Wetter war wunderbar warm, doch John ermahnte sie, einen Pullover mitzunehmen.

Mara blickte auf den strahlendblauen Himmel. Wo sollte denn da schlechtes Wetter herkommen? Doch egal, sie band sich den Pulli um die Hüfte.

Das Haus war von außen noch viel schöner, als sie es letzte Nacht empfunden hatte. Es lag an einen Hügel geschmiegt in einer kleinen Senke. Eine Schotterstraße führte vom Meer aus hinauf. Das Haus war strahlend weiß, mit roten Fensterrahmen und einer roten Haustür. Eine Seite war mit Efeu überwuchert. Im Garten blühten die schönsten Wildblumen. In einem kleinen Gemüsebeet mit kaputtem Zaun wucherte das Unkraut. Ein Schaf stand darin und kaute ein Salatblatt.

Unwillkürlich musste Mara an ihre Mutter mit dem akkuraten Gemüsebeet denken und grinste.

Leslie verscheuchte das Schaf und murmelte etwas, das wie »wiie monster« und »reparieren« klang. Doch dann hatte sie schon wieder ihr typisches Lächeln auf dem Gesicht und rief gutgelaunt: »Auf, ans Meer!«

Sie liefen die gewundene Schotterstraße hinunter, bis sie auf eine kleine Straße trafen, die Leslie als ›Hauptstraße‹ bezeichnete. Es war eine schmale, einspurige Straße, die sich in etlichen Kurven durch die Hügel wand.

John erklärte, dass es zu den entlegeneren Dörfern nur ›single track roads‹ gab, also diese einspurigen Straßen mit Einbuchtungen zum Ausweichen oder Überholen.

Sie wanderten ein Stück an der Straße entlang, dann erblickte Mara einen wunderschönen weißen Sandstrand. Eingerahmt von hohen Klippen rollten die Wellen des unglaublich türkis-blauen Meeres ans Ufer.

Mara konnte nur staunend stehen bleiben. So schön hatte sie es sich nicht vorgestellt! Irgendwie hatte sie wieder dieses komische Gefühl, wie schon im Bus, aber sie war sich sicher, noch nie hier gewesen zu sein.

Brian und Fiona waren schon losgestürmt und auch John und Leslie forderten sie ungeduldig auf, mitzukommen.

»Schön, nicht war!«, meinte John lächelnd.

Mara konnte nur fasziniert nicken. Dann zog sie die Schuhe aus und lief zum Meer hinunter.

Die Kinder hatten inzwischen die Kleider ausgezogen und planschten am Ufer im Wasser. Mara ließ sich die Wellen über die Füße rollen und sprang quiekend zurück – das Wasser war eiskalt!

Leslie und John grinsten zu ihr hinüber.

Dass die Kinder hier baden, brrrr, dachte Mara schaudernd.

Leslie hatte eine Decke in den nahen Dünen ausgebreitet, wo es richtig warm war und Mara krempelte die Beine ihrer Jeans hoch. Wie hatte ihre Mutter gesagt?

»*Da regnet es ja nur!*«

Zumindest heute merkte man davon nichts.

Leslie und John erklärten Mara, dass sie ab morgen die beiden Kinder um 9 Uhr zur Schule und in den Kindergarten bringen sollte, den Weg würden sie ihr später zeigen. Nur, wenn das Wetter ganz schlecht wäre, würde Leslie die Kids mit dem Auto fahren. Dann hatte Mara freie Zeit, bis Fiona um 13 Uhr abgeholt werden sollte. Brian würde um 16 Uhr alleine nach Hause kommen. Sie könnte mit den Kindern gerne jeder Zeit ans Meer gehen, müsse nur auf die Touristen aufpassen. Die würden meistens zu schnell, und auf der falschen Seite fahren, wie John grinsend bemerkte.

Leslie würde selbst gegen 9 Uhr wegfahren und erst am späten Nachmittag zurückkommen. Sie arbeitete im Sommer in einem Tourist Office in Lochinver, etwa neun Meilen entfernt. Im Winter war sie in einer Töpferei angestellt, (dieses Wort musste Mara später im Wörterbuch nachschlagen) und bemalte dort Teller und Vasen, die im Sommer verkauft wurden.

Aha, dachte Mara, *daher kommen also die vielen schönen Sachen, die ich schon im Wohnzimmer bewundert habe.*

Mara hätte am Sonntag ihren freien Tag, dann musste Leslie nämlich nicht arbeiten. John arbeitete im Hafen und zweimal pro Woche in der Tankstelle, daher war er nur unregelmäßig zu Hause.

»Der Sommer ist etwas stressig, aber im Winter wird es ruhiger«, meinte Leslie seufzend. »Ich hoffe, es wird dir nicht zu viel mit den Kids!« Leslie zog besorgt die Augenbrauen hoch.

Mara antwortete etwas holprig, dass sie das schon schaffen würde. Ihr machten die vielen Informationen, die auf Englisch auf sie einprasselten, ziemlich zu schaffen. Wenn die Murrays sich bemühten, langsam und deutlich zu sprechen, verstand sie zwar das Meiste, doch sie bereute es inzwischen, ihr Wörterbuch nicht mit zum Strand genommen zu haben.

Trotzdem verbrachten sie einen lustigen, sonnigen Vormittag am Meer. Mara spielte mit den Kindern Ball oder lag mit Leslie und John in der Sonne.

Nach dem Picknick, das aus Sandwiches und Obst bestand, kamen langsam vereinzelt ein paar Touristen, aber alles war sehr ruhig und friedlich.

Nachdem alles verspeist war, meinte Leslie: »So und jetzt zeigen wir Mara die Schule und den Kindergarten!«

Brian und Fiona nahmen Mara an der Hand und rannten los. Die Schule, in der auch ein Raum für die Kindergartenkinder eingerichtet war, lag ein paar hundert Meter die

Dorfstraße entlang auf einem Hügel. Die Kinder zeigten Mara ihre Klassenräume und den Schulhof. Dann wollten sie wieder nach Hause laufen.

Die Häuser des Dorfes lagen verstreut in den Hügeln und ähnelten dem der Murrays. Leslie und John erzählten Mara genau, wer wo wohnte, doch die konnte sich natürlich nicht alles merken.

Die Leute, denen sie begegneten, grüßten sie freundlich und meist hielten sie einen kleinen Schwatz mit John oder Leslie, wovon Mara allerdings nicht viel verstand. Doch das störte sie nicht sonderlich.

Am Nachmittag war der Wind merklich aufgefrischt und Wolken schoben sich vor die Sonne. Mara war froh, ihren Pullover mitgenommen zu haben.

»Ja, ja, das Wetter ändert sich hier schnell!«, erklärte John. Als sie am Haus der Murrays ankamen, wurde es immer finsterer.

Über der Tür stand ›Ceud mile fàilte‹, Mara wollte noch fragen, was das denn bedeutete, doch schon prasselten heftige Regenschauer nieder. Alle rannten ins Haus.

Die Kinder zeigten Mara ihre Zimmer und sie musste Kuscheltiere, Holzeisenbahnen und sonstiges Spielzeug bewundern. Später rief Leslie zum Abendessen.

Entgegen der Befürchtungen von Maras Mutter stellte sich Leslie als sehr gute Köchin heraus. Es gab frischen Fisch mit Gemüse und Kartoffeln. Nach dem Essen durften die Kinder noch ein wenig fernsehen.

Mara ging in ihr Zimmer und packte endlich den Rucksack aus. Draußen peitschte der Regen über das Land, vom Meer war jetzt nichts mehr zu sehen.

Es klopfte an der Tür. Nach einem »Herein« von Mara stand Leslie in der Tür.

»Ist das Zimmer wirklich okay? Es ist halt sehr klein. Die letzten Mädchen hatten immer Brians Zimmer, aber die Kinder sind jetzt einfach zu groß, um in einem Raum zu schlafen!«, erzählte Leslie mit verlegenem Blick.

»Nein, das Zimmer ist wunderschön!«, versicherte Mara und meinte es auch so.

Die schrägen Wände, das kleine Fenster mit Blick zum Meer und der kuschelige Sessel waren gemütlich und sie fühlte sich schon nach nur einem Tag so richtig zu Hause.

»Wenn du willst, kannst du nachher noch runterkommen, du musst aber nicht, fühl dich einfach wie zu Hause«, sagte Leslie und verschwand wieder.

Die Familie war wirklich mehr als nett!

Mara ging noch kurz hinunter und setzte sich ans knisternde Feuer. Gegen 20 Uhr mussten die Kinder ins Bett.

Fiona bestand darauf, dass Mara sie in ihr Zimmer bringen sollte. John und Leslie lächelten sich an. Sie hatten wohl Glück gehabt mit ihrem Aupairmädchen!

Auch Mara wurde bald müde und verabschiedete sich gegen 21 Uhr gähnend. Das viele Zuhören, die fremde Sprache und der Tag am Meer hatten sie angenehm schläfrig gemacht.

Sie holte rasch das Bild von ihrem Pony hervor und kuschelte sich dann in ihr weiches Bett. Der Regen prasselte gegen das Fenster und bald schlief sie ein.

Am nächsten Morgen klopfte Leslie um 7.30 Uhr gegen die Tür. John war schon gegangen.

Nach einem gemeinsamen Frühstück fuhr auch Leslie los. Mara brachte wie verabredet die Kinder zur Schule. Der Regen der letzten Nacht war verschwunden, doch die Sonne wollte heute nicht so richtig herauskommen.

Mara schlenderte langsam die kleine Dorfstraße entlang. Schafe liefen über die Fahrbahn, ließen sich aber nicht streicheln. Ein Postauto fuhr hupend vorbei und der Postbote winkte Mara freundlich zu.

Sie sah einen Felsen aus dem Meer ragen, der in der Mitte gespalten war – der war ihr gestern gar nicht aufgefallen!

Sieht interessant aus, dachte Mara.

Da sie nicht so recht wusste was sie anfangen sollte, ging sie wieder zurück zum Haus, räumte den Küchentisch ab, fütterte die Katzen, schaltete die Geschirrspülmaschine ein und begann dann einen Brief an Julia zu schreiben.

Gegen 12.30 Uhr lief sie wieder los, um Fiona abzuholen. Die erzählte ihr gutgelaunt irgendwelche Geschichten aus dem Kindergarten und hüpfte neben ihr her.

Sie machten sich ein paar Sandwiches und spielten anschließend im Garten. Später kam Brian von der Schule und als Leslie hupend angefahren kam, spielten sie gerade Fangen.

»Alles in Ordnung?«, erkundigte sich Leslie.

Mara nickte, der erste Tag war ja recht gut verlaufen, wie sie fand.

Leslie ging hinein und stieß einen überraschten Schrei aus.

»Alles sauber! Mara, du bist ja ein Schatz! Aber du musst das nicht tun, es reicht, wenn du dich um die Kids kümmerst!«, sagte Leslie etwas verlegen.

Mara wurde rot und versicherte, dass es ihr nichts ausmachen würde.

So vergingen die Wochen. Maras Englisch wurde immer besser, und sie brauchte das Wörterbuch kaum noch. Auch an den Dialekt hatte sie sich gewöhnt und inzwischen hörte sie ihn wirklich gern.

Mara lernte eine Menge Ausdrücke, die in keinem Englisch-Wörterbuch zu finden waren. Hier sprachen viele Leute noch Gälisch, die alte Sprache der Schotten, bevor Englisch zur Amtssprache geworden war. ›Ceud mile fàilte‹ hieß zum Beispiel ›Hunderttausend Mal Willkommen‹. Fast jedes Haus hatte hier seinen eigenen Namen, das Cottage der Murrays hieß zum Beispiel ›Burnbrae‹, nach der kleinen Quelle hinter dem Haus.

Auch das Geheimnis um die ›Lassie‹ hatte sich gelüftet. John und Leslie hatten herzlich gelacht, als Mara eines Abends die Geschichte von der Frau im Zug erzählt hatte. Lassie, oder Lass, war die schottische Bezeichnung für ein junges Mädchen und hatte rein gar nichts mit einem Collie zu tun! Lad oder Laddie waren das männliche Gegenstück dazu.

Es gab viele solcher Begriffe, die Mara mit der Zeit vertraut wurden. So hießen zum Beispiel die Seen hier ›lochs‹ und die Berge ›bens‹. Das Lieblingswort der Schotten schien allerdings ›wee‹ zu sein, was soviel wie ›klein‹ hieß und zu jeder Gelegenheit verwendet wurde.

So war ein Regenschauer ›Just a wee shower‹, ein Glas Whisky (ganz unabhängig von der tatsächlichen Größe des Inhalts) ›a wee dram‹, die Schafe ›wee sheepies‹, oder falls sie im Gemüsebeet standen, eben auch ›wee munsters‹!

Mara fand dieses ›wee‹ nett, irgendwie passte es hierher. Mit den Kindern verstand sie sich bestens. Sie gingen am Wochenende häufig ans Meer, bauten Burgen oder spielten Ball.

Der schottische Spätsommer zeigte sich von seiner schönsten Seite. Es regnete meist nur nachts und am Tag war es angenehm mild.

An ihren freien Tagen erkundete Mara die nähere Umgebung von Clachtoll. Sie saß häufig am Meer und konnte stundenlang den Möwen zusehen, die am Himmel ihre Kreise zogen, oder beobachten, wie das Meer an den Strand brandete. Hier schrieb sie lange Briefe an Julia und etwas weniger lange an ihre Eltern. Julia schrieb wie versprochen jede Woche und versicherte Mara, dass es ihrem Pony gut ginge.

Wenn das Wetter schlecht war, oder Mara keine Lust hatte, allein durch die Gegend zu ziehen, spielte sie trotzdem oft mit den Kindern. Sie hatte die beiden wirklich gern. Besonders Fiona schien eine ausgeprägte Fantasie zu haben. Einmal hatte Mara sie an der kleinen Quelle hinter dem Haus sitzend, und mit sich selbst sprechen hören.

Auf die Frage, mit wem sie da reden würde, hatte Fiona geantwortet: »Na, mit den ›Fairies‹ natürlich!«

Als Mara gemeint hatte, es seien aber keine Feen da, hatte Fiona ihr mit der ganzen Weisheit ihrer vier Jahre erklärt, dass es doch normal sei, dass Feen und Kobolde verschwinden, wenn jemand kommt, der nicht an sie glaubt!

Mara hatte das Leslie erzählt. Die hatte nur gelacht und gemeint, dass man Fiona ruhig ihre ›Fairies‹ lassen solle. Hier im Hochland glaubten sowieso alle an ›Das Kleine Volk‹, und fast jede Gegend habe seinen eigenen Geist oder sein Monster, nicht nur Loch Ness.

Darüber war Mara sehr verwundert. Ihr Großvater hatte ihr einmal erzählt, ihre Eltern hätten sie mit ungefähr drei Jahren zum Kinderpsychologen schicken wollen, weil sie steif und fest behauptete, dass sie einen Hund habe, den niemand außer ihr sehen konnte. Mara erinnerte sich nur daran, dass sie sich nichts sehnlicher gewünscht hatte als ein Haustier, doch ihre Mutter hatte immer Angst vor dem Dreck gehabt.

Das Einzige, was Mara etwas schade fand, war, dass es in Clachtoll keine Jugendlichen in ihrem Alter gab. Leslie hatte bedauernd gemeint, dass in Clachtoll direkt kaum junge Leute in ihrem Alter wohnen würden, höchstens in den umliegenden Dörfern. Doch selbst da seien viele auf der Highschool oder der Universität.

Sie bot Mara an, sie öfters nach Lochinver zu fahren, wo sich die Jugendlichen gelegentlich am Abend in einem Pub trafen. Doch Mara hatte abgelehnt. Sie wollte nicht als Fremde in eine eingeschworene Gemeinschaft platzen.

Im Grunde genommen fand sie es auch nicht so schlimm, einsam fühlte sie sich nicht. Irgendwie schienen die Erwachsenen hier in Schottland sowieso anders zu sein, als bei ihr zu Hause. Sie waren lustig, lachten und nahmen sie ernst. Jeder hatte hier kurz Zeit mit ihr zu reden, oder zumindest ein »Good morning, lovely day, isn´t it!«, zuzurufen.

Mrs. Gray, die unten an der Straße wohnte, lud Mara häufig zu einer Tasse Tee ein, nachdem sie die Kinder in die Schule gebracht hatte. Die ältere Frau malte wunderschöne Landschaftsbilder und verkaufte sie im Sommer in ihrem kleinen Laden.

Mitte Oktober änderte sich das Wetter. Es regnete und stürmte jetzt tagelang. Mara und die Kinder gingen kaum noch vor die Tür.

Die Touristensaison ging zu Ende und Leslie arbeitete nur noch vier Tage pro Woche in der Töpferei.

Mara hatte Leslie sehr gerne, mit ihr konnte man sich wunderbar unterhalten. Manchmal erinnerte sie Mara an Nadja, die beiden wären bestimmt Freundinnen geworden.

Leslie schrieb den Winter über Kinderbücher, die sie liebevoll mit kleinen Zeichnungen illustrierte. Mara war ganz begeistert von den lustigen Geschichten über Zwerge, Elfen und Kobolde. Sie las Brian und Fiona gerne daraus vor und hatte selbst ihren Spaß dabei.

Irgendwie schien Leslie sowieso ständig in Aktion zu sein und hatte einen Hang zum Chaotischen. Doch nahm sie sich immer Zeit für die Sorgen ihrer Kinder und konnte auch herrlich mit ihnen herumalbern.

Leslie und John gingen sehr liebevoll miteinander um, auch, wenn sie sich teilweise nur am Abend sahen. Zwar flogen auch hier hin und wieder die Fetzen, doch meist sah man die beiden bald wieder zusammengekuschelt vor dem Kamin sitzen. So vertraut hatte Mara ihre Eltern noch nie gesehen!

Was alle wunderte, war die kleine graue Katze Liz. Die hatte sich nämlich bei Mara im Zimmer einquartiert. Obwohl sie sich nach wie vor nicht streicheln ließ, suchte sie doch immer Maras Nähe.

Am Wochenende war Mara schon zweimal mit Leslie, John und den Kindern bei Leslies Eltern in Ullapool gewesen. Die beiden älteren Leute waren sehr nett zu Mara.

Mr. Fraser war früher zur See gefahren und erzählte, dass er mal einen Kumpel aus Deutschland gehabt hatte, der Karl hieß. Die beiden Männer waren ein halbes Jahr lang zusammen auf einem Heringskutter aufs Meer gefahren. Mr. Fraser konnte sogar noch ein paar Brocken Deutsch. Er war ein richtiger alter Seebär und erzählte Brian, Fiona und Mara die tollsten Geschichten.

Leslie hatte Mara, als Mr. Fraser kurz draußen war, zugeflüstert: »Glaub meinem Dad nicht alles, die Hälfte ist Seemannsgarn!«

Das hatte Mara sowieso schon vermutet, denn einen so großen Hering, der zwei Männer mitsamt Netz über Bord zog, den gab es wohl auch in Schottland nicht. Und die Geschichte von der Meerjungfrau, die auf den Äußeren Hebriden am Strand gelegen haben sollte und Mr. Fraser ins Unterwasserreich entführen wollte, nahm sie ihm auch nicht ab. Aber Mr. Fraser war trotzdem lustig und nett.

Mara versprach, nach der Adresse von diesem Karl Lindner zu suchen, wenn sie zurück in Deutschland war.

Leslies Mutter besaß einen kleinen Souvenirladen in der Fußgängerzone, wo sie selbstbemalte, oder gebastelte Sachen verkaufte. Daher hatte Leslie wohl auch ihre künstlerische Ader. Die beiden sahen sich ohnehin unheimlich ähnlich.

Mara bummelte gerne durch das kleine Städtchen. Hier gab es viele Läden, in denen man zwischen Unmengen von Souvenirkrimskrams auch viele wirklich schöne Dinge fand. Leider hatte sie nicht viel Geld und so musste Mara die hübschen Sachen mit den keltischen Verzierungen meist seufzend zurückstellen.

In der ersten Novemberwoche besserte sich das Wetter schlagartig. Zwar war es kalt, doch die Sonne schien von einem strahlendblauen Himmel herab.

Mara hatte Leslie einmal von Julia und ihrem Reitstall erzählt. Leslie hatte gleich begeistert gemeint, sie solle doch zum alten Mr. MacKinnon gehen, der müsse noch ein paar Pferde haben. Sie hatte Mara den Weg dorthin erklärt. Der Hof der MacKinnons lag etwas versteckt in den Hügeln hinter Clachtoll. Es gab noch eine Abkürzung über einen alten Schafspfad, den John ihr später einmal zeigen wollte, der sei bei Regen aber ›a wee bit slippery‹.

Als das Wetter sich dann gebessert hatte, machte sich Mara an ihrem freien Tag auf den Weg. Zunächst dachte

Mara, sie hätte sich verlaufen, doch dann sah sie plötzlich ein Schild auf dem stand: ›Hill View Bed&Breakfast‹.

Leslie hatte erzählt, dass Mrs. MacKinnon im Sommer Zimmer an Gäste vermietete.

Zögernd ging Mara weiter. In der Ferne meinte sie, zwei Schimmel auf einer Koppel zu sehen.

Plötzlich kam ein schwarz-weißer Bordercollie mit gesträubtem Nackenfell aus dem Hof gerannt und kläffte sie wild an. Mara blieb wie erstarrt stehen und blickte sich hilfesuchend um.

Eine kleine rundliche Frau mit weißen Haaren kam aus der Tür gelaufen und rief den Hund zurück.

Dann ging sie auf Mara zu und rief: »Keine Angst, das ist Duke. Er bellt furchtbar, ist aber eigentlich harmlos!«

Mara blickte skeptisch auf den Hund, der nun am Boden lag und wirklich nicht mehr so bedrohlich aussah.

»Kann ich dir irgendwie helfen?«, fragte die Frau mit den geröteten runden Wangen freundlich.

»Ähm, ich wohne bei Leslie Murray, ... ich heiße Mara und ... na ja, sie hat gesagt sie hätten Pferde und ich kann sie vielleicht mal anschauen ...«, stammelte Mara und wurde rot.

»Oh, das mit den Pferden macht mein Mann, der ist gerade in der Stadt, aber komm doch ins Haus, ich habe gerade Shortbread gebacken.« Die alte Frau schob Mara in Richtung Cottage. »Übrigens, ich bin Mrs. MacKinnon, aber sag ruhig Granny Kate zu mir, so nennen mich alle!«

Mara zögerte kurz, doch die Frau lächelte so nett, dass sie nicht ablehnen konnte und mit ins Haus ging. Innen war es angenehm warm. Holz knisterte in dem alten Herd in der Küche und es roch herrlich nach frischem Gebäck. Mara bekam eine Tasse dampfenden Kakao und einen Teller mit

Shortbread vor sich auf den alten Holztisch gestellt.
Das Shortbread stellte sich als köstliche Butterkekse mit einem ganz besonderen Geschmack heraus.
»Du bist doch das Mädchen aus Deutschland, oder?«, erkundigte sich die alte Frau freundlich.
Mara nickte, sie hatte den Mund voll mit Keksen. Duke drückte sich an ihr Bein und wollte gestreichelt werden.
»Was haben Sie denn für Pferde?«, fragte Mara neugierig.
Mrs. MacKinnon hob hilflos die Arme.
»Wie gesagt, Rodry macht das mit den Pferden, ich glaube, es sind Highlandponies. Ich kenne mich mit Schafen aus, davon haben wir etwa fünfzig Stück, aber die Pferde waren mir nie so ganz geheuer!«, antwortete die alte Frau lachend.
Mara mochte die kleine weißhaarige Frau mit den rosigen runden Wangen auf Anhieb.
Mrs. MacKinnon erzählte von ihrer Familie und den Enkeln und die Zeit verging wie im Fluge. Plötzlich ging die Tür auf und ein großer, kräftiger, grauhaariger Mann in einem alten, geflickten Pullover kam herein.
»Hallo, wir haben ja Besuch, Kate!«, sagte er verwundert mit einer dunklen, aber nicht unangenehmen Stimme.
Mrs. MacKinnon stellte sich hinter Mara und fasste sie an den Schultern. »Das ist Mara, du weißt schon, sie wohnt bei Leslie und interessiert sich für Pferde.«
Der alte Mann hob interessiert die buschigen Augenbrauen. »So, so, dann komm mal mit raus, oder kannst du dich nicht von Kates Shortbread trennen?«, fragte er und zwinkerte seiner Frau zu.
»Doch, doch, vielen Dank für das leckere Shortbread, Mrs. Mac, ... äh, Granny Kate«, beeilte sich Mara zu sagen.
Die alte Frau lächelte sie an. Dann folgte Mara Mr. Mac Kinnon in die kalte Novemberluft hinaus. Sie liefen einen

ausgefahrenen Feldweg hinauf und kamen schließlich zu einer Weide, auf der zwei stämmige Ponys standen.

»Das sind Mary und Heather, sie sind Highlandponies. Kennst du diese Rasse?«

Mara schüttelte den Kopf. »Nein, leider nicht.«

»Highlandponies gibt es schon sehr lange in Schottland. Sie wurden etwa ab dem 18. Jahrhundert für landwirtschaftliche Zwecke, oder zum Reisen eingesetzt. Auf den Crofts, also den Bauernhöfen, waren sie eine große Hilfe. Sie wurden auch häufig vor Kutschen gespannt. Manche Farmer nutzen sie sogar heute noch in der Landwirtschaft, aber meist werden sie jetzt als Trekking- oder Reitpferde eingesetzt«, erklärte Mr. MacKinnon und Mara hörte gespannt zu. »Highlandponies sind sehr robust, nervenstark und ziemlich beliebt in Schottland, vor allem wegen ihrer Trittsicherheit.«

»Das ist wirklich interessant«, sagte Mara und betrachtete die beiden Stuten.

Die Ponys kamen neugierig zum Zaun. Mara ließ die Stuten an ihrer Hand schnuppern und streichelte sie, glücklich, wieder Pferdegeruch in der Nase zu haben.

»Die beiden Ladys sind schon siebzehn und dreiundzwanzig Jahre alt«, erzählte Mr. MacKinnon weiter.

»Na ja, so alt ist das doch nicht für ein Pony. Wir hatten mal ein Shetlandpony im Reitstall, das war über dreißig!« Mara kraulte Mary gedankenverloren hinter dem Ohr.

»Na, du scheinst dich ja auszukennen!« Der alte Mann nickte anerkennend. »Möchtest du mir beim Füttern helfen?«

Mara nickte begeistert und folgte dem Mann in die matschige Koppel. Sie holten Heu und Stroh aus einer alten Scheune und gaben den Ponys in dem kleinen Unterstand, der auf der Koppel stand, eine großzügige Portion.

Sie unterhielten sich noch eine Weile über Pferde und das Reiten, dann sagte Mr. MacKinnon: »Es wird bald dunkel!« Die Zeit war wie im Flug vergangen.

Er fuhr Mara rasch mit seinem Lieferwagen nach Hause und lud sie ein, bald wieder vorbeizukommen.

Mara kam fröhlich pfeifend ins Haus.

John saß im Wohnzimmer und fragte: »Na, einen schönen Tag gehabt? Du kommst heute spät.«

Sie erzählte von ihrem Nachmittag bei den MacKinnons und Leslie meinte: »Du kannst gerne öfters hingehen, ich bin ja jetzt wieder mehr zu Hause. Nimm dir so viel Zeit wie du willst!«

Mara ging überglücklich in ihr Zimmer, betrachtete das Bild von ihrem Pony und dachte: *Wenn du jetzt noch hier sein könntest, wär's perfekt!*

Sie kuschelte sich mit einer Decke in den großen Sessel und las ein Buch über ›Keltische Sagen‹, das sie von Leslie ausgeliehen hatte.

Mara ging jetzt am Vormittag fast jeden Tag zu den Mac Kinnons. Die beiden alten Leute schlossen das nette Mädchen aus Deutschland bald in ihr Herz. Manchmal kam Mara auch mit Fiona zu ihnen und sie tranken eine Tasse Tee in der gemütlichen alten Küche.

Leslies Haushalt litt etwas unter Maras neuen Freizeitaktivitäten, doch da Leslie sowieso übermäßig aufgeräumte Wohnungen ungemütlich fand, störte sie das wenig.

Das Wetter blieb einigermaßen trocken, doch häufig wehte ein eisiger Wind vom Meer her, der einem alle ungeschützten Körperteile einfrieren ließ. Aber Mara kam tapfer jeden Tag, half bei den Pferden und putzte sie auf Hochglanz, wenn sie sich mal wieder im Matsch gewälzt hatten.

Das beeindruckte Mr. MacKinnon derart, dass er eines Tages so ganz nebenbei erwähnte: »Ich glaube, im Schuppen sind noch alte Sättel und Trensen. Wenn du willst, kannst du mal versuchen, ob den beiden Stuten das Reiten noch gefallen würde.«

Mara strahlte den alten Mann an und machte sich sofort auf die Suche. Eine halbe Stunde später kam sie mit einem alten verstaubten Ledersattel und einem spinnwebenbehängten Zaumzeug in die warme Küche. Mara selbst war über und über mit Spinnweben und Staub bedeckt.

Da heute ihr freier Tag war, machte sie sich gleich ans Putzen. Mrs. MacKinnon schimpfte zwar über »Pferdesachen in der Küche!«, doch so richtig ernst meinte sie das nicht, sie freute sich über die Gesellschaft.

Nach gut zwei Stunden war das Sattelzeug frisch geputzt und eingefettet, es strahlte fast wie neu.

Mr. MacKinnon kam herein.

»Donnerwetter, du hast aber gut gearbeitet!« Dann blickte er zum Fenster hinaus. »Scheint gerade nicht zu regnen, wollen wir's probieren?«

Mara nickte eifrig und versuchte beschämt, den Dreck vom Küchenboden zu putzen. Doch Mrs. MacKinnon winkte ab und sagte, sie sollen rausgehen, sonst würde es dunkel werden.

Sie sattelten Heather, die etwas größere der beiden Stuten. Anschließend liefen sie zum flachsten Teil der Koppel und Mara stieg auf.

Unter dem kritischen Blick von Mr. MacKinnon begann Mara im Kreis zu reiten. Heather war anfangs etwas steif und wollte zu Mary zurück, doch mit der Zeit wurde sie lebendiger und es schien der Stute richtigen Spaß zu machen.

Mara war glücklich, nach mehr als zwei Monaten endlich wieder im Sattel zu sitzen.
»Trab mal an!«, rief Mr. MacKinnon, der sich gerade eine Pfeife angezündet hatte.
Mara gab die Trabhilfe und Heather trabte über die etwas matschige Koppel.
Nach etwa einer dreiviertel Stunde meinte der alte Mann: »Schluss für heute, das hast du gut gemacht. Kannst die beiden abwechselnd reiten, wenn du möchtest.«
Und ob sie wollte!

Die nächsten Tage ritt Mara, sofern das Wetter es zuließ, jeden Tag auf der Schafskoppel. Mr. MacKinnon beobachtete sie oft vom Fenster aus und dachte: *Die Lass hat es wirklich im Blut!*
Schließlich erlaubte er ihr sogar, alleine auszureiten. Er bat sie jedoch zu sagen, wann sie zurückkäme und bei Nebel sollte Mara auf der Straße oder am Strand bleiben, damit sie sich nicht verirrte.
Auf ihre Frage, wo sie denn überall reiten dürfe, hatte Mr. MacKinnon sie verständnislos angeschaut und gefragt, wie sie das denn meine.
Mara hatte ihm daraufhin die Geschichte von ihrem Erlebnis in Deutschland auf dem Stoppelfeld erzählt.
Die beiden alten Leute hatten so etwas noch nie gehört und gemeint, es wäre den Bauern hier vollkommen egal, ob eine Kuh oder ein Pferd über die Wiese laufen würde. Sie müsse nur darauf achten, die Gatter richtig zu verschließen, das wäre das Einzige, wo dann mal jemand sauer werden könnte, wenn ihm eine Kuh- oder Schafsherde verloren ginge.
So machte sie sich beruhigt auf den Weg. Maras Traum

war in Erfüllung gegangen. Sie galoppierte am Strand entlang oder ritt auf den trittsicheren Highlandponies durch die Hügel und wunderte sich immer wieder, wie die Pferde auf dem oft matschigen oder felsigen Untergrund so sicher und problemlos laufen konnten.

Auf ihren Ausritten sah Mara in der Ferne häufig einen alten Mann mit langem, grauem Umhang. Doch wenn sie näher heran ritt, verschwand er immer plötzlich. Irgendwie fand sie ihn unheimlich und bekam jedes Mal eine Gänsehaut.

Mit den Murray-Kindern bastelte sie jetzt Weihnachtssachen oder sie backten Plätzchen, wobei die Küche dann meistens aussah wie ein Schlachtfeld und Fiona und Brian über und über mit Mehl bedeckt waren. Die beiden bestanden darauf, eine Schüssel Milch für die Brownies aufzustellen, damit diese die Sauerei aufräumen würden.

»Was soll denn ein Brownie sein?«, fragte Mara.

Brian erklärte, dass das schottische Hauskobolde wären, die für eine Schüssel Milch im Haushalt helfen würden.

Am nächsten Tag war die Küche sauber und die Milch weg. Für Fiona war das natürlich ein klarer Beweis – sie hatten einen Brownie im Haus!

Einige Tage mit heftigem Schneesturm hinderten Mara an ihren liebgewordenen Ausritten. Oft saß sie in ihrem kleinen Zimmer unter dem Dach, während draußen der Wind heulte und die Fensterläden klappern ließ. Manchmal schwoll er zu einem solchen Orkan an, dass Mara den Luftzug durch das geschlossene Fenster spüren konnte.

Sie kuschelte sich dann in ihre Decke und las Geschichten über schottische Monster und Geister. In dieser Atmosphäre kam ihr das alles gar nicht so abwegig vor. Liz lag meistens in ihrer Nähe und schnurrte vor sich hin. Einmal hatte Mara sie sogar nachts an ihrem Fußende liegen sehen.

Obwohl man bei diesem Wetter nichts unternehmen konnte, fand Mara es irgendwie faszinierend. Schottland konnte so schön und friedlich sein, auf der anderen Seite aber auch so rau und ungezähmt.

Doch als der Sturm abflaute, sah alles wie eine Märchenlandschaft aus. Die entfernten Berge waren schneebedeckt und glitzerten in der Sonne. Auch die tiefergelegenen Hügel waren weiß. Hier und da spitzte ein Busch, oder das im Winter bräunlich-rote Heidekraut hervor.

Mara ritt am Sonntagvormittag über die eingeschneiten Hügel hinter der Farm der MacKinnons. Die Schafe konnte man im schneebedeckten Heidekraut kaum erkennen. Nur ein gelegentliches »Bääh« machte auf sie aufmerksam.

Der Himmel war wieder strahlend blau und das ganze Land glitzerte. Wenn der Wind aufhörte, war es richtig warm in der Sonne. Mara war total begeistert.

Plötzlich tauchte hinter einem Hügel ein alter weißhaariger Mann mit grauem Umhang und Stock auf. Er wurde von zwei Bordercollies begleitet. Diese schwarz-weißen Hunde wurden hier häufig für das Hüten der Schafe verwendet.

Das ist doch wieder der Schäfer, dachte Mara mit einem Schaudern.

Diesmal verschwand er jedoch nicht wieder plötzlich, sondern ging auf sie zu. Sie grüßte höflich und wollte schnell weiter reiten.

Doch der Schäfer sprach sie mit einer rauchig und geheimnisvoll klingenden Stimme an. »Du bist Mara?!«

Das klang eher wie eine Feststellung, als wie eine Frage.

Sie nickte und zog sich den Schal über die Nase. Der Wind hatte wieder aufgefrischt.

»Kehr lieber um, das Wetter ändert sich!«, riet er und blickte zu den entfernten Bergen.
Mara folgte seinem Blick. Das sah doch aus wie schon den ganzen Tag! Sie versicherte trotzdem, dass sie nach Hause reiten würde und trieb Mary an. Als sie sich ein paar Meter weiter umdrehte, war der alte Mann verschwunden. Mara bekam eine Gänsehaut.
Da Mara das Wetter und die Landschaft so toll fand, machte sie noch einen kleinen Umweg zum Meer. Die Warnung des Schäfers hatte sie sowieso nicht ernstgenommen.
Nach einer Weile verdunkelte sich der Himmel. Der Wind wurde immer stärker und von den Bergen war nichts mehr zu sehen, da sie auf einmal hinter einer dichten Wolkenwand verschwunden waren.
Mara senkte den Kopf zum Schutz gegen den peitschenden, eisigen Wind. Sie konnte kaum noch atmen, so heftig waren die Sturmböen. Mara stieg ab und kämpfte sich mit Mary gegen den Sturm in Richtung der Farm der MacKinnons. Immer wieder mussten sie anhalten und sich gegen den Wind stellen, um überhaupt noch atmen zu können. Der eigentlich kurze Weg vom Strand zur Farm schien eine Ewigkeit zu dauern. Schließlich kamen sie völlig erschöpft und durchnässt an.
Die beiden alten Leute standen mit besorgten Gesichtern in der Tür.
Mr. MacKinnon kam herausgerannt und rief gegen den Sturm: »Los, schnell rein mit dir!«
»Nein, ich muss noch Mary versorgen!«, sagte Mara undeutlich. Sie bekam kaum noch den Mund auf, so eingefroren war ihr Gesicht.
»Reingehen, das erledige ich!«, befahl Mr. MacKinnon und nahm ihr die Zügel aus der Hand.

Granny Kate stand mit einem Handtuch bereit und gab der zitternden Mara eine Tasse dampfenden Tee in die Hand. Dann holte sie eine alte Hose und einen Pullover von ihrem Mann, das sollte Mara anziehen. Natürlich war alles viel zu weit und zu lang, aber zumindest trocken.

Mr. MacKinnon kam tropfend herein.

»Pah, so ein Wetter, hat aber auch keiner voraussehen können, so schön wie es heute Früh war!«, schnaubte er.

»Doch!«, meinte Mara.

Die beiden alten Leute blickten sie verdutzt an. Sie erzählte von ihrer Begegnung mit dem Schäfer.

»Oh, Hamish ist wieder in der Gegend!«, sagte Mr. Mac Kinnon erfreut und ein Lächeln breitete sich auf seinem faltigen Gesicht aus. »Auf den kann man sich verlassen, da kannst du jeden Wetterbericht vergessen!«

Mr. MacKinnon ging aus dem Zimmer, um sich etwas Trockenes anzuziehen.

»Na, da wird ja wieder der Whisky in Strömen fließen!«, sagte Granny Kate und blickte leicht missbilligend hinter ihrem Mann her.

Dann erzählte die alte Frau Mara, dass Hamish Wanderschäfer und der beste Freund ihres Mannes sei.

»Er ist irgendwie ein komischer Kauz, taucht mal hier, mal dort auf, und verschwindet dann wieder für ein Jahr. Keiner weiß, wo er eigentlich her stammt, oder wie alt er ist! Aber eigentlich mag ich ihn ganz gern«, gab sie zu.

»Ich finde ihn irgendwie unheimlich!«, sagte Mara, die inzwischen wieder einigermaßen aufgetaut war.

»Na ja, die Leute erzählen sich merkwürdige Geschichten über ihn. Manche sagen, er sei ein Nachfahre der alten Druiden und er könne in die Zukunft blicken und so ein Zeug«, sagte Mrs. MacKinnon mit leichtem Zweifel in der Stimme, dann lächelte sie verschmitzt. »Allerdings, wenn er mit Rodry im Wohnzimmer sitzt und Whisky bechert, dann ist gar nichts Magisches mehr an ihm. Letztes Jahr hatte er am nächsten Tag so einen Kater, dass er kaum noch seine Schafe gefunden hat!«

Mara musste lachen. Auch Mr. MacKinnon hatte den Rest des Satzes gehört und zündete, vor sich hin schmunzelnd, seine Pfeife an. Schließlich fuhr er Mara nach Hause, die ihre Hose festhalten musste, damit sie nicht herunterfiel. Mara beeilte sich ins Haus zu kommen, denn es regnete jetzt in Strömen.

Leslie bekam einen Lachanfall, als sie Mara sah.

»Du siehst ja aus wie eine Vogelscheuche!«, gluckste sie.

Die Kinder hüpften um Mara herum und schrien: »Vogelscheuche, Vogelscheuche!«

Mara breitete die Arme aus, wobei sie fast schon wieder die Hose verlor, und jagte die wild kreischenden Kinder durchs ganze Haus.

Es regnete einige Tage und bald war der Schnee weggeschmolzen. Doch zwei Tage vor Heiligabend besserte sich das Wetter und es wurde trocken und kalt. Mara machte kurze Ausritte und half Leslie bei den Weihnachtsvorbereitungen. Ein großes Packet war von Maras Eltern gekommen. Dean, der Postie, hatte ganz schön geschnauft, als er es hereingeschleppt hatte. Außerdem hatte sie noch ein kleines Päckchen von Nadja und einen Brief von Julia bekommen. Mara wollte es erst am Heiligen Abend aufmachen.

Irgendwie fand sie es schon komisch, Weihnachten nicht bei ihrer Familie zu verbringen. Doch auf der anderen Seite fühlte sie sich hier in Schottland so wohl wie noch nie in ihrem Leben, wenn sie ehrlich mit sich selbst war.

Am Morgen des Heiligen Abend ging Mara noch rasch zu Mary und Heather und brachte ihnen einen Eimer mit Brot und Karotten. Es hatte in der Nacht leicht geschneit und die fernen Berge des Assynt waren mit Schnee bedeckt.

Mr. MacKinnon kam aus dem Haus und sagte überrascht: »Oh, du bist ja sogar heute da. Dann können wir dir ja gleich dein Geschenk geben!«

Er verschwand wieder im Haus. Kurze Zeit später kam er mit seiner Frau und einem Päckchen zurück.

»Vielen, vielen Dank, das wäre doch nicht nötig gewesen! Ich bin doch so froh, dass ich bei Ihnen reiten darf«, bedankte sich Mara verlegen.

»Du bist uns eine große Hilfe!«, sagte Mr. MacKinnon und die beiden alten Leute lächelten sie warmherzig an.

Zurück bei den Murrays empfing sie eine ziemlich entnervte Leslie und sagte, Mara solle die ›wee rascals‹ aus dem Weg räumen, sonst würde sie noch durchdrehen.

So nahm Mara die beiden in Brians Kinderzimmer mit und las ihnen aus Leslies neuestem Kinderbuch vor, das von einem Wichtel und einem Elfenmädchen handelte. Die Kinder lauschten fasziniert.

John kam gegen 15 Uhr mit einem großen Weihnachtsbaum herein, der von der ganzen Familie geschmückt wurde. Anschließend liefen sie im schwächer werdenden Licht zur Kirche am anderen Ende des Dorfes. Ein fast voller Mond leuchtete hinter den Bergen des Assynt hervor und die Hügel waren mit Raureif bedeckt. Es herrschte eine mystische, feierliche Stimmung, als sie durch die Nacht liefen. Von hier und da kamen Leute, die auch auf dem Weg zur Kirche waren und sich gedämpft »Merry Christmas« zuriefen.

Nach der Kirche gab es für die Erwachsenen einen Schluck Whisky, für die Kinder einen Becher Tee. Danach machten sich wieder alle auf den Heimweg durch die kalte Nacht. Selbst Mara, die in Deutschland nie gern in die Kirche gegangen war, war irgendwie feierlich zumute.

Nach dem Abendessen durften die aufgeregten Kinder endlich ihre Geschenke auspacken.

Maras Eltern hatten ein Fresspaket geschickt »Damit du nicht verhungerst«, stand auf der Karte.

Sie war froh, dass hier niemand Deutsch verstand, es wäre doch zu peinlich gewesen, falls jemand die Karte gelesen hätte!

Nadja hatte ihr einen knallbunten Schal und ein figurbetontes dunkelgrünes Shirt geschickt. Von den MacKinnons hatte sie ein Paar selbst gestrickte dicke Socken und mit Schafswolle gefütterte Reithandschuhe bekommen. Von Leslie und John bekam sie einen dicken Schafspulli und eine wind- und wasserdichte Winterjacke geschenkt.

»Wir konnten gar nicht mehr mit ansehen, wie du jedes Mal durchgefroren vom Reiten gekommen bist«, sagte John.

Sie unterhielten sich und aßen Plätzchen, während die Kinder ihre neuen Spielsachen ausprobierten.

Gegen 21 Uhr klingelte das Telefon. Leslie hob ab, dann hörte Mara sie verwundert antworten: »Sorry, here is no Dorsssie?!«

Das sollte wohl ›Dörthe‹ heißen – Mara spurtete hinaus in den Gang.

»Das ist für mich!« Mara streckte die Hand aus und Leslie übergab ihr verdutzt den Hörer.

Maras Mutter war dran und überschüttete sie mit Fragen. Mara kam kaum zu Wort. Nachdem sie mindestens zum zehnten Mal versichert hatte, dass es ihr gut ginge, redete sie

noch kurz mit ihrem Vater, Markus und Diana. Dann legte sie seufzend auf.
Das ist ja anstrengender, als den ganzen Tag Englisch zu sprechen, dachte sie.

Im Wohnzimmer klärte sie John und Leslie über ihren ersten Vornamen auf, denn sie hatte im Anmeldeformular nur ›Mara‹ angegeben.

Als schließlich alle im Bett waren, erinnerte sich Mara an den Brief von Julia, schlich leise ins Wohnzimmer und wieder zurück in ihr Bett.

Julia schrieb, dass sie jetzt einen Freund – Karsten – aus ihrer Klasse habe. Der halbe Brief handelte von ihm! Außerdem hatte sie ein Foto von Maras Pony mitgeschickt. »Ruby sieht jetzt aus wie ein dicker Plüschbär!«, hatte sie geschrieben und Mara konnte ihr nur zustimmen.

Seufzend schob sie das Foto zusammen mit dem, welches sie mitgebracht hatte, zurück in ihr Buch. Ihr Pony vermisste sie schon sehr.

Am nächsten Tag fuhren die Murrays zu den Großeltern nach Ullapool. Mara wollte lieber hier bleiben und Ausritte machen, denn das freundliche Winterwetter hielt an.

Mara war jetzt dank der neuen, winterfesten Kleidung bestens ausgerüstet und genoss warm eingepackt ihre Ritte.

Am zweiten Weihnachtstag kam Mr. MacKinnon, als Mara gerade ausreiten wollte, mit einem laut blökenden Schaf auf dem Arm von der Weide. Blut tropfte vom Bein des Schafes herunter.

»Ich muss den Tierarzt anrufen, kannst du kurz aufpassen?«, fragte er heftig schnaufend.

Mara nickte, sattelte in Windeseile Heather wieder ab und brachte sie zurück zur Koppel. Dann ging sie in die Scheune, wo das Schaf im Stroh lag und mitleiderregend blökte.

Granny Kate kam herein und erzählte, dass das Schaf ein Lamm vom letzten Frühjahr war und sich in einem Stacheldraht verfangen hätte. Mara streichelte das kleine Schaf und redete beruhigend auf das Tier ein.

Eine Stunde später kam der Tierarzt, ein kleiner rundlicher Mann um die fünfzig mit Halbglatze, angehetzt.

Dr. MacGregor schimpfte leise vor sich hin, dass so etwas immer am Feiertag passieren müsse, verband dann aber ruhig und sorgfältig das Bein des Schafes und gab ihm eine Spritze.

Mr. MacKinnon begleitete ihn zum Auto.

»Ich brauche endlich eine Hilfe, oder einen zweiten Tierarzt in der Gegend, so geht das nicht weiter. Jeden Tag bin ich von früh bis in die Nacht auf den Beinen!«, sagte Dr. MacGregor mit verzweifeltem Gesichtsausdruck.

Mr. MacKinnon lud ihn zu einem Whisky ein, den der Tierarzt dann doch nicht ausschlug. So viel Zeit musste sein!

Mara besuchte jetzt, wenn sie zu den Pferden kam, auch das kleine Schaf, das sie Lisa genannt hatte, und fütterte es. Inzwischen konnte es schon wieder auftreten und würde bald wieder auf die Weide kommen.

Jetzt tobten Winterstürme über das Land und das Meer schäumte in hohen Wellen, an Ausritte war nicht zu denken. Außerdem hatte Mara eine Erkältung bekommen, wahrscheinlich hatte John sie angesteckt, der schon seit einiger Zeit schniefte. So rannte sie ein paar Tage lang mit knallroter, tropfender Nase in der Gegend herum.

Leslie und John hatten ihr verboten, bei diesem Wetter vor die Tür zugehen und so war Mara nörgelnd im Haus geblieben. Allerdings ließ sie sich nach ein paar Tagen nicht davon abhalten, zumindest wieder kurze Besuche bei den MacKinnons zu machen. Ansonsten spielte sie mit den Kindern im Haus.

Kapitel 9

Für Silvester hatte Leslie eine große Party geplant und massenhaft Einladungen verschickt. John stöhnte schon die ganz Zeit und überlegte, wo sie die vielen Leute unterbringen sollten. Doch Leslie war unbekümmert und backte und kochte mit Hilfe von Mara leckere Sachen.

Am Vormittag des Silvestertages war John nach Lochinver gefahren, um noch mehr Getränke zu kaufen und kam später mit einem vollgepackten Auto zurück.

Sie räumten das Wohnzimmer leer, wandelten den Fernsehschrank in ein Buffet um, und dekorierten alles mit Luftschlangen und Ballons.

Mara überlegte die ganze Zeit, was sie anziehen sollte. Schließlich meinte Leslie, sie solle doch das neue Shirt von ihrer Tante mit ihrer schwarzen Jeans anziehen. Mara stimmte zu und Leslie war ganz begeistert, als Mara später umgezogen aus ihrem Zimmer kam.

»Hey, das steht dir echt gut, jetzt lass mal noch die Haare offen!«, rief sie aus und machte sich daran, Maras lange, dicke Haare zu bürsten bis sie glänzten. Dann war Leslie endlich zufrieden mit dem Ergebnis und nickte anerkennend.

Mara blickte kritisch in den Spiegel, musste dann aber zugeben, das sie sich einigermaßen sehen lassen konnte.

Gegen 22 Uhr trafen die ersten Gäste ein und jeder wurde mit einem Drink begrüßt. Einige Leute kannte Mara aus dem Dorf. Viele waren ihr jedoch unbekannt, aber alle waren sehr nett und unterhielten sich kurz mit ihr. Die Kinder wuselten aufgeregt zwischen den vielen Menschen herum.

Um 23 Uhr war das Haus gerammelt voll. Musik dröhnte

aus der Stereoanlage, und überall war Lachen und Gerede zu hören.

Mara hatte schon zwei Gläser Wein getrunken und sich in den Sessel am Fenster zurückgezogen. Bei dieser Lautstärke und den vielen Leuten, die sich alle im schönsten schottischen Dialekt unterhielten, verstand sie kaum etwas. Sie setzte sich hin und beobachtete alles neugierig.

Die MacKinnons waren inzwischen auch gekommen, hatten Mara kurz zu gewunken und unterhielten sich gerade mit einem Mann, der etwa in Mr. MacKinnons Alter sein musste. Whisky wurde ausgeschenkt und man prostete sich zu.

Mara fiel ein großer junger Mann auf, den sie noch nie gesehen hatte. Er hatte dunkelblonde, etwas verwuschelte Haare, die ihm ins Gesicht hingen, und ein nettes Lächeln. Er stand mit John in der Tür und schaute immer wieder zu ihr herüber.

Leslie kam vorbei und fragte: »Alles okay, Mara? Langweilst du dich?«

»Nein, alles in Ordnung, es ist nur etwas anstrengend, sich bei dem Lärm in einer fremden Sprache zu unterhalten.«

»Das kann ich verstehen, manche sprechen auch noch Gälisch, das kann nicht mal ich richtig. Ich hatte es zwar in der Schule, war aber der Meinung, das sei nicht so wichtig. Aber verrate das Brian nicht, mittlerweile ist Gälisch wieder stark im Kommen!«, sagte Leslie grinsend.

Mara und Leslie unterhielten sich noch ein wenig, bis Leslie Mara lachend anstupste. »Schau mal, da interessiert sich jemand für dich!« Ihr Grinsen wurde noch breiter, während sie mehr oder weniger unauffällig in Richtung des jungen Mannes deutete.

Mara wurde rot.

»Wer ist das denn?«, fragte sie so beiläufig wie möglich.

»Das ist der Enkel von den MacKinnons, Ian heißt er, müsste jetzt ungefähr dreiundzwanzig Jahre alt sein. Ich habe ihn schon ewig nicht mehr gesehen, aber ich muss sagen, der hat sich rausgemacht!«, lächelte Leslie vielsagend.
»Komm, ich stell ihn dir mal vor.« Leslie zog Mara auf die Füße.
»Nein, das ist ja total peinlich!«, widersprach Mara und wollte gerade in der Küche verschwinden, doch da steuerte dieser Ian auch schon auf sie zu.
Blaue Augen schienen sie gefangen zu halten, dann streckte er ihr die Hand hin.
»Hi, ich bin Ian«, sagte eine angenehme Stimme.
»Ähhmm, Mara«, stotterte sie unbeholfen und hätte beinahe ihr leeres Weinglas fallen lassen.
»Mara, schöner Name«, meinte Ian mit einem netten Lächeln.
Die Art, wie er ›Mara‹ aussprach, ließ ihr einen kalten Schauer über den Rücken laufen.
»Soll ich dir noch ein Glas Wein holen?«, fragte Ian.
»Nein, ähm, na ja, vielleicht doch, warum nicht …«, stammelte sie und wurde noch röter.
Verdammt, warum steh ich jetzt da wie eine blöde Kuh und bringe kein Wort heraus?, dachte Mara.
Ian schien das nicht zu stören. Er nahm ihr Glas, lächelte ihr zu und meinte zwinkernd: »Aber nicht weglaufen!«, und verschwand in der Küche.
Doch genau das hätte Mara in diesem Moment gern getan. In das tiefste Loch verschwinden und oben zugraben!
Sie atmete tief durch.
Ruhig bleiben!, sagte sie zu sich selbst.
Ein paar Minuten später stand Ian wieder vor ihr, er hatte sich selbst ein Bier mitgebracht und prostete ihr zu.

»Slàinte!«

Mara hatte im Laufe des Abends gelernt, dass das hier soviel wie ›Prost‹ hieß.

»Slàinte mhath!«, antwortete sie und dachte dann sarkastisch: *Wow, ich kann ja doch reden!*

Ian verschluckte sich fast an seinem Bier. »Gälisch kannst du also auch schon, alle Achtung!«

Mara schüttelte den Kopf. »Nur ein paar Worte.«

Dann unterhielten sie sich über alles Mögliche und Mara entspannte sich etwas. Ian erzählte, dass er in Edinburgh Tiermedizin studierte, jetzt im sechsten Semester sei und seine Großeltern ein paar Tage besuchte. Mara erzählte ein wenig von Deutschland, wie gut es ihr hier in Schottland gefiel und dass sie die Pferde seines Großvaters ritt.

»Das ist eine große Ehre«, meinte Ian. »Grandpa lässt nicht jeden an seine Highlandponies ran!«

Plötzlich ertönte eine Geige. Ein älterer Mann fing an zu spielen und sofort klatschten alle Gäste mit. John holte seine Gitarre und irgendjemand begann an zu singen. Alle stellten sich im Kreis um die Musiker und klatschten im Takt. Es wurde sehr eng, doch einige schafften es sogar noch zu tanzen.

»Möchtest du auch tanzen?«, fragte Ian und zog sie schon in die Mitte des Raumes.

»Nein, ich kann nicht«, wehrte sich Mara.

»Ach komm schon, ist doch ganz leicht!«

»Nein, wirklich nicht, ich schau lieber zu«, meinte Mara, der sowieso schon leicht schwindlig vom Wein war. In diesem Moment bereute sie es, den Tanzkurs von ihren Eltern nicht eingelöst zu haben.

Ian zuckte mit den Achseln, blieb aber bei ihr stehen.

Die Stimmung wurde immer ausgelassener. Whiskygläser

wurden aufgefüllt, alle lachten und klatschten im Takt der Musik, die wirklich ins Blut ging.

»Mara, macht es dir etwas aus, wenn ich mit meiner Granny tanze?«, fragte Ian etwas später.

Mara schüttelte den Kopf und Ian schrie seiner Großmutter, die nur ein paar Schritte von ihnen entfernt stand, zu: »Granny, darf ich bitten?«, und verbeugte sich vor der alten Frau. Dann zog er sie auf die improvisierte Tanzfläche.

Die kleine, rundliche Granny Kate hielt sich wirklich gut. Wenig später kam Ian lachend und außer Atem zurück.

»Deine Großmutter ist wirklich toll«, sagte Mara.

Ian nickte. »Als junges Mädchen war sie auf jedem Ceilidh zu finden.«

Bevor Mara fragen konnte, was ein Ceilidh war, schrie irgendjemand: »Noch fünf Minuten bis Mitternacht!«

»Ich hol mir noch schnell ein Glas Whisky, möchtest du auch eins?«, fragte Ian.

»Nein, danke, ich mag keinen Whisky, aber einen Baileys hätte ich gerne.«

Ian nickte, bahnte sich einen Weg durch die Menge und kam kurze Zeit später mit zwei Gläsern in der Hand zurück.

Alle gingen nach draußen und zählten die letzten Sekunden bis zum neuen Jahr. Ian stand dicht neben ihr. Es war ziemlich kalt und windig, doch der Himmel funkelte sternenklar.

»Fünf, vier, drei, zwei, eins – Happy New Year!«, ertönte es von überall.

Auch Ian hatte Mara in den Arm genommen und ihr einen Kuss auf die Wange gedrückt. Eine Sternschnuppe fiel vom Himmel.

»Wünsch dir was«, flüsterte Ian ihr ins Ohr.

Mara schloss die Augen.

Ich will hier nie wieder weg, dachte sie spontan.
Ian drehte sie zu sich um und fragte lächelnd: »Hast du dir etwas gewünscht?«
Mara nickte.
»Ich auch«, meinte Ian und legte einen Finger auf seine Lippen. »Aber nicht verraten, sonst geht es nicht in Erfüllung!«
Dann wurden die beiden vom Strom der ›Happy New Year‹ wünschenden getrennt.
Mara war ganz durcheinander. Sie ließ alle Umarmungen und Wünsche über sich ergehen. Schließlich kam Ian wieder zurück und sie gingen ins Haus. Draußen war es doch ziemlich kalt.
Die ausgelassene Stimmung hielt an. Ian erzählte lustige Geschichten aus der Uni und von seinem besten Freund Sean, den er ›Crazy Irishman‹, also den verrückten Iren, nannte. Die beiden teilten sich ein Appartement. Sean wechselte mindestens alle zwei Semester sein Studienfach, zurzeit sei es Ägyptologie. Doch Sean hatte bereits angekündigt, dass ihn die ›Dead wrapped bastards‹ schon wieder nervten. Außerdem war Sean legendär für seine Kneipentouren und Partys. Sein Lebensmotto war: Geh nie vor zwei Uhr nachmittags in eine Vorlesung!
Mara genoss den Abend in vollen Zügen.
Später kam Leslie zu den beiden und meinte mit einem Zwinkern: »Schön, dass ihr euch so gut versteht. Ian, dein Großvater hat gesagt, dass du Mitte Januar für die Semesterferien zu ihm kommst, um ihm bei Reparaturen zu helfen.«
Maras Herz schlug höher.
»Meinst du, du könntest Mara dann ein bisschen die Gegend zeigen? Ich habe schon ein ganz schlechtes Gewissen, weil wir bisher kaum weggekommen sind!«, fuhr Leslie fort

und blickte Ian fragend an.

Ian versicherte, dass er das sehr gern tun würde und sagte dann zu Mara gewandt: »Und wenn du willst, fangen wir gleich morgen damit an, ich bin noch zwei Tage hier«, und füllte ihr Weinglas nach.

In Maras Kopf drehte sich alles und sie wusste nicht, ob das nur vom Alkohol kam!

Gegen zwei Uhr morgens brachen die ersten Gäste langsam auf. Ian fuhr mit seinen Großeltern nach Hause. Vorher hatte er Mara noch versichert: »Ich rufe dich morgen an, okay?!« Anschließend hatte er sie kurz umarmt und war gegangen.

Mara schwebte wie auf Wolken. Sie war beschwipst, müde und aufgekratzt zugleich. John fand sie schließlich, etwas dämlich grinsend, in der Küche auf einem Stuhl sitzend, während der heftig angetrunkene alte Mr. Lachlan ihr etwas auf Gälisch erzählte und überhaupt nicht mitbekam, dass das Mädchen keinen Ton verstand.

»Auf ins Bett, Lass, du kippst ja gleich vom Stuhl!«, sagte John und führte die leicht schwankende Mara in ihr Zimmer.

Die schaffte es gerade noch, die Zähne zu putzen und sich auszuziehen, bevor sie bleischwer ins Bett fiel. Alles um sie herum drehte sich und in ihren Ohren dröhnte immer noch die Musik. Mara sah Ian vor sich, wie er sie anlächelte. Von unten drangen Stimmen und Lachen herauf. Schließlich schlief sie ein.

Am nächsten Morgen wachte Mara bereits kurz nach 9 Uhr mit leichten Kopfschmerzen auf. Im Haus regte sich nichts. Mara wollte sich wieder in die Bettdecke kuscheln, doch irgendwie konnte sie nicht mehr einschlafen.

Schließlich stand sie stöhnend auf und überlegte, was am

letzten Abend Traum, und was Wirklichkeit gewesen war. Sie duschte und ging dann halbwegs wach in die Küche, räumte den Küchentisch ab und kochte Kaffee.

Kurz darauf kamen ein verkatert aussehender John, er war bis fünf Uhr aufgeblieben und hatte etwas zu viel getrunken, und eine bereits wieder gutgelaunte Leslie in die Küche.

»Mara, du bist ein Schatz!«, seufzte Leslie, trank ihren Kaffee und gab den Kindern Frühstück. Damit die Kinder nicht im Weg waren, setzte sie diese schließlich vor den Fernseher.

»War doch nett gestern mit Ian, oder?«, fragte Leslie mit vielsagendem Grinsen im Gesicht.

Also hatte Mara das Ganze doch nicht geträumt. Und soweit sie sich erinnern konnte, hatte Ian ihr versprochen, heute anzurufen. Sie blickte auf die Uhr – erst kurz nach zehn, da war er vielleicht noch gar nicht wach.

Leslie begann, das Chaos, das die vielen Gäste hinterlassen hatten, zu beseitigen. John verschwand wieder grummelnd in seinem Schlafzimmer und Mara bot Leslie an, beim Aufräumen zu helfen.

Doch so recht bei der Sache war Mara nicht. Ständig schaute sie von der Uhr zum Telefon, stellte schmutziges Geschirr in den Kühlschrank, anstatt in den Geschirrspüler und warf vor Schreck einige Gläser vom Tisch, als es dann endlich doch klingelte. Es waren allerdings nur Leslies Eltern, die ein frohes neues Jahr wünschen wollten.

Leslie scheuchte Mara aus der Küche, die sich vor den Fernseher setzte, jedoch nicht wirklich etwas mitbekam. Es war bereits 14 Uhr und Ian hatte immer noch nicht angerufen.

John war wieder aufgetaucht und saß mit im Wohnzimmer und trank Tee. Er wunderte sich über Maras düstere Stimmung – so kannte er sie gar nicht.

Leslie kam mit einem Teller Kekse herein, doch Mara hatte keinen Hunger. Sie nahm sich ein Buch, konnte sich aber nicht konzentrieren und las jede Zeile dreimal.

Wahrscheinlich denkt er gar nicht mehr an mich und ist schon zurück nach Edinburgh gefahren, dachte Mara.

Ihr Gesichtsausdruck wurde immer finsterer.

Um 15 Uhr klingelte erneut das Telefon.

Mara zwang sich sitzen zu bleiben und unbeteiligt zu schauen, doch sie hatte die Finger so fest um das Buch geklammert, dass die Knöchel schon weiß wurden.

Leslie kam lächelnd herein. »Mara, für dich!«

Mara schoss aus dem Sessel und stolperte über Murphy, der beleidigt miauend unter dem Sofa verschwand.

Sie atmete kurz durch und sagte dann: »JA?!«

»Hallo, Mara«, kam die leicht verkatert klingende Stimme von Ian, »ich bin erst spät aufgestanden und hab dann noch mit meinem Großvater die Tiere gefüttert.«

Mara entspannte sich. Also hatte er sie doch nicht vergessen!

»Wenn das Wetter hält, können wir morgen zum Stac Polly fahren. Magst du Bergwandern?«, fragte Ian unsicher.

»Ja klar, gerne!«, kam die begeisterte Antwort von Mara.

»Super, ähm, und ich wollte später noch mit Duke zum Strand gehen. Möchtest du mitkommen, Mara?«

Und ob sie wollte!

Die beiden verabredeten sich für halb vier an der Straße. Mara legte den Hörer auf, polterte die Treppe hoch und kam kurze Zeit später dick angezogen und pfeifend wieder herunter.

Sie rief gutgelaunt: »Ich bin mal kurz weeeg!«, und rannte an dem immer noch müden John vorbei, der zusammen-

zuckte, als die Haustür ins Schloss krachte.
»Die ändert sich ja schneller als das schottische Wetter«, grummelte John.
»Frisch verliebt, würde ich sagen!«, meinte Leslie und gab ihrem Mann einen dicken Kuss auf den Mund.

Mara lief den Weg zur Straße hüpfend hinunter. Die Müdigkeit und die schlechte Laune waren wie weggeblasen. In der Ferne konnte sie eine Gestalt in einer dicken Jacke mit einem Hund sehen.
»Schön, dass du gekommen bist«, begrüßte Ian sie lächelnd.
Dann liefen sie gemeinsam über den Sandstrand. Die Flut kam gerade schäumend herein und sie lachten über Duke, der versuchte, Möwen zu jagen. Ian erzählte Mara, dass der Stac Polly sein Lieblingsberg im Assynt war, so nannte man die gebirgige Landschaft dieser Gegend, und dass man von dort die beste Aussicht hatte.

Sie redeten über alles Mögliche und Ian erzählte, dass seine Eltern vor drei Jahren zusammen mit seiner jüngeren Schwester Megan nach Neuseeland ausgewandert waren und dort ein kleines Whiskygeschäft führten. Er hatte sie seitdem nicht mehr gesehen, da er, wie er mit verzogenem Gesicht meinte, nur im äußersten Notfall in diese ›fliegenden Blechkisten‹ steigen würde! Aber er telefonierte regelmäßig mit seinen Eltern und sie schrieben sich häufig.

Mara und Ian liefen zurück zur Farm der MacKinnons und Mara begrüßte die beiden Stuten. Es wurde langsam wieder dunkel und Ian zeigte ihr die Abkürzung durch die Hügel. Der Schafspfad war ziemlich steinig und rutschig und mündete ein Stück vor dem Grundstück der Murrays in einen Feldweg. Immerhin war dieser Weg erheblich kürzer als über die Straße.

»Aber geh hier nicht im Dunkeln, sonst verläufst du dich noch!«, sagte Ian und versprach, am nächsten Tag um zehn Uhr zu ihr zu kommen. Dann war er in den Hügeln verschwunden.

Mara kam gerade richtig zum Abendessen. Sie erzählte von ihren Plänen, morgen auf den Berg zu steigen. Dann stockte sie verlegen und fragte Leslie mit schlechtem Gewissen, ob es ihr überhaupt recht sei, wenn sie einfach wegginge, wo doch nicht ihr freier Tag wäre.

Doch Leslie winkte ab. »Du hast in den letzten Monaten so viel mit den Kindern unternommen, auch an deinen freien Tagen. Genieß die Zeit mit Ian, er muss sowieso bald wieder weg.«

Maras Miene verfinsterte sich etwas. Daran wollte sie jetzt nicht denken!

Der nächste Tag begrüßte sie mit leichtem Nieselregen, doch als sie mit Ians altem grünen Landrover Defender über die Highlandstraßen holperten, kam die Sonne schon wieder heraus. Mit reichlich Proviant ausgestattet zogen die beiden gutgelaunt los und kletterten auf den Gipfel des Stac Polly.

Der Weg war ziemlich steil und an manchen Stellen mussten sie über Geröllfelder klettern. Als sie dann nach zwei Stunden am schneebedeckten Gipfel ankamen, waren sie ganz schön außer Atem. Doch der Ausblick entschädigte sie für alles.

Mara staunte. Sie konnte über endloses mit Seen durchsetztes Heideland blicken, das sich in sanften Hügeln bis zum Meer zog. Die Gipfel der anderen Berge schimmerten in der Sonne, die alles funkeln und glänzen ließ.

Mara war sprachlos, das alles wirkte so unwirklich schön,

dass man meinen konnte, man blicke auf ein Landschaftsmodell.

Ian sagte leicht fröstelnd im kalten Wind: »Im Sommer ist es natürlich noch schöner.«

»Kann ich mir gar nicht vorstellen«, murmelte Mara fasziniert.

Eine plötzliche Windböe riss sie fast von den Füßen, sodass Ian sie auffangen musste.

»Ich glaube, wir suchen uns ein bisschen Schutz«, schlug er vor und nahm sie an der Hand.

Sie setzten sich in den Schutz eines überhängenden Felsens, tranken heißen Tee und ließen sich ihre Sandwiches schmecken.

Doch bald mussten sie sich an den Abstieg machen. Die Sonne war hinter den Wolken verschwunden und es würde nicht mehr viel Tageslicht übrig bleiben.

Im letzten Licht des schwindenden Tages liefen sie zum Auto zurück und fuhren nach Hause. Ian hielt vor der Haustür der Murrays an und sagte etwas unglücklich dreinschauend: »Ich muss morgen wieder fahren, aber ich komme in drei Wochen zurück, sobald die Prüfungen vorbei sind!«

Auch Mara machte ein trauriges Gesicht. Keiner wollte sich so recht verabschieden.

Schließlich kam Fiona aus der Tür gestürmt und rief: »Mara, Mara!«

Ian legte kurz seine Hand auf ihre und Mara stieg aus.

»Ich ruf dich an!«, rief Ian ihr hinterher. Dann startete er sein altes Auto und fuhr klappernd davon.

»Mara, Sheepies suchen!«, sagte Fiona und zog Mara mit sich zur Schafskoppel hinter dem Haus.

Mara seufzte und blickte Ian hinterher. Dann folgte sie dem kleinen Mädchen, das sich in den Kopf gesetzt hatte, ein Schaf zu streicheln.

Die nächsten drei Wochen zogen sich für Mara endlos dahin. Ian rief zwar wie versprochen gelegentlich an, doch da er Prüfungen schrieb, hatte er nicht viel Zeit.

Mara schwankte zwischen Hoffnung und Zweifeln. Meinte Ian es wirklich ernst mit ihr, oder war sie für ihn nur ein kleiner Urlaubsflirt?

Sie beschloss, etwas von ihrem gesparten Taschengeld auszugeben und Julia aus der Telefonzelle anzurufen. Die war vor Freude ganz aus dem Häuschen und versicherte, dass es den Pferden gut ginge. Ruby wäre brav und würde sich anstandslos von ihr longieren und führen lassen.

Julia riet ihr, die Sache mit Ian einfach auf sich zukommen zu lassen und ihr alles haarklein zu schreiben. Außerdem erzählte Julia noch, dass Karsten sich als Idiot herausgestellt hatte und sie wieder Single sei. Dann waren auch schon über zehn schottische Pfund im gierigen Schlund der Telefonzelle verschwunden und die Mädchen legten auf.

Mara versuchte, sich so gut es ging abzulenken. Sofern es das Wetter zuließ ritt sie aus und kümmerte sich ansonsten um die Kinder.

Dann kam endlich der ersehnte 20. Januar. Mara spielte gerade mit den Kindern im Hof Ball, als Ian laut hupend die Straße hochgefahren kam.

»Ich wollte dich als Erstes sehen!«, rief er ihr entgegen, zögerte kurz und nahm Mara dann in den Arm.

»Kommt doch rein, ich habe Applepie gebacken!« Leslie winkte ihnen vom Fenster aus zu.

Also ging Ian mit hinein und sie setzten sich um den großen Küchentisch. Er erzählte von Edinburgh, seinen Prüfungen und dass er jetzt endlich Ferien hatte. Nachdem der Apfelkuchen aufgegessen war, brach Ian zu seinen Großeltern auf.

»Sehen wir uns morgen?«, wollte Ian wissen und blickte Mara erwartungsvoll an.

»Na klar!«, antwortete diese strahlend. »Ich komme morgen vorbei, wenn ich die Kinder weggebracht habe.«

Der nächste Tag war ungewöhnlich mild für Ende Januar, fast meinte man schon, einen Hauch von Frühling zu erahnen.

Mara brachte die Kinder zur Schule und lief dann den Weg zur Farm der MacKinnons hinauf. Ian und sein Großvater arbeiteten auf dem Dach und tauschten Ziegeln aus.

»Hi, Mara, ich bin gleich fertig. Kannst du kurz warten?«, fragte Ian gutgelaunt.

»Okay, ich reite solange mit Heather auf der Koppel«, antwortete Mara.

Nachdem Mara geritten war und gerade absattelte, kam Ian zur Pferdekoppel hinauf.

»Hast du noch Lust auf einen Spaziergang, dann zeige ich dir meinen Lieblingsplatz?«

»Klar, bis um eins habe ich Zeit«, sagte Mara und räumte ihren Sattel auf.

Sie liefen über matschige Schafspfade und kleine Hügel bis weit ins Hinterland hinein. Hier war Mara noch nie gewesen. In einem Tal mit vereinzelten, vom Wind verkrüppelten Bäumen, stand ein kleiner Steinkreis und Mara blieb überrascht stehen.

»Das ist der ›Cuairtich a dàn‹. Keiner weiß so recht, wofür diese Steinkreise gebaut worden sind. Manche sagen, sie hätten als Versammlungsort der Druiden gedient. Andere meinen, es sei eine Opferstelle gewesen. Der hier ist natürlich nicht so bekannt wie Stonehenge oder so, aber ich finde, er hat irgendwas Magisches an sich.« Ian blickte Mara unsicher ins Gesicht. Hielt sie ihn jetzt für verrückt?

Mara schaute sich fasziniert um. »Wunderschön ist es hier. So ein ähnlicher Platz ist auch in Deutschland meine Lieblingsstelle, auch wenn es nicht direkt ein Steinkreis ist.«

Sie setzten sich auf einen Felsen. Hier in der Senke war es richtig warm. Mara erzählte vom Druidenhain und ihrem Großvater. Es war, als ob sie sich schon ewig kennen würden. Mit Ian konnte Mara über Dinge reden, die sie sonst allerhöchstens Julia anvertraute.

»Du, Mara, was ich dich schon die ganze Zeit fragen wollte.« Ian räusperte sich. »Hast du die Kette mit dem keltischen Anhänger eigentlich von deinem Freund in Deutschland?«

Mara schüttelte den Kopf. Irgendwie fand sie, dass Ian erleichtert aussah, als sie den kleinen Anhänger unter ihrem Pullover hervorholte und sagte: »Nein, den habe ich von meinem Großvater, genauso wie meinen Namen.«

Dann erzählte sie die Geschichte von ihrer Namensgebung. Ian musste herzlich lachen und meinte, bei ›Dörthe‹ würde man sich ja die Zunge brechen.

»Dein Grandpa war sicher sehr nett, ich hätte ihn gerne kennen gelernt. Weißt du eigentlich, dass du einen schottischen Namen hast?«

Mara blickte ihn verdutzt an und Ian fuhr fort. » ›mara‹ ist Gälisch und bedeutet ›Meer‹. Passt irgendwie zu dir«, meinte er lächelnd.

Mara liebte die Art, wie er ihren Namen aussprach.

»Ob mein Opa das gewusst hat?«, murmelte sie nachdenklich und blickte zu Boden.

»Du vermisst ihn, oder?«, fragte Ian leise.
Mara nickte und biss sich auf die Lippe.
Ian nahm sie wortlos in den Arm. So saßen sie eine ganze Zeit lang und ließen sich die Sonne ins Gesicht scheinen. Dann musste Mara los, denn Fiona wartete sicher schon auf sie.

Mara und Ian trafen sich jetzt fast jeden Tag. Sie gingen am Vormittag spazieren oder saßen bei schlechtem Wetter in Granny Kates gemütlicher Küche. Abends fuhren sie gelegentlich nach Lochinver, wo Mara einige junge Leute kennen lernte, die sich im ›Boatsman Inn‹, einem gemütlichen Pub, trafen. Dort spielten sie Billard oder hörten Musik und unterhielten sich. Die jungen Leute waren alle sehr nett und nahmen Mara herzlich auf. Besonders mit Susan aus Achmelvich verstand sich Mara sehr gut. Sie arbeitete im Sommer auf dem Campingplatz ihres Vaters und war wie Mara siebzehn Jahre alt.

An einem Sonntag wollten Mara und Ian ganz in den Norden Schottlands nach Durness fahren. Zum Glück regnete es gerade nicht und der Wetterbericht hatte für den Nachmittag sogar einige sonnige Abschnitte gemeldet.

Sie fuhren auf den engen Highlandstraßen nordwärts und Ian erzählte Mara, was er über die Gegend wusste. Die Landschaft wurde, auch wenn Mara es kaum glauben wollte, immer wilder und menschenleerer. Die Heidekrautfelder waren mit riesigen Felsblöcken durchsetzt, zwischen denen einzelne Schafe grasten.

Sie machten in einem kleinen Dorf Pause und tranken bei zwei alten Leuten Tee und aßen ein paar Sandwiches. Die alten Leute hatten den unteren Raum ihres Cottages vor vielen Jahren in ein Café umgebaut. Es war alles uralt, aber irgendwie gemütlich. Draußen pfiff der Wind ums Haus, aber vor dem flackernden Torffeuer ließ es sich aushalten.

Der alte Mann erzählte, wie er nach dem Krieg sein Cottage ganz allein aufgebaut und eine Zeit lang Highlandcattle und Schafe gezüchtet hatte. Er musste schon weit über achtzig Jahre alt sein.

Irgendwann brachen sie wieder auf und fuhren bis nach Durness. Dort zeigte Ian Mara einige schöne Buchten mit weißen Sandstränden. Außerhalb des Dorfes lag ein wunderschöner Strand, den man bei Ebbe kilometerlang entlang wandern konnte.

Der Wind war ziemlich kalt, doch in der immer wieder hervorkommenden Sonne strahlte und glitzerte alles. Sie liefen über den strahlend weißen Sandstrand, während die Wellen ans Ufer rollten und der Wind ihnen die Luft zum Atmen nahm. In einer kleinen Höhle hielten sie atemlos an.

»Puh, ganz schön heftig der Wind! Und wie gefällt's dir hier ganz im Norden?«, fragte Ian.

»Wirklich schön hier, aber der Wind reißt einem ja fast die Haare vom Kopf. Trotzdem, ich finde das passt irgendwie hierher«, meinte Mara.

Ian nickte und fuhr sich durch die zerstrubbelten Haare.

»Wenn man Glück hat, kann man von den Klippen aus sogar Wale sehen. Wollen wir hoch in den Pub gehen und etwas essen?«, schlug Ian vor.

Mara stimmte zu und sie kämpften sich die letzten Meter vom Strand bis zum Auto. Im Pub neben dem Campingplatz bestellten sie mit vom Wind geröteten Gesichtern einen heißen Tee und eine Suppe zum Aufwärmen.

»Jetzt siehst du aus wie ein Highlandcattle«, sagte Ian grinsend.

Mara blickte in die Scheibe und musste selbst lachen. Die

Haare standen ihr kreuz und quer vom Kopf ab und waren durch den Wind total zerzaust. Sie steckte zwei Finger durch die Zotteln, senkte den Kopf und machte »Muuuh«.

Ihr fiel ein alter Mann auf, der gerade einen Krabbencocktail aß. Mara beugte sich zu Ian und sagte grinsend: »Schau mal seine Schuhe an, der hat ja Riesenfüße!«

»Oh, damit kann er im Winter gleich Skifahren«, gab Ian lachend zurück.

Dann kam die Suppe, die Bedienung bezeichnete es als ›Cullen Skink‹, was sich als eine köstliche, cremige Fischsuppe mit geräuchertem Hering herausstellte.

Als es dämmerte, fuhren sie zurück nach Clachtoll. Es war ein schöner Tag gewesen, den beide genossen hatten.

Ian und Mara wurden immer vertrauter miteinander. Sie waren oft verwundert, wie viele Gemeinsamkeiten sie hatten und dass sie über die gleichen Dinge lachen, oder sich aufregen konnten.

Eines Tages, als sie gemeinsam an der Koppel standen und Heather und Mary beobachteten, die genüsslich ihr Heu kauten, fragte Mara: »Sag mal, kannst du eigentlich auch reiten?«

»Nee, ich habe schon ewig auf keinem Pferd mehr gesessen«, antwortete Ian ausweichend.

»Also kannst du es doch, oder?!«, bohrte Mara nach.

Ian zuckte mit den Schultern. »Na ja, so mit fünfzehn bin ich das letzte Mal geritten. Das ist schon ewig her!«, gab er widerstrebend zu.

»Ja, ja, jetzt bist du schon ein alter Mann! Soll ich dir einen Krückstock holen?«, witzelte Mara und grinste ihn frech an.

Ian kitzelte sie durch, bis sie quietschend um Gnade bettelte.

»Also, komm schon, morgen machen wir einen Ausritt, abgemacht?«, sagte Mara, als sie wieder Luft zum Sprechen hatte.

Ian blickte sie skeptisch an, dann hellte sich sein Gesicht auf. »Aber nur, wenn du das nächste Mal mit mir tanzt!«

Mara willigte mit gerunzelter Stirn ein.

Am nächsten Tag sattelten sie die Pferde. Ian nahm die etwas größere Heather. Trotzdem sah es schon ziemlich lustig aus, da Ians lange Beine weit an dem Pony herunterhingen und er sich die ersten Meter, etwas blass im Gesicht, krampfhaft am Sattel festhielt. Doch nach und nach gewöhnte er sich wieder ans Reiten.

Sie ritten durch die Hügel und dann hinunter zum Meer. Am Sandstrand, an dem Mara meistens galoppierte, schien Heather Ians Sattelfestigkeit prüfen zu wollen. Sie machte einen kleinen Freudensprung und galoppierte los.

Ian wurde unsanft nach hinten gerissen und konnte sein Pferd erst ein paar hundert Meter weiter stoppen. Er hielt krampfhaft die Zügel fest, als Mara ihn schließlich eingeholt hatte und murmelte etwas, das stark nach ›wee witch‹ klang.

»Die ist wohl verrückt geworden«, schimpfte er.

»Da musst du erst mal mein Pferd in Deutschland erleben, die kann buckeln!«, lachte Mara, dann biss sie sich auf die Lippen.

Ian schaute sie erstaunt an. »Du hast ein eigenes Pferd? Wusste ich gar nicht!«

Außer Julia und Nadja hatte Mara bisher keinem Menschen von ihrem Pony erzählt. Doch was konnte es schon schaden, wenn Ian es erfuhr?

»Ich erzähle dir jetzt ein Geheimnis. Kannst du den Mund halten?«, fragte sie ernst.

»Ich gelobe, zu schweigen!«, verkündete er und hob feierlich eine Hand.

Das schien Heather als Zeichen anzusehen, wieder loszustürmen.

»Komm schon, lass sie laufen!«, schrie Mara gegen den Wind und galoppierte an Ian vorbei.

Der machte ein unglückliches Gesicht und hielt sich am Sattel fest, dann donnerten sie über den Strand.

Ian schimpfte später, jedoch mit einem lustigen Funkeln in den Augen, über ›crazy Lassies‹. Dann ritten sie im Schritt weiter und Mara erzählte ihm die ganze Geschichte von ihr und dem Pony. Ian staunte nicht schlecht.

»Diese Julia scheint ja eine ganz tolle Freundin zu sein! Was für eine Rasse ist denn deine Ruby?«, fragte er interessiert.

Mara zuckte mit den Achseln.

»Irgendeine Pony-Mischung.«

»Hast du ein Foto mitgenommen?«

Mara nickte und versprach, Ian die Bilder bei der nächsten Gelegenheit zu zeigen. Später sattelten sie die Pferde ab und Ian begleitete Mara über den Weg durch die Hügel nach Hause.

Am nächsten Tag regnete es in Strömen. Granny Kate hatte wieder Shortbread gebacken und ihr Mann war zum Einkaufen nach Lochinver unterwegs. Mara und Ian saßen in der Küche und tranken Tee, später holte Mara die Fotos von ihrem Pony heraus.

»Hey, könnte ein Highlandpony sein!«, rief Ian aus.

»Ich glaube nicht, dass es in Deutschland welche gibt. Ich habe erst hier von der Rasse gehört«, meinte Mara skeptisch.

Ian zuckte mit den Schultern. »Frag doch mal Grandpa, der weiß es bestimmt.«

Wenig später kam Mr. MacKinnon mit einem Korb voller Lebensmittel herein.

»Grandpa, schau doch mal, was könnte das für ein Pferd sein? Es gehört Maras Freundin.« Ian zwinkerte Mara zu, während er seinem Großvater die beiden Fotos hinhielt.

»Das ist eindeutig ein Highlandpony, und ein sehr hübsches noch dazu!« Der alte Mann wurde ernst. »Ich hatte selbst mal eine Stute, die sah so ähnlich aus.«

Mara fragte vorsichtig: »Und wo ist sie jetzt?«

»Sie starb bei der Geburt ihres Fohlens. Das Fohlen musste ich verkaufen«, antwortete Mr. MacKinnon knapp und verließ hastig den Raum. Mara meinte, seine Augen feucht schimmern zu sehen.

Ian seufzte. »Mein Großvater hat früher Highlandponies gezüchtet. Er musste vor ein paar Jahren aufhören, hat sich nicht mehr gelohnt. War sehr schwer für ihn. Nur die beiden alten Stuten konnte er behalten.«

Mara tat der alte Mann leid. Sie mochte ihn so gern und wusste selbst, wie sehr einem seine Pferde ans Herz wachsen konnten.

Ruby ist also ein Highlandpony, merkwürdig!, dachte Mara.

Die nächsten Tage verbrachten Ian und Mara damit, Ausflüge in die Umgebung zu machen. Ian zeigte ihr die schönsten verstecktesten und geheimnisvollsten Flecken der Gegend, zu denen sonst kaum Touristen kamen.

Einmal stießen sie bei einer Wanderung auf einen alten, verlassenen Friedhof. Viele der Grabsteine waren schon mit Moos und Ranken überwuchert und man konnte kaum noch die Schrift lesen.

»Komisch, oder? Jetzt latschen wir da auf den Gräbern von irgendwelchen Leuten rum. Ich würde gerne wissen, wie die damals gelebt haben«, sagte Mara gedankenversunken und wischte das Moos von einem Grabstein mit keltischem Kreuz, auf dem das Datum 1825 zu sehen war.

»Ja, geht mir auch so«, meinte Ian. »Hey, schau mal, das scheint sogar ein Verwandter von mir zu sein – Alsdair MacKinnon.«

»Wow, der ist 1873 gestorben, er ist ja über hundert Jahre geworden«, meinte Mara verwundert.

»Hier werden viele Leute sehr alt, schau dir mal meine Urgroßeltern an, die leben auf der Isle of Islay. Mein Urgroßvater ist jetzt neunundneunzig und meine Urgroßmuter siebenundneunzig. Das ist keine Seltenheit, viele Leute werden dort über hundert.« Ian grinste. »Die beiden sind echt lustig. Sie behaupten immer, der Whisky würde sie von innen konservieren.«

Mara musste lachen und Ian erzählte weiter: »Die Eltern von meiner Mum leben auch noch dort, die sind auch schon über siebzig. Auf jeden Fall sind meine Urgroßeltern schon etwas eigenbrötlerisch und stur. Wenn sie jemanden nicht mögen, reden sie nur Gälisch miteinander. Sie wohnen in einem uralten Cottage und haben noch nicht mal eine Zentralheizung. So einen modernen Schnickschnack mögen sie nicht.«

»Was, womit heizen sie denn dann?«, fragte Mara erstaunt.

»Mit Torf, so wie es früher alle getan haben. Vor ein paar Jahren kam mal so ein Typ von der Regierung und wollte ihnen ein günstiges Darlehen anbieten, damit sie sich eine Zentralheizung einbauen lassen können. Der Mann war auch noch Engländer. Mein Urgroßvater hat gemeint, so einen Blödsinn brauchen sie nicht und er solle verschwinden. Als er weiter versucht hat die beiden zu bequatschen, hat mein Urgroßvater auf seine Fragen nur Gälisch geantwortet. Der Mann wäre fast verzweifelt.«

»Und was war dann?«, fragte Mara gespannt. Sie fand die ganze Geschichte ziemlich lustig.

»Na ja, das Einzige, was mein Urgroßvater dann noch gesagt hat war, dass man der englischen Regierung sowieso nicht trauen könne, das hat man ja in den vergangenen Jahrhunderten gesehen und er solle jetzt verschwinden, sonst würde er seine Hunde auf ihn hetzen! Meine Urgroßeltern haben zwei irische Wolfshunde, absolut gutmütige Tiere, aber als meine Urgroßmutter die beiden dann ins Wohnzimmer gelassen hat, ist der Mann kalkweiß geworden und hat seine Beine in die Hand genommen. Ich glaube, so schnell ist noch nie jemand in sein Auto gesprungen!«

Mara waren vor Lachen schon die Tränen gekommen.

»Oh Mann, die zwei sind ja wirklich cool. Ich mag solche Originale, die sich nicht verbiegen lassen und ihre Meinung sagen«, gluckste Mara.

Dann erzählte Ian noch, was für ein Drama es gewesen war, als sein ›Islay Grandpa‹, wie er ihn immer nannte, den Urgroßvater 1960 überzeugen wollte, sein Strohdach gegen eines aus Ziegeln zu tauschen.

»Die beiden wären sich fast an die Gurgel gegangen. Schließlich hat sich Grandpa Calum dann aber durchgesetzt. Allerdings, sobald mal eine Ziegel kaputt ist, bekommt er das natürlich von meinem Urgroßvater vorgeworfen.«

»Calum, yerr moderrrn stuff is bloody rrrrotten rrrrubish«, machte Ian seinen Urgroßvater mit tiefer, grollender Stimme nach. »Eine Zeit lang haben die beiden in zwei unterschiedlichen Destillerien auf der Insel gearbeitet, das war ziemlich übel. Jeder behauptete, den besseren Whisky zu produzieren und keiner gab nach. Aber an sich mögen sie sich schon und wenn's drauf ankommt, halten sie zusammen«, sagte Ian überzeugt.

Er hatte das Ganze so lebhaft erzählt, dass Mara sich richtig vorstellen konnte, wie die zwei alten Männer auf einer windumtosten Insel auf einem Dach standen und sich anbrüllten.

Auf dem Heimweg erzählte Mara ihre Geschichte von ›Frau Schmitt, der Müllhexe‹, die Ian wiederum ziemlich komisch fand, da er von etwas wie Mülltrennung noch nie gehört hatte.

»Wir haben ein paar Glascontainer, alles andere kommt einfach in die Mülltonne«, sagte er verwundert.

Am Abend gingen sie mal wieder in den Pub nach Lochinver. Mara unterhielt sich einige Zeit mit Susan über Pferde. Sie hatte ebenfalls ein Highlandpony und seit kurzem einen jungen Isländer hinter dem Haus stehen. Susans Zwillingsbruder Michael spielte gerade mit Ian Billard. Wenig später kamen die beiden zurück.

»Na, was geht ab, Mädels?«, fragte Michael, der wie seine Schwester rotblonde Haare und eine ganze Menge Sommersprossen hatte. Allerdings war er im Gegensatz zu der kleinen, leicht pummeligen Susan, eher schlank und etwas größer.

»Mara reitet immer auf den Ponys von Ians Grandpa«, erzählte Susan ihrem Bruder.

»Hey, super, ich wusste gar nicht, dass du auch reiten kannst. Komm doch übermorgen mit. Wir wollen zu unserer Tante reiten, falls das Wetter hält. Helen wohnt auf einer Farm zwischen Dornie und Nedd. Sie hat zwei Shirehorses.

Wir können dort übernachten, sie hat jetzt im Winter sowieso alle Zimmer frei«, erzählte Michael.

Mara war gleich Feuer und Flamme, einen Tagesritt hatte sie schon lange mal machen wollen.

»Wie sieht's mit dir aus, Ian, kommst du auch mit? Mara hat mir erzählt, dass du dich gelegentlich auch mal wieder auf den Pferderücken wagst«, fragte Susan grinsend.

»Na ja, ich glaube, Heather und ich haben das Kriegsbeil mittlerweile begraben«, meinte er, überlegte kurz und sagte dann: »Also gut, wann geht's los?«

Mara freute sich natürlich sehr. Bestimmt würden das zwei schöne Tage werden. Sie verabredeten sich am übernächsten Tag um zehn Uhr bei den MacKinnons.

Ian fragte seinen Großvater, ob er etwas dagegen hätte, wenn sie mit den Pferden über Nacht weg wären, doch der meinte nur: »Den Lassies tut ein bisschen Abwechslung mal ganz gut!«

Mara hatte während der letzten beiden Tage gespannt auf den Wetterbericht geachtet, doch es waren für die nächsten Tage keine übermäßigen Regenfälle oder Stürme gemeldet worden.

So trafen sie sich früh auf dem Hof. Mara und Ian hatten sogar noch ein paar alte Satteltaschen gefunden. Diese hatten sie den Ponys auf den Rücken geschnallt und Kleider zum Wechseln mitgenommen, falls sie in einen Regenschauer kommen würden. Doch heute war es zwar recht kalt und windig, aber trocken.

Die Gruppe ritt gutgelaunt los. Michaels Pferd Charly war ein gemütlicher brauner Highlandponywallach, den absolut nichts aus der Ruhe bringen konnte. Das Gegenteil davon war Susans quirliger Isländer Myrrdin. Er zappelte ständig herum und erschrak vor allem Möglichen.

»Myrrdin ist erst fünf und ich glaube, noch nicht lange unterm Sattel«, erklärte sie, als er wild schnaubend über einen kleinen Graben sprang, weil eine Pfütze im Weg war, über die er nicht gehen wollte.

Susan hatte alle Hände voll zu tun und jammerte schon nach den ersten paar hundert Metern, dass sie wohl umdrehen müsste.

»Ach komm schon, Susan, stell dich nicht an! Wenn wir aus dem Dorf raus sind, wird er schon ruhiger«, meinte Michael leichthin, der entspannt auf seinem Charly dahinzockelte.

»Wir können ja tauschen«, knurrte Susan.

Sie waren gerade durch Clachtoll durchgeritten und wollten in einen Feldweg einbiegen, der Richtung Berge führte, als von hinten ein Laster angerumpelt kam. Myrrdin ging durch und setzte Susan mit einer kleinen Kurve nach links am Straßenrand ab. Dann begann er in Seelenruhe zur fressen.

Der Fahrer des Lastwagens hielt kurz an und fragte, ob alles in Ordnung wäre. Als er sich vergewissert hatte, dass niemandem etwas passiert war, fuhr er weiter. Plötzlich fand Myrrdin den Laster, der dicht an ihm vorbeifuhr, gar nicht mehr so schlimm.

Susan stand ziemlich zittrig auf und fing ihr Pferd ein. Doch sie hatte jetzt wohl Angst bekommen und wollte Myrrdin nach Hause führen.

»Ihr könnt ja ohne mich weiter reiten«, meinte sie und versuchte vergeblich, den Dreck von ihrer Jacke zu reiben.

»Ach komm, ist doch Quatsch. Ich reite ihn, wenn du willst. Dann kannst du Mary nehmen«, bot Mara an.

Susan machte ein erleichtertes Gesicht, doch Ian hatte die

Stirn gerunzelt und meinte: »Kommt nicht in Frage!«

Mara schaute ihn verdutzt an. »Warum? Meinst du, dein Grandpa hat etwas dagegen, wenn Susan auf Mary reitet?«

Ian schüttelte den Kopf. »Der, glaube ich nicht, aber ich will nicht, dass du dich auf den verrückten Kerl da setzt.«

Mara fand es ja irgendwie ganz süß, dass er sich Sorgen um sie machte, doch da sie es nicht ausstehen konnte, wenn ihr jemand Vorschriften machte, sagte sie bestimmt: »Das kann ich ja wohl immer noch selbst entscheiden!«

Damit nahm sie ihrer Freundin den aufmüpfigen Myrrdin ab und Susan ging mit erleichtertem Gesicht zu Mary, um ihre Bügel einzustellen.

Ian machte ein ziemlich saures Gesicht, welches Mara einfach ignorierte. Sie gab Myrrdin, der sie frech in den Ärmel ihrer Jacke zwickte, als sie die Steigbügel länger stellte, erst mal mit den Zügeln einen Klaps auf die Nase. Der Wallach blieb überrascht stehen und schüttelte den Kopf.

Sie ritten ein Stück auf dem Feldweg entlang und dann durch eine Koppel, auf der Highlandcattle und Schafe grasten. Myrrdin versuchte ständig seitlich auszubrechen und schien sich einen Spaß daraus zu machen, immer wieder vor irgendwelchen weißen Steinen am Wegrand zu erschrecken, während andere ihn vollkommen kalt ließen.

Ian warf immer wieder besorgte Blicke über die Schulter, wenn Mara mal wieder auf Deutsch mit dem frechen Fuchswallach schimpfte.

Irgendwann brach sie sich einen kleinen Stock ab und benutzte ihn als Gerte, wenn Myrrdin wieder einen neuen Blödsinn versuchte. Der buckelte ein paar Mal wütend, doch dann schien er aufzugeben, senkte den Kopf und begann auf seinem Gebiss zu kauen.

Susan meinte begeistert: »Super, ich glaube, den solltest

du öfters mal reiten! Ich krieg jedes Mal Angst, wenn er so was mit mir macht.«

»Mach ich doch gern, ich habe früher auch einen Islandmix geritten. Der war genauso, und, ähm, das Pony das ich jetzt reite, war am Anfang noch schlimmer«, gab Mara zurück.

Das Wetter schien auszuhalten, auch wenn die Sonne nicht herauskam. Sie ritten über Weiden, durch unzählige Gatter, überquerten kleine Flüsse und ritten über Hügel und durch wunderschöne Täler.

Jetzt schien jeder mit seinem Pferd zufrieden zu sein und sie unterhielten sich über alles Mögliche und blödelten herum. Myrrdin versuchte nur noch ab und zu aus der Reihe zu tanzen, doch Mara hatte ihn gut im Griff.

Nachdem sie mittags in einer kleinen, windgeschützten Senke Rast gemacht und gegessen hatten, ging es weiter. Es war nur noch eine knappe Stunde bis zur Farm. Sie ritten auf einem schmalen Pfad am Hang eines kleinen Berges entlang. Unter ihnen lag ein langgezogener Loch. Der See war am Ufer klar und wurde in der Mitte beinahe pechschwarz.

»Passt hier ein bisschen auf, der Weg ist etwas schmal«, rief Michael von vorne. Susan kam an zweiter Stelle, dann Ian und zum Schluss Mara.

Sie zwang Myrrdin, der ständig zum Wasser glotzte, sich auf den Weg zu konzentrieren. Doch plötzlich flatterte hinter einem Felsen, rechts von ihnen, ein großer Bussard auf und flog direkt über Myrrdins Kopf davon. Der spurtete erschrocken los und prallte halb gegen Heather, die einen Satz nach vorne machte.

Myrrdin stolperte, versuchte sich noch zu fangen, knickte dann aber doch mit den Vorderbeinen ein und fiel auf dem matschigen Weg hin.

Mara schlug über seinen Kopf einen Salto nach vorn und rutschte den nassen Abhang hinunter. Sie hatte noch die Zügel in der Hand, ließ dann aber los. Über sich hörte sie die anderen aufgeregt rufen.

Nach ein paar Metern durch nasses Heidekraut landete sie mit einem lauten ›Platsch‹ in dem See. Vor Schreck blieb ihr kurz die Luft weg – das Wasser konnte nur knapp über dem Gefrierpunkt sein!

Sie versuchte gerade aus dem schlammigen Wasser zu kommen, als Ian mit entsetztem Gesichtsausdruck heruntergeschlittert kam und ihr heraushalf.

»Ist alles in Ordnung, hast du dir wehgetan?«, fragte er besorgt.

»Mir fehlt nichts«, antwortete Mara mit klappernden Zähnen.

»Bist du sicher?« Ian schaute sie von oben bis unten an.

Mara nickte und beeilte sich, den kleinen Abhang nach oben zu klettern, da sie befürchtete, auf der Stelle einzufrieren, wenn sie sich nicht sofort bewegte.

»Hat sich Myrrdin verletzt?«, fragte sie, während das Wasser in Strömen aus ihrer Hose lief.

»Nein, der ist okay. Mensch, Mara, tut mir echt leid«, sagte Susan und machte ein betretenes Gesicht.

»Willst du meine Jacke haben, die ist zumindest trocken?«, bot Ian an.

»Das bringt auch nichts, wenn der Rest nass ist«, antwortete Mara und schüttelte sich das Wasser aus den Haaren. Dann grinste sie und meinte: »Wie heißen diese Wassermonster noch mal – Kelpies, glaube ich, oder? Also, ich gebe doch einen ganz passablen Kelpie ab, was meint ihr?«

Die Zwillinge lachten, doch Ian sah immer noch ziemlich besorgt aus.

Sie führte den Isländer den Rest des Pfades am Loch entlang und stieg schließlich mit tropfenden Klamotten auf.

»Du willst den doch jetzt nicht im Ernst weiterreiten?«, fragte Ian entsetzt, und auch Susan und Michael warfen ihr verständnislose Blicke zu.

»Doch«, erwiderte Mara und versuchte nicht zu zittern. »Myrrdin ist doch nur erschrocken, da konnte er nichts dafür.«

Ian schüttelte den Kopf und knurrte, sie sei komplett verrückt. Dann beeilten sie sich, zu Helens Farm zu reiten und Myrrdin war den Rest des Weges brav wie ein Engel.

Als sie endlich das Haus in den Hügeln erblickten, war Mara mehr als erleichtert. Sie konnte kaum noch die Zügel in den eiskalten Händen halten. Es war ein größeres Farmhaus mit einem Anbau auf der Rückseite, weiß gestrichen mit einem roten Dach. Auf den Koppeln wieherten ihnen zwei große gescheckte Shirehorses freudig zu.

Helen, die Tante von Susan und Michael, lief ihnen entgegen. Sie war etwa Mitte vierzig und hatte rotblonde, kurz geschnittene Haare. Helen trug und einen dicken Schafspulli, eine leicht verdreckte Jeans und Gummistiefel.

Als sie die vier Reiter näher anschaute, rief sie: »Ach du lieber Himmel, wie seht ihr denn aus?«

Bis auf Michael waren alle ziemlich dreckig und Ian tropfte das Blut von der Hand. Er hatte sich, als er Mara aus dem Wasser geholfen hatte, an einem scharfkantigen Felsen den Knöchel aufgerissen.

»So, ihr drei kommt erst mal rein«, sagte sie bestimmt. »Michael und ich versorgen die Pferde. Sie können über Nacht in der Scheune bleiben.«

Mara, die kaum noch ihre Füße spürte, zog sich schnell um und setzte sich in das mit Büchern und allem möglichen

Krimskrams vollgestopfte, kleine, aber gemütlich warme Wohnzimmer ans offene Feuer. Kurz darauf kam Ian herein und wickelte sich ein Taschentuch um die Hand.

»Bist du wirklich okay?«, fragte er und gab ihr eine Tasse mit dampfendem Tee in die eiskalte Hand.

»Ja, so was mache ich andauernd. Allerdings, in einem Loch habe ich bisher noch nicht gebremst«, meinte sie grinsend und trank einen Schluck Tee.

Ian wischte ihr einen Dreckspritzer von der Stirn und sagte: »Dann brauchst du wohl jemanden, der auf dich aufpasst.«

Sie wurden von den Zwillingen unterbrochen, die ihnen zuriefen, dass Helen das Essen fertig hätte.

»So, damit ihr auftaut«, sagte Helen und gab jedem einen Teller mit dampfend heißer Gemüsesuppe. Dann mussten sie von ihrem abenteuerlichen Ausritt erzählen.

»... und dann ist dieser blöde Vogel einfach über seinem Kopf aufgeflogen«, endete Susan mit ihrer Erzählung.

Helen schüttelte den Kopf. »Wie oft hat er dich denn schon abgesetzt, Susan?«

»Hmm, schon ein paar Mal«, gab sie verlegen zu.

»Also wirklich, Susan, ich habe dir doch gleich gesagt, du sollst dir nicht so ein junges Pferd kaufen«, schimpfte Helen mit ihrer Nichte, die betreten in ihre Suppe schaute.

Nach dem Essen zeigte Helen ihnen ihre Zimmer. Die Mädchen sollten im Erdgeschoss schlafen, Ian und Michael unter dem Dach. Danach setzten sich alle ins Wohnzimmer und unterhielten sich bis in den späten Abend hinein. Helen ging irgendwann ins Bett, denn sie musste am nächsten Tag früh aufstehen und zur Arbeit fahren.

»Ihr könnt so lange schlafen wie ihr wollt. Michael und Susan kennen sich ja aus. Und passt auf dem Heimweg auf, dass nicht wieder einer runter fällt!«, ermahnte sie mit hochgezogenen Augenbrauen.

Susan wollte noch nach den Pferden sehen, bevor sie ins Bett ging und Michael verschwand kurz darauf in seinem Zimmer. Er hatte seiner Tante etwas von seinen Eltern mitgebracht und wollte das in seinem Rucksack suchen.

Mara saß auf dem Sofa, hatte die Arme um die Beine geschlungen und starrte halb schläfrig ins Feuer.

»Ist dir noch kalt?«, fragte Ian, der auf der anderen Seite saß.

»Geht so«, meinte Mara und fröstelte. Der offene Kamin heizte das Zimmer nur wenig und die Elektroheizung war vor einiger Zeit ausgegangen.

Ian nahm eine Decke von einem kleinen Schrank in der Ecke und legte sie Mara um die Schultern. Dann setzte er sich neben sie und legte den Arm um sie.

»Besser?«, fragte er lächelnd.

Mara nickte, und irgendwie wurde ihr ganz kribbelig zumute.

Michael kam die Treppe herunter und traf auf seine grinsende Schwester, die meinte: »Wir lassen die beiden lieber mal allein.«

Die Zwillinge verschwanden in ihren Zimmern.

»Ich bin ganz schön erschrocken, als du vorhin in den Loch gefallen bist«, gab Ian zu und zog sie zu sich herüber.

Seufzend lehnte sich Mara an ihn. »Ach was, war doch nicht so schlimm. Was meinst du, wie oft Ruby mich schon abgesetzt hat? Und Odin war auch nicht viel besser, als ich angefangen habe zu reiten. Da hab ich gar nicht mitgezählt, wie oft ich am Boden gesessen bin.«

Ian gab ihr einen Kuss auf die Stirn und meinte: »Dann pass mal in Zukunft besser auf und reite nicht dauernd auf solchen verrückten Viechern. Ich hätte dich nämlich gern noch ein bisschen länger!« Er blickte ihr tief in die Augen und gab ihr einen langen Kuss.

In Maras Magen schien eine ganze Kompanie Schmetterlinge zu tanzen. Sie legte den Kopf an Ians Schulter und so saßen sie aneinandergekuschelt vor dem offenen Kamin und merkten gar nicht, wie die Zeit verging.

Helen kam um fünf Uhr morgens herein und fragte überrascht: »Sitzt ihr immer noch hier oder schon wieder?«

»Immer noch«, antwortete Ian und gähnte.

»Na dann! Ihr könnt euch später Frühstück machen, ich muss jetzt los. Und pass mit dem isländischen Monster auf!«, sagte Helen augenzwinkernd.

Mara und Ian verschwanden mit vor Müdigkeit kleinen Augen in ihren Zimmern, und als Michael und Susan sie später weckten, waren sie noch reichlich verschlafen.

»Na, seid ihr zwei jetzt eigentlich zusammen?« fragte Susan, als sie ihre Sachen zusammenpackten.

Mara lief rot an und zuckte mit den Achseln.

»Weiß nicht!«

»Also, so wie der dich anschaut«, meinte Susan und grinste vielsagend.

Mara, die immer alles etwas kritisch sah, murmelte verlegen, sie müsse nachschauen, ob ihre Sachen trocken wären und verschwand rasch aus dem Zimmer.

Sie frühstückten gemeinsam und sattelten anschließend die Pferde. Zum Glück waren Maras Jacke und Schuhe über Nacht trocken geworden.

Myrrdin verhielt sich auf dem Heimweg mustergültig und machte nur einen kleinen Satz, als direkt vor seinen Hufen ein Hase aufsprang.

Im Nieselregen erreichten sie die Farm der MacKinnons

und Mara gab der inzwischen schon wieder ziemlich blassen Susan ihr Pferd zurück. Diese schien nicht sonderlich erpicht darauf zu sein, mit Myrrdin nach Hause zu reiten. Sie verabschiedeten sich und verabredeten, sich bald wieder im Pub zu treffen.

Mara blickte den Zwillingen hinterher, die den Weg zur Straße hinunter ritten, doch Myrrdin schien sich auch bei Susan anständig zu benehmen.

»Na, hattet ihr einen schönen Tag?«, fragte Granny Kate, als sie in die Küche kamen.

»Ja, war echt super«, meinte Mara und piekste Ian in die Seite, der widersprechen wollte.

»War doch schön, oder?«, fragte sie mit hochgezogenen Augenbrauen.

»Ja, bis auf deinen Ausflug ins Loch«, sagte Ian und runzelte die Stirn.

»Also echt, ich bin doch nicht aus Zucker!«

Ian nahm sie in den Arm und flüsterte ihr ins Ohr: »Nein, aber süß!«

Später fuhr er sie zu den Murrays und Mara erzählte von ihrem Ausritt.

Mara und Ian unternahmen auch während der folgenden Tage viel miteinander, doch irgendwie hatte Mara den Eindruck, dass Ian oft mit den Gedanken ganz wo anders war.

Schließlich meinte Ian eines Tages, er müsse jetzt seinem Großvater helfen, die Zäune zu reparieren und seine Semesterarbeit sollte er auch endlich anfangen zu schreiben. Nach den Ferien sei Abgabetermin. Er versprach aber, sich zu beeilen und zumindest die letzten zwei Wochen, bevor er nach Edinburgh zurückfuhr, mit Mara zu verbringen.

»Grandpa hat zwar noch nichts gesagt, aber wenn wir jetzt

nicht bald mit den Zäunen anfangen, dann wird das vor dem Sommer nichts mehr«, hatte Ian bedauernd gemeint.

Mara zeigte sich zwar verständnisvoll, war aber doch ein wenig enttäuscht. Die Ausritte und Spaziergänge waren bei weitem nicht so schön alleine.

Sie ging regelmäßig zu den MacKinnons hinüber, doch Ian war meist mit dem Großvater unterwegs oder saß über seinen Büchern. Mara hatte den beiden sogar angeboten, ihnen bei den Zäunen zu helfen, doch Ian und sein Großvater hatten beide entsetzt gemeint, das sei nichts für eine Lass. Dabei hatten sie sich unheimlich ähnlich gesehen, und genau den gleichen Gesichtsausdruck aufgesetzt, der keinen Widerspruch zuließ.

Granny Kate hatte gemeint, das sei der berühmte ›Mac Kinnon Dickschädel‹, dagegen könne man nichts machen.

So verbrachte Mara die nächste Zeit mehr oder weniger alleine.

Leslie erzählte eines Abends Anfang März der mürrisch dreinschauenden Mara: »Ich habe in Lochinver gelesen, dass nächsten Samstag ein Ceilidh stattfindet, da kannst du doch mit Ian hingehen!«

»Der hat doch sowieso wieder keine Zeit«, murmelte Mara. »Was soll so ein Ceil…dingsda überhaupt sein?«

»Ein Ceilidh ist ein großes Treffen von den Leuten aus der Umgebung. Es spielen verschiedene Musiker, es wird getanzt und gesungen. Wenn Ian nicht kann, dann komm halt mit uns mit, ich bringe die Kids zu meiner Mutter.« Leslies Laune schien sich von Minute zu Minute zu verbessern. »Wir waren schon ewig nicht mehr weg!«

Mara zuckte mit den Achseln. Doch am Abend, als sie mit Ian telefonierte, fragte sie ihn dann doch.

»Klar würde ich gern hingehen, aber ich muss noch so viel schreiben. Fahr doch mit Leslie und John hin, ich komme vielleicht später nach«, meinte er bedauernd und Mara seufzte enttäuscht.

Am Samstag war Leslie so mitreißend fröhlich, dass Mara einfach nicht mehr Trübsal blasen konnte. Sie machten sich zurecht und fuhren am Abend gegen 20 Uhr nach Lochinver in die Gemeindehalle.

Es waren schon viele Leute da und Musiker bauten ihre Instrumente auf. Mara erkannte einige Jugendliche aus dem Pub und wurde gleich in ein Gespräch verwickelt.

»Komm, John, Mara ist gut aufgehoben«, sagte Leslie und zog ihren Mann in Richtung Bar.

Mara genoss zwar den Abend, doch blickte sie sich immer wieder um. Schon kurz nach zehn und Ian war immer noch nicht aufgetaucht!

Ein Neunzehnjähriger namens Peter, mit strohblonden Locken und Hasenzähnen, hatte Mara in Beschlag genommen. Um sie herum wurde gelacht und getanzt.

Peter wollte Mara gerade dazu überreden mit ihm zu tanzen, als sie eine vertraute Stimme hinter sich hörte.

»Der erste Tanz gehört mir«, grinste Ian und schob den verdutzten Peter einfach zur Seite.

Mara lächelte erleichtert. Also war er doch noch gekommen!

Die Musiker hatten mit einer mitreißenden Melodie begonnen, alle um sie herum klatschten und tanzten. Irgendwie schien die Musik in die Füße zu gehen.

Ian führte Mara durch das Gedränge auf die Tanzfläche. Lachend und außer Atem landeten sie später an der Bar.

»Na also, geht doch, oder?«, meinte Ian.

»Na ja, so blöd wie du auf Heather habe ich mich zumindest nicht angestellt!«, antwortete Mara frech.

Ian bezeichnete sie als ›wee witch‹ und zog dann die protestierende Mara zurück ins Gedränge.

Später sang eine Frau ein wunderschönes ruhiges und irgendwie traurig klingendes Lied auf Gälisch. Mara stellte sich die Gänsehaut auf und Ian hatte den Arm um sie gelegt. Es herrschte vollkommene Stille als das Lied endete, alle schienen wie gebannt zu sein. Anschließend kam tosender Applaus – die Frau hatte wirklich eine phantastische Stimme. Dann wurden wieder mitreißende Lieder und wilde Melodien gespielt.

Mara und Ian setzten sich auf eine Holzbank am Rand des Saales. Nicht weit entfernt saß Peter, der demonstrativ wegschaute und auf ein pummeliges Mädchen in Maras Alter einredete. Mara erinnerte sich, dass sie Carry hieß.

»Möchtest du etwas trinken, ich bringe dir was mit?«, fragte Ian.

»Ja, eine Cola bitte«, sagte Mara, die mittlerweile ganz schön durstig geworden war.

Ian nickte und bahnte sich einen Weg durch die Menge zur Bar. Mara schaute sich neugierig um. Hier schien wirklich die ganze Gegend versammelt zu sein. Alte, junge und Leute mittleren Alters feierten miteinander. Mara stellte sich Frau Schmitz auf einem Ceilidh vor und musste lachen. Die hätte wahrscheinlich den Besen ausgepackt und den Boden gefegt!

Plötzlich sah Mara, wie Ian an der Bar mit einem auffallend hübschen Mädchen mit langen, lockigen rotblonden Haaren redete. Und er redete ziemlich lange mit ihr!

Carry schien Peter zu langweilig geworden zu sein und so setzte sie sich neben Mara und fragte, wie lange sie noch bei den Murrays sein würde. Mara konnte sich nicht konzentrieren und baute einige grammatikalisch dermaßen falsche Sätze, dass ihr Lehrer wahrscheinlich in die Luft gegangen wäre.

Schließlich hielt sie es nicht mehr aus.

»Sag mal, wer ist denn das Mädchen an der Bar? Die habe ich noch nie gesehen«, fragte Mara und deutete auf Ians Gesprächspartnerin.

Carry, die für ihr Leben gern klatschte, war sofort in ihrem Element.

»Das ist Shannon O'Shea, sie ist zweiundzwanzig. Ihr Vater ist Ire. Shannon ist zurzeit im Urlaub hier. Ian und sie waren, glaube ich, über zwei Jahre lang zusammen.«

Mara erstarrte und wurde bleich.

Carry schnatterte unbekümmert weiter: »Na ja, ich glaube sowieso, zwischen den beiden läuft noch was, so wie die miteinander flirten!«

Und dann, Mara traute ihren Augen nicht, umarmte diese Shannon Ian und zog ihn auf die Tanzfläche!

Mara presste zwischen den Zähnen hervor: »Ich muss mal an die frische Luft!« Dann rannte sie an der verdutzten Carry vorbei nach draußen. Ian blickte sich noch mal nach Mara um, doch das sah sie schon nicht mehr.

Sie lehnte sich im Freien an die Wand. Es nieselte, doch das bemerkte sie kaum. Mara musste mit den Tränen kämpfen, ihr Herz raste und sie zitterte. Sie wollte nur noch nach Hause.

Schließlich überwand sie sich, noch mal kurz in die Halle zu gehen und fand Leslie und John zum Glück gleich im Vorraum, wo sie sich mit irgendwelchen Leuten unterhielten.

»Mara, alles in Ordnung? Du siehst ja furchtbar aus!«,

meinte Leslie besorgt.

Mara murmelte etwas von »Zu viel getrunken«, obwohl sie den ganzen Abend überhaupt keinen Alkohol angerührt hatte.

John bot an, sie nach Hause zu fahren und ermahnte sie sofort zu sagen, wenn ihr schlecht wurde. Mara nickte und sie fuhren schweigend nach Clachtoll. John fragte, ob er zurück nach Lochinver könnte, oder lieber dableiben sollte. Doch Mara versicherte, dass alles in Ordnung sei und er ruhig fahren sollte. Sie war froh, als sie endlich allein war.

Kaum war John aus dem Haus, ließ sie ihren Tränen freien Lauf. Wie hatte sie nur so blöd sein können? Natürlich hatte jemand wie Ian eine Freundin. Was wollte er auch mit einer dämlichen Siebzehnjährigen aus Deutschland, die sowieso bald wieder weg wäre!?

Mara schlug auf ihr unschuldiges Kissen ein.

Von wegen Zäune reparieren und Hausarbeit schreiben, wahrscheinlich ist er die ganze Zeit mit dieser blöden Shannon unterwegs gewesen, dachte sie.

Mara steigerte sich immer weiter in ihre Eifersucht hinein und heulte sich die ganze Nacht lang in den Schlaf. Als John und Leslie kamen, stellte sie sich schlafend.

Am nächsten Morgen stand sie mit verquollenen Augen auf. Das Wetter schien sich ihrer Stimmung anzuschließen. Dichte Regenschauer peitschten über das Land und die Wolken hingen bleigrau bis fast auf die Erde.

Leslie und John ließen Mara in Ruhe, da sie einen heftigen Kater vermuteten. Sie setzte sich vor den Fernseher und schaute stumpfsinnig hinein, ohne etwas wahrzunehmen.

Gegen zehn Uhr klingelte das Telefon.

Leslie hob ab und rief erfreut: »Oh, hallo, Ian, ich ...«

Mara schoss aus dem Zimmer und machte Leslie eindringliche Zeichen, dass sie nicht da sei.
Leslie blickte sie mit gerunzelter Stirn fragend an, sagte dann aber in den Hörer: »Mara ist nicht da. Nein, ich weiß nicht, wann sie zurück ist. Ja, ich sage ihr, sie soll dich anrufen!« Maras verschlossenes, grimmiges Gesicht hielt Leslie davon ab, irgendwelche Fragen zu stellen.
Leslie und John wollten gerade losfahren, um die Kinder abzuholen, als es erneut klingelte.
Mara sagte nachdrücklich: »Wenn es Ian ist, bin ich nicht da!«
John blickte verwirrt aus der Wäsche und Leslie wimmelte Ian erneut ab. Mara war in ihr Zimmer verschwunden.
»Was ist denn da los?«, fragte John.
Leslie zuckte mit den Achseln. »Liebeskummer?!« Dann fuhren sie davon, in Richtung Ullapool.
Im Laufe des Nachmittags klingelte das Telefon beinahe im Stundentakt. Mara hob den Hörer nicht ab, sollte Ian ihr doch den Buckel runterrutschen!

Am nächsten Morgen rief Ian erneut an, doch Mara war, diesmal wirklich, mit den Kindern unterwegs. Ian hoffte, dass Mara heute zu den Pferden kommen würde. Er wusste überhaupt nicht, was mit ihr los war. Sie war plötzlich vom Ceilidh verschwunden und er hatte sie seitdem weder gesehen, noch gesprochen.
Gegen Mittag sollte Ian Besorgungen für seinen Großvater machen. Er nahm sich vor, am Abend noch mal bei den Murrays anzurufen. Dicke Wolken hingen bleigrau in den Bergen.
Ian besorgte Lebensmittel, gab die Post bei seinem Freund Bruce im Postoffice ab und kaufte schließlich im Superstore

am Hafen Nägel, Rollen mit Stacheldraht und Dachpappe.
Dort arbeitete Carry, die gerade gelangweilt an der Kasse saß. Ian fiel ein, dass er sie zuletzt auf dem Ceilidh gesehen hatte, wie sie sich mit Mara unterhalten hatte.
Er schleppte alles zur Kasse, bezahlte und fragte Carry schließlich: »Du, Carry, sag mal, weißt du, warum Mara gestern so plötzlich verschwunden ist?«
Carry, froh endlich Abwechslung zu haben, fing sofort an zu erzählen, dass sie sich über die Schule und Deutschland unterhalten hatten und so weiter …
Ian verdrehte die Augen. Carry war kaum zu stoppen, wenn sie einmal angefangen hatte zu reden.
Doch plötzlich wurde er aufmerksam, Carry sagte gerade: »… ja, und dann habe ich Mara erzählt, dass Shannon wieder da ist. Sag mal, ihr seid doch wieder zusammen, oder?« Carry blickte ihn neugierig, aus leicht hervorquellenden Augen an.
Ian beugte sich zu ihr hinab und sagte gefährlich leise: »DAS hast du ihr gesagt?«
Carry nickte vorsichtig und blickte etwas dümmlich zu ihm auf.
Ian stieß einen derben gälischen Fluch aus, warf der verdutzten Carry einen vernichtenden Blick zu, rannte hinaus und warf seine Einkäufe so schnell es ging auf den Lieferwagen seines Großvaters. Dann raste er in halsbrecherischem Tempo über die schmalen Straßen.
Blöde Kuh, kann die nicht einmal ihr Klatschmaul halten?, dachte Ian wütend. Doch jetzt wusste er zumindest endlich, warum Mara sich am Telefon verleugnen ließ.
Die Sicht wurde immer schlechter. Es regnete, Sturmböen zerrten an dem Auto und Ian war gezwungen, langsamer zu fahren, nachdem er schon beinahe zwei Schafe plattgefahren

hatte. Zu Hause sprang er aus dem Auto und bat seinen Großvater aufgeregt, das Auto allein auszuladen. Er schrie noch etwas von »Missverständnis« und »Mara« gegen den Wind, dann war er schon den Feldweg hochgerannt, der zu den Murrays führte.
Mr. MacKinnon schüttelte den Kopf.
»Junge Leute, immer sind sie in Eile!«, grummelte er.

Später am Abend setzte ein heftiger Orkan ein. Mara hatte sich in ihrem Zimmer vergraben und starrte trübsinnig vor sich hin. Liz saß nicht weit von ihr entfernt auf der Fensterbank und schnurrte leise. Von alledem bekam Mara nicht viel mit. Sie war sauer, traurig und wütend zugleich. Der Wind pfiff ums Haus und ließ die Fensterläden klappern, doch Mara konnte sowieso nicht einschlafen, zu viel ging ihr durch den Kopf.

Der Sturm hatte sich am nächsten Morgen gelegt, doch noch immer fiel leichter Regen. Alle machten sich an die Arbeit, umgestürzte Bäume, herumliegende Äste und sonstige Sachen einzusammeln. Die Mülltonne hatte es, obwohl sie angebunden gewesen war, bis fast an die Straße geweht. Bei diesem kalten Regen war das Aufräumen kein Spaß, doch Mara war froh, sich ablenken zu können und arbeitete verbissen für drei.

Ians Großeltern hatten sich ein wenig gewundert, dass er nicht zurückgekommen war. Doch sie dachten, dass er bei dem Sturm wahrscheinlich bei den Murrays geblieben war und jetzt beim Aufräumen half.
Gegen 13 Uhr versuchte Mr. MacKinnon dort anzurufen, da er Hilfe bei einem umgestürzten Baum brauchte, der auf

die Scheune gefallen war, doch das Telefon funktionierte nicht.

Der alte Mann seufzte. Es war wohl mal wieder ein Telefonmast umgekippt, das kam im Hochland häufiger vor. Er räumte mit seiner Frau die kleineren Äste weg und fuhr etwa zwei Stunden später das kurze Stück zum Haus der Murrays, um Ian abzuholen. So konnten sie wenigstens noch bei Tageslicht den Baum beseitigen.

Die Familie saß gerade in der Küche und trank Tee. Nach den anstrengenden Aufräumarbeiten waren alle ziemlich geschafft.

Mara rührte gedankenverloren und mit finsterem Blick in ihrer Tasse, als es klingelte und Mr. MacKinnon hereinkam.

Er sah sich um. »Ich wollte Ian abholen, unsere Scheune hat einen Baum abbekommen.«

Alle blickten ihn fragend an.

»Ian ist nicht hier«, sagte Leslie verwundert.

Der alte Mann runzelte die Stirn. »Aber er ist doch gestern Nachmittag so um vier Uhr zu euch rübergelaufen, wollte irgendwas mit Mara klären. Er wirkte etwas durcheinander!«

Mr. MacKinnons Miene wurde immer besorgter. Auch die anderen sahen sich erschrocken an.

John sprang auf. »Los, wir müssen ihn suchen!«

Mara war ein eisiger Schreck durch die Glieder gefahren. Sie saß wie gelähmt auf der Bank, während die anderen hektisch Jacken, Taschenlampen und Decken zusammensuchten.

Leslie schüttelte Mara an der Schulter und sagte: »Keine Angst, wir finden ihn schon.«

Nun wachte Mara aus ihrer Erstarrung auf und rief: »Ich will mit!« Dabei machte sie ein verzweifeltes Gesicht.

John meinte: »Ist doch Blödsinn, du kennst dich doch hier nicht so gut aus. Bleib lieber bei den Kindern!«
Doch Mara beharrte darauf, mitzukommen.
Schließlich einigten sie sich, dass Mr. MacKinnon und Leslie die Kinder mit zu Granny Kate nehmen würden, da sie sowieso von der Farm aus suchen wollten. John und Mara würden aus der anderen Richtung anfangen.
Mara machte sich furchtbare Sorgen. Was hatte Ian nur von ihr gewollt? Hatte sie vielleicht doch überreagiert, schließlich hatte er ja nur mit dieser Shannon geredet, und was war passiert? Ihre Gedanken drehten sich im Kreis.
John und Mara mussten aufpassen, um nicht vom Weg abzukommen, denn bei dem schlechten Wetter konnte man kaum die Hand vor Augen sehen. John versuchte Mara immer wieder aufzumuntern, doch die blieb schweigsam.
Etwa auf der Mitte des Weges trafen sich alle wieder. Mr. MacKinnon hatte Duke an der Leine, der Mara schwanzwedelnd begrüßte. Keiner hatte eine Spur von Ian gefunden.
»Wir müssen uns verteilen, sonst wird das nichts, und es ist schon fast dunkel. Mara, du bleibst bei mir!«, sagte John und wischte sich den Regen von der Brille.
»Aber es ist doch besser, wenn ich auch alleine gehe«, protestierte Mara.
»Na klar, damit wir dich dann auch noch suchen müssen, wenn du dich verläufst!«, polterte John los.
Mr. MacKinnon schaltete sich ein: »Sie hat Recht, wir können jeden gebrauchen. Ich gebe ihr Duke mit, der führt sie schon nach Hause. Aber sei vorsichtig, Mara und schau immer auf deinen Weg!«
Dann verteilten sich alle, gelegentlich konnte Mara das Aufblitzen einer Taschenlampe sehen, oder ein fernes Rufen hören.

Mara stolperte durch das Heidekraut. Immer wieder trat sie in ein tiefes, matschiges Loch. Ihre Füße waren schon klatschnass, genau wie ihre Haare, denn es regnete immer noch.
Wo ist Ian nur geblieben?, dachte sie verzweifelt.
Inzwischen wusste Mara kaum noch wo sie war und war froh, den Hund dabeizuhaben. Es war mittlerweile stockdunkel.
Kurze Zeit später glaubte sie, im Nebel eine Gestalt in einem Umhang zu sehen und lief darauf zu. Doch als sie kurz auf den Boden schaute, um nicht zu stolpern, war die Erscheinung verschwunden. Es waren wohl nur ihre überreizten Nerven gewesen, die ihr einen Streich gespielt hatten.
Doch plötzlich zog Duke an der Leine und winselte. Mara stolperte hinterher und wäre um ein Haar einen Felsen heruntergefallen, hinter dem sich ein Abhang auftat. Duke kläffte und blickte hinunter.
»Ian?!«, rief Mara vorsichtig.
– Nichts –
Dann leuchtete sie in die kleine Senke, und dort meinte Mara, eine am Boden liegende Gestalt zu erkennen.
Erschrocken rief sie noch einmal: »Ian, bist du das?«
Sie lief ein Stück nach rechts und rutschte halb auf dem Hosenboden einen kleinen Abhang hinunter, wobei sie sich das Gesicht an einem Ginsterbusch zerkratzte, doch das merkte sie kaum.
Ian lag regungslos halb unter einem kleinen Felsüberhang verborgen. Mara kniete sich neben ihn. Eine hässliche Platzwunde war auf seiner linken Stirnseite zu sehen und sein Gesicht blutüberströmt. Vorsichtig fasste ihn Mara an der Schulter und von Ian war ein leises Stöhnen zu hören.

Gott sei Dank, er lebt, dachte Mara erleichtert.

»Mara, bist du´s wirklich?«, kam es undeutlich von Ian.

»Ja, ich bin hier!« Mara weinte vor Erleichterung.

»Es tut mir leid, Shannon ist nur …«, murmelte Ian.

Doch Mara unterbrach ihn: »Nicht jetzt!«, und versuchte, ihm mit ihrem Pullover das Blut vom Gesicht zu wischen.

»Kannst du aufstehen?«

»Vorhin ging's nicht, sonst würde ich jetzt wohl schon im Pub sitzen!«, sagte Ian und versuchte eine Art Grinsen zustandezubringen.

Mara musste gegen ihren Willen lachen, seinen schwarzen Humor hatte er zumindest noch nicht verloren. Mara nahm Ian unter den Armen und versuchte ihm beim Aufstehen zu helfen. Der tat sein Bestes, doch dann stöhnte er auf, verlor das Bewusstsein und sackte gegen sie. Beide landeten im Matsch.

Mara versuchte vergeblich, ihn wieder wach zu bekommen, und schließlich gab sie auf. Ian war vollkommen durchnässt und seine Haut fühlte sich eiskalt an.

Was soll ich jetzt nur tun? Ich kann ihn doch jetzt hier nicht allein lassen, dachte sie verzweifelt.

»Duke, such dein Herrchen!« Vor Schreck sprach sie Deutsch. Der Bordercollie spitzte die Ohren und winselte.

»Duke, jetzt geh schon, such Mr. MacKinnon, Rodry, Grandpa!«, versuchte sie es weiter.

Der Hund sprang auf und verschwand in der Nacht.

Hoffentlich hat er das verstanden, dachte Mara. Dann zog sie umständlich ihre Jacke und ihren Pullover aus, was gar nicht so einfach war, da Ian halb auf ihr lag, und legte ihre Kleider so gut es ging über ihn, um ihn einigermaßen warm zu halten.

Die Zeit schien überhaupt nicht zu vergehen. Minuten

wurden zu Stunden und Ian war nicht wieder aufgewacht.
Mara war der Panik nahe, doch dann glaubte sie, endlich Stimmen zu hören.
»Hallo, hierher!«, schrie sie.
Taschenlampen leuchteten ihr ins Gesicht und Duke kam ums Eck. Mara war sehr erleichtert, als Leslie herunter kam. Ians Großvater stand auf dem Felsen über ihnen.
»Was ist denn passiert?« Leslie beugte sich über Ian und rief dann nach oben: »Rodry, hol John und das Auto, okay?« Der alte Mann lief los.
»Ich weiß nicht, ich habe versucht ihm hoch zu helfen, keine Ahnung, ist wohl da oben runtergefallen …«, stammelte Mara.
»Wahrscheinlich eine Gehirnerschütterung«, vermutete Leslie. »Hoffentlich hat er nichts am Rücken«, murmelte sie besorgt.
Daran hatte Mara gar nicht gedacht, ihr kamen schon wieder die Tränen. Wie hatte sie nur so ein Rindvieh sein können, sie hätte ihn einfach liegen lassen sollen! Wenn er sich wirklich am Rücken verletzt hatte, dann hätte er sich nicht bewegen dürfen.
Leslie rüttelte Ian unsanft an der Schulter und klatschte ihm auf die Wangen.
»Komm schon, Laddie, wach auf!«, rief sie.
Irgendwann stöhnte Ian und schlug die Augen halb auf.
»Hörst du mich?«, fragte Leslie.
Ian nickte und verzog das Gesicht.
»Kannst du Arme und Beine bewegen?«, fragte Leslie besorgt.
Wieder nickte er schwach und hob beide Arme und Beine ein Stückchen hoch.
Leslie und Mara atmeten erleichtert aus. Inzwischen war

John aufgetaucht, und Ians Großvater holte gerade das Auto. Sie wickelten Ian in eine schon leicht durchnässte Decke und trugen ihn den Abhang hinauf zum Weg, der gar nicht so weit entfernt war, wie Mara vermutet hatte.

Mr. MacKinnon hatte den Lieferwagen so weit wie möglich auf den matschigen Feldweg gefahren. Mara merkte gar nicht, wie sie völlig durchnässt im kalten Regen zitterte, bis Leslie ihr die Jacke zurückgab.

»Mara, du gehst mit auf die Ladefläche und hältst seinen Kopf so gut wie möglich fest, damit er nicht noch mehr durchgeschüttelt wird!«, bestimmte Leslie. Dann fuhren sie den holprigen Feldweg zu den Murrays, da deren Haus näher lag.

Auf dem großen Sofa im Wohnzimmer richtete Leslie ein provisorisches Bett her. John war schnell zum Telefon gelaufen, das zum Glück wieder funktionierte, um den Arzt anzurufen.

Mr. MacKinnon fuhr nach Hause, um seiner Frau Bescheid zu sagen. Leslie sollte ihn anrufen, wenn es irgendetwas Neues gab.

»Und du gehst jetzt sofort heiß duschen!«, sagte Leslie bestimmt und schob Mara aus dem Zimmer.

»Aber ich ...«, versuchte Mara zu protestieren.

Doch Leslie unterbrach sie: »Keine Widerrede, du bist total durchgefroren!«

Mara duschte in Windeseile. Sie musste zugeben, dass ihr furchtbar kalt war.

John hatte Ian mittlerweile seine nassen Sachen ausgezogen und gegen trockene von ihm getauscht und ihn mit mehreren Decken zugedeckt. Leslie versuchte gerade, Ian eine dampfende, blassgelbe Flüssigkeit einzuflößen, als Mara hereinkam.

John kam mit einer weiteren Decke, gab Mara ein ebensolches Glas und drückte sie zusammen mit der Decke in den großen Sessel.

»Austrinken!«, befahl er.

»Was ist das denn?!«, fragte Mara und rümpfte die Nase.

»Hot Whisky, hilft gegen Erkältung!«

»Ähm, ich mag aber keinen Whisky!«, protestierte Mara und wollte John das Glas zurückgeben.

»Das ist Medizin, los, trinken!« John hatte sich vor ihr aufgebaut.

Mara seufzte und nippte vorsichtig an der Flüssigkeit.

So schlecht schmeckt das Zeug gar nicht, dachte sie überrascht.

Es war Whisky mit heißem Wasser und Zitrone aufgegossen und etwas Zucker darin. Wohlige Wärme breitete sich in Maras Magen aus. Sie trank das ganze Glas leer und lehnte sich schläfrig zurück.

Da sie den ganzen Tag kaum etwas gegessen hatte, ging ihr der Alkohol sofort ins Blut. Ihr fielen immer wieder die Augen zu. Aber Mara wollte jetzt nicht einschlafen, zumindest bis der Arzt kam, musste sie wach bleiben! Doch es dauerte keine fünf Minuten, bis sie in die Decke gekuschelt einschlief.

John kam zur Tür herein. Auch er hatte sich schnell ein Glas Hot Whisky geholt, und fragte mit Blick zu Mara: »Schläft sie?«

Leslie nickte und betrachtete Ian besorgt, der heftigen Schüttelfrost bekommen hatte.

»Ich wollte ja vorhin nichts sagen, aber Doc Campbell war nicht zu Hause. Seine Frau wollte versuchen, ihn zu erreichen«, erzählte John.

»Verdammt.« Leslie verband die Platzwunde notdürftig.

Ian warf sich unruhig hin und her, er glühte vor Fieber.
Zwei Stunden später klingelte das Telefon. Es war der Arzt, der erklärte, dass er gerade bei einer Geburt, etwa zwanzig Meilen entfernt sei und dass es noch etwas dauern könnte, bis er bei ihnen wäre. Sie sollten Ian warm halten und versuchen, ihm Tee zu geben. Wenn das Fieber weiter stieg, müssten sie anrufen.

Irgendwann nach Mitternacht wachte Mara auf.

»Wie lange habe ich geschlafen?«, fragte sie und setzte sich neben Ian auf den Boden.

»Nur ein paar Stunden«, sagte Leslie, die auf einem Stuhl saß und ziemlich müde wirkte.

»War der Arzt schon da?«

Leslie schüttelte den Kopf und erzählte, was John gesagt hatte.

»Gibt es denn keinen anderen?«, fragte Mara ungeduldig.

»Hier im Hochland sind die dünn gesät!«, antwortete Leslie und gähnte.

»Wie geht's ihm denn?« Mara nahm Ians Hand, die heiß glühte, und blickte erschrocken zu Leslie auf.

»Na ja, nicht so gut, beinahe vierzig Grad Fieber. Ich hoffe, er bekommt keine Lungenentzündung!«, sagte Leslie und versuchte, Ian etwas Tee zu geben.

Der trank zwar ein paar Schlucke, zitterte dann aber so heftig, dass die Hälfte auf der Decke landete.

Leslie fiel immer wieder der Kopf auf die Brust.

»Geh ins Bett, ich bleibe hier«, bot Mara an.

Leslie widersprach halbherzig, willigte dann aber todmüde ein.

»Aber weck mich oder John auf, falls das Fieber steigt!«

Mara nickte. Ian murmelte im Schlaf wirres Zeug, gelegentlich meinte sie, ihren Namen zu hören.

Mara versuchte mit kalten Tüchern Ians glühend heiße Stirn zu kühlen, doch als Leslie ein paar Stunden später Fieber maß, zeigte das Thermometer etwas über 40° an. Er warf sich auf dem Sofa unruhig hin und her und sein Atem ging rasselnd.

Nun rief Leslie die Nummer an, die der Arzt ihr gegeben hatte. Doch er meinte, er könne jetzt unmöglich weg, die Geburt sei in vollem Gange. Er würde aber kommen, sobald es möglich sei.

Mara blieb die ganze Nacht bei Ian und redete leise mit ihm. Als der Morgen dämmerte, war das Fieber etwas gesunken. Mara war, auf dem Boden sitzend, immer wieder eingenickt.

Um 5 Uhr früh kam dann endlich der Arzt gefahren. Dr. Campbell entschuldigte sich, dass sich der ›wee bairn‹ so lange Zeit gelassen hatte, auf die Welt zu kommen. Er nähte die Platzwunde und ließ etwas Medizin zum Fiebersenken da, die Ian alle zwei Stunden bekommen sollte. Außerdem stellte er ein paar angebrochene Rippen und einen verstauchten Fuß fest, mal abgesehen von zahlreichen Prellungen. Auf Maras aufgekratzte Wange strich er etwas Salbe. Dann versprach er, am Abend noch mal vorbeizukommen.

»So, Mara, und du gehst jetzt ins Bett!«, befahl Leslie. »John kann hier bleiben.«

Mara weigerte sich hartnäckig, ließ sich aber zumindest dazu überreden, im Sessel zu schlafen.

Als es hell wurde, wachte Mara ruckartig auf.

John drehte sich zu ihr um und sagte lächelnd: »Ian wird schon wieder. So einen Highlanderdickschädel haut so schnell nichts um.«

Zwar hatte Ian immer noch Fieber, aber der Schüttelfrost

hatte zumindest aufgehört.

John holte die Kinder bei den MacKinnons ab und berichtete, wie es Ian ging, dann brachte er die beiden Kleinen zur Schule. Mrs. MacKinnon würde Fiona nach dem Kindergarten abholen und auch Brian sollte zu ihnen gehen, wenn die Schule aus war. Danach fuhr John zur Arbeit. Er wollte noch in der Töpferei Bescheid sagen, dass Leslie heute nicht kommen würde, sie schlief noch.

Gegen Nachmittag wachte Ian auf.

»Mara?!«, fragte er etwas heiser.

»Hey, wie geht's dir?« Mara gab ihm einen Schluck Tee.

»Mir ist kalt!« Ian zitterte unter seinen Decken. »Bist du okay?«, fragte er und deutete auf Maras zerkratzte Wange.

»Nur ein Kratzer«, antwortete Mara.

Ian wollte sich zu ihr drehen und fasste sich dann stöhnend an den Kopf. »Verdammt!«, presste er hinter zusammengebissenen Zähnen hervor.

»Ruhig liegen bleiben, du hast eine Gehirnerschütterung!«

Kurz darauf war er wieder eingeschlafen. Leslie kam mit einer Tasse Kaffee herein und schickte Mara energisch ins Bett. Die fügte sich schließlich, konnte aber lange nicht einschlafen.

Dr. Campbell kam am späten Nachmittag. Das Fieber war noch etwas zurückgegangen.

»Du wirst eine Zeit lang im Bett bleiben müssen«, sagte er zu Ian, der nur halb wach vor sich hin döste. Zu Leslie gewandt meinte er: »Könnte er wohl ein paar Tage hier bleiben? Wäre nicht so gut, wenn er mit dem Brummschädel transportiert würde.«

Ian protestierte schwach und murmelte etwas von einer Prüfung.

»Ich kann dich auch gleich ins Krankenhaus bringen lassen!«, sagte Dr. Campbell streng.

Ian verzog das Gesicht und hielt den Mund, das wollte er dann doch nicht.

Leslie stimmte zu, dass Ian selbstverständlich hier bleiben könnte. Der Arzt versprach, bald wieder vorbeizuschauen.

Etwas später kam John mit den Kindern und Ians Großeltern nach Hause, doch Ian schlief bereits wieder. Sie verabredeten, dass die Kinder nachmittags zu Granny Kate gehen sollten und John sie erst zum Schlafen nach Hause bringen würde. Die Kinder würden wohl nicht so gerne in einem fremden Haus übernachten. Doch Fiona setzte ein trotziges Gesicht auf und bestand zur Überraschung aller darauf, bei Granny Kate zu schlafen und Brian als Älterer zog natürlich mit.

Leslie stimmte zunächst zu. Sie könnten die Kinder ja jederzeit holen, falls es Probleme gab.

Fiona strahlte die alte Frau an, umarmte sie und sagte: »Shortbread Granny!«

Daraufhin mussten alle lachen. Außerdem versprach John, Mr. MacKinnon bei der Scheune und den Zäunen zu helfen, wenn er frei hatte. Auf die Nachbarschaftshilfe im Hochland konnte man sich wirklich verlassen!

Wider Erwarten schlief Mara fest und traumlos bis zum Abend durch, dann lief sie schuldbewusst hinunter. Leslie und John unterhielten sich leise in der Küche.

»… verdammt, die ganze Nacht in der Kälte und dem Regen, der Junge hätte tot sein können«, sagte John gerade.

»Ja, er hat wirklich Glück gehabt. Ist schon ein Wunder, dass Mara ihn gefunden hat«, seufzte Leslie.

Mara schluckte, sie gab sich sowieso schon für alles die Schuld. Sie ging leise zu Ian. Seine Stirn war immer noch ziemlich heiß, doch er atmete jetzt ruhig und schien fest zu

schlafen. Als er Maras Hand spürte, öffnete er kurz die Augen und lächelte sie an, dann schlief er wieder ein.
Mara ging in die Küche und nahm sich etwas zu trinken. Leslie machte ihr ein Sandwich und erzählte, was am Nachmittag passiert war. Über Nacht wollte Mara bei Ian bleiben, denn sie hatte ja jetzt ausgeschlafen. Sie würde Leslie wecken, falls sie müde wurde.
John und Leslie gingen bald ins Bett.
Am späten Abend wurde Ian wieder wach und versuchte sich aufzusetzen, was er sofort bitter bereute. Ein stechender Schmerz fuhr durch seinen Kopf und alles drehte sich um ihn. Er stöhnte auf und schloss die Augen.
Mara machte ein erschrockenes Gesicht.
»Geht schon wieder«, keuchte er einige Sekunden später. »Mara, was ich dir schon die ganze Zeit sagen wollte, ich habe an dem Tag Carry getroffen, …«, fing er an.
Mara drückte seine Hand. »Das hat Zeit, bis es dir besser geht!«
Ian schüttelte den Kopf und stöhnte daraufhin erneut auf.
»Nein, ich muss das jetzt loswerden!«, sagte er bestimmt und drehte vorsichtig den Kopf zu ihr.
Gespannt setzte sich Mara neben ihn auf den Boden.
»Also, Carry hat irgendwelchen Blödsinn über Shannon und mich erzählt. Carry ist übrigens das größte Klatschweib in der Gegend! Ich war fast zwei Jahre mit Shannon zusammen, das stimmt schon, aber wir sind jetzt nur noch gute Freunde, das musst du mir glauben!«
Ian schaute sie verzweifelt an. »Außerdem hat Shannon mir an dem Abend erzählt, dass sie sich verlobt hat. Deswegen habe ich sie umarmt, und dann wollte sie unbedingt mit mir tanzen, und …« Ian fiel das Sprechen mittlerweile ziemlich schwer und sein Gesicht war schweißbedeckt.

Mara gab ihm einen Schluck zu trinken und legte ihm ein kaltes Tuch auf die Stirn.

»… und dann warst du plötzlich weg, ich habe dich gesucht …«

Mara legte ihm beruhigend eine Hand auf die Schulter.

»Ich glaube dir! Den Rest erzählst du mir morgen, ja?«

Ian schloss erschöpft die Augen und war bald eingeschlafen. Mara drückte ihm einen Kuss auf die heiße Wange. Zumindest hatte sie jetzt eine Erklärung für das Ganze.

Morgens um sechs fand John die beiden fest schlafend im Wohnzimmer. Mara hatte den Arm um Ian gelegt.

John zog Leslie leise ins Wohnzimmer und die flüsterte: »Sind sie nicht süß?«

Dann trug John die fest schlafende Mara in ihr Bett.

Leslie hatte Fieber gemessen, 38,5 °. Na, das wurde doch wieder!

Am Nachmittag setzten Mara und Ian ihr Gespräch fort.

Nachdem Ian mit Carry gesprochen hatte, war er am Nachmittag gleich losgelaufen, um das Missverständnis aufzuklären und bei dem Nebel und dem schlechten Wetter etwas vom Weg abgekommen. Dann war er wohl auf einem glitschigen Felsen ausgerutscht. Das Nächste, an das er sich erinnern konnte, war, dass er im Matsch gelegen hatte und ihm der Kopf furchtbar wehgetan hatte. Er war bei dem Sturz wahrscheinlich auf einen Felsen geknallt. Bei dem Versuch aufzustehen hatte er jedes Mal das Bewusstsein verloren und war schließlich unter den Felsvorsprung gekrochen.

»Als ich deine Stimme dann in der Dunkelheit gehört habe, dachte ich, ich träume«, sagte er und lächelte Mara an. »Du bist mein Schutzengel!«

Mara fühlte sich furchtbar schuldbewusst, ihr liefen die

Tränen die Wangen hinunter.
»Hey, nicht weinen, ich leb doch noch. Mein Schädel ist dick wie der von 'nem Highlandcattle!«, versuchte er zu scherzen und wischte Mara die Tränen vom Gesicht.
»Oh Mann, ich bin so ein blödes Huhn! Hör auf das Geschwätz von dieser dämlichen Carry«, schluchzte Mara. »Ich bin an allem schuld, außerdem hat Duke dich gefunden!«
»Komm her, ist doch in Ordnung. Keiner hat Schuld, das war ein blöder Unfall. Wenn ich das Auto genommen hätte, dann wäre auch nichts passiert«, versuchte Ian sie zu trösten und wollte sie in den Arm nehmen, was ihm sein Kopf allerdings übel nahm.
Mara legte den Kopf an seine Schulter und weinte immer noch, als Ian schon lange eingeschlafen war.

Nach zwei Tagen war das Fieber weg. Ian hatte jedoch immer noch heftige Kopfschmerzen, sobald er sich unbedacht bewegte. Lange Gespräche ermüdeten ihn rasch und er schlief die meiste Zeit.
Mara wich nicht von seiner Seite. Sie hatte immer noch ein schlechtes Gewissen, auch wenn Ian ihr nichts vorwarf.
Irgendwann bestand Leslie darauf, dass Mara endlich an die frische Luft gehen sollte, sie sähe ja auch schon aus wie ein Gespenst. Ian meinte ebenfalls, dass sie die Pferde seines Großvaters bewegen sollte.
»Ich werde schon nicht davon laufen!«, witzelte er. Seine linke Gesichtshälfte schillerte jetzt in den unterschiedlichsten Grün- und Blautönen.
Mara ging zu den MacKinnons und ritt halbherzig auf den beiden Stuten, oder nahm Granny Kate die Kinder ein paar Stunden ab, auch wenn sie nicht richtig bei der Sache war.

Doch langsam ging es Ian besser und es kehrte wieder etwas Farbe in sein blasses Gesicht zurück.

Bruce, ein ehemaliger Schulfreund von Ian, der jetzt in Lochinver ein Postoffice leitete, war eines Tages vorbeigekommen. Mara kam gerade vom Reiten zurück und hörte die beiden lachen.

»Das ist Bruce«, stellte Ian den Freund vor.

Bruce schüttelte Mara die Hand und betrachtete sie interessiert.

»So, so, jetzt musst du dir also schon den Schädel einschlagen, damit du die Mädels rumkriegst!«, scherzte er, dann blickte er Mara von oben bis unten an. »Na ja, bei so einer hübschen Lass könnte man es sich glatt überlegen!«

Mara wurde knallrot und wusste gar nicht, wo sie hinschauen sollte. Dann zog sie sich verlegen den dicken Pullover aus, froh, Bruce nicht mehr ins Gesicht sehen zu müssen.

Ian versetzte ihm einen Stoß in die Seite, doch Bruce witzelte schon weiter: »Na ja, wenn sie dich nicht gefunden hätten, hätte ich sie eben genommen!«, und zwinkerte Ian zu.

»Dann hätte ich euch aber als Moorgeist bis an den Rest eures Lebens verfolgt, huhuhu!«, sagte Ian mit einem breiten Grinsen im Gesicht.

Alle mussten laut lachen. Mara hatte sich inzwischen an den teilweise recht schwarzen Humor der Schotten gewöhnt. Sie unterhielten sich noch eine Weile, dann verabschiedete sich Bruce, nicht ohne Mara scherzhaft aufzufordern, ihn im Postoffice zu besuchen, falls sie von Ian genug hätte.

Doch Mara schüttelte den Kopf und meinte grinsend: »Keine Chance!«

Bruce seufzte theatralisch und ging hinaus.

»Bruce ist der größte Weiberheld im ganzen Assynt!«, erklärte Ian.
»Ach, ich finde ihn eigentlich ganz nett, und man weiß ja nie?!«, sagte Mara und grinste übers ganze Gesicht.
Ian knurrte, wenn er könnte, hätte er sie jetzt übers Knie gelegt!

Einen Tag später stand Shannon vor der Tür. Mara schaute sie skeptisch an und wollte sich mit einer Ausrede verdrücken, doch Ian hielt sie am Arm fest und blickte ihr tief in die Augen. So blieb Mara schließlich doch da.
Shannon hatte von Ians Unfall gehört und wollte sich erkundigen, wie es ihm ging. Mara wollte es sich zunächst nicht eingestehen, aber Shannon war wirklich nett. Sie hatte so ein mitreißendes Lachen, dass man gar keine schlechte Laune mehr haben konnte.
Als sie schließlich ging, sagte sie vor der Tür zu Mara: »Ian und ich sind wirklich nur gute Freunde. Wenn ich nächstes Jahr heirate, müsst ihr beiden unbedingt kommen, ja?!«
Mara nickte und blickte Shannon hinterher.
Wo ich wohl nächstes Jahr bin, dachte sie. Doch wirklich darüber nachdenken wollte sie jetzt nicht!
Als sie zurück im Haus war, überwand sie sich und fragte Ian, warum er und Shannon sich eigentlich getrennt hatten. Mara hätte es zwar nie offen zugegeben, musste sich aber eingestehen, dass Ian und Shannon eigentlich ganz gut zueinander gepasst hätten.
Ian erzählte, dass Shannon ein richtiger Großstadtmensch sei, und dauernd reisen, und auf Partys gehen wollte.
»Ich studiere zwar auch in Edinburgh, aber für immer in einer Stadt leben könnte ich nicht! Irgendwann haben wir

uns nur noch gestritten. Shannon wollte ständig in den Urlaub fliegen, und ich hasse diese Mistkisten! Sie träumte von einem Leben in der Großstadt. Wir waren einfach zu verschieden. Heute lebt sie in London, arbeitet als Stewardess und ist glücklich.«

Mara nickte zufrieden, jetzt waren auch ihre letzten Zweifel beseitigt.

In der nächsten Woche durfte Ian zurück in das Haus seiner Großeltern, er war zwar noch etwas wackelig auf den Beinen, aber schon wieder halbwegs fit. Dr. Campbell hatte ihn allerdings ermahnt, keine anstrengenden Sachen zu unternehmen.

Brian und Fiona waren froh, wieder nach Hause zu kommen. Granny Kate hatten sie zwar gern, doch im eigenen Haus fühlten sie sich eben wohler.

Der Alltag hatte sich wieder eingestellt. Mara besuchte Ian, wenn sie die Kinder zur Schule gebracht hatte und kam auch abends häufig vorbei.

Es war langsam Frühling geworden, die Tage wurden wieder länger und hier und da spitzte schon etwas Grün aus dem braunen Heidekraut hervor. Eiskalte Stürme, die an manchen Tagen noch wüteten, ließen einen zwar am Frühling zweifeln, doch an den windstillen Tagen war es an geschützten Stellen schon richtig warm.

Ian wurde immer ungeduldiger und nörgelte dauernd herum. Ihm war langweilig und er wollte endlich aufstehen. Doch der Arzt hatte ihm noch ein paar Tage Bettruhe verordnet.

Eines Tages kam Mara früher als sonst vom Reiten. Es goss in Strömen und Mara erwischte Ian an seinem Schreibtisch sitzend.

»Was machst du denn da?«, fragte sie anklagend.
Ian stöhnte und sah sie mit tränenden Augen an.
»So ein Mist, ich kann mich nicht konzentrieren!«, meinte er und umfasste mit beiden Händen seinen Kopf. »Fühlt sich wie ein verdammter Wackelpudding an.«
»Jetzt legst du dich erst mal hin, und dann erzählst du mir, was der Blödsinn soll!«, sagte sie bestimmt.
Ian stand ziemlich bleich auf und wankte zum Bett, wo er sich seufzend hineinfallen ließ.
»Du weißt doch, dass du noch nicht aufstehen sollst«, sagte Mara und setzte ein strenges Gesicht auf.
»Aber ich muss diese verdammte Hausarbeit abgeben. Das schaffe ich nie und nimmer, wenn ich jetzt nicht anfange!« Er schlug mit der Hand gegen die Bettkante und fluchte erneut.
»Dann schreib halt die Hausarbeit im nächsten Semester«, schlug Mara vor, die von ihrem Bruder wusste, dass auch er gelegentlich Prüfungen verschob.
»Na super, dann kann ich mein Stipendium vergessen. Wenn ich nicht eine bestimmte Anzahl von Prüfungen vorweise, kann ich alles hinschmeißen und ich hatte im letzten Semester schon eine zu wenig. Die Studiengebühren kann ich nicht bezahlen!« Ian sah aus, als ob er gerne irgendjemanden umbringen würde, eine tiefe Falte war auf seiner Stirn erschienen.
Mara dachte kurz nach.
»Was musst du denn noch machen?«, fragte sie und blätterte in dem Wust aus handgeschriebenen Zetteln und mit Leuchtmarker angestrichenen Internetausdrucken.
»Ich habe schon fast alles mit der Hand rausgeschrieben, aber so kann ich das nicht abgeben!«, meinte Ian verzweifelt.

»Ich hatte einen Computerkurs in der Schule. Ich schreib's für dich«, sagte Mara einfach.

»Echt?!« Ian blickte ihr hoffnungsvoll ins Gesicht.

Mara nickte. »Klar, und Leslie kann es dann durchlesen, falls ich irgendwas falsch getippt habe.«

Ian ließ sich mit einem erleichterten Seufzen zurücksinken und sagte dann noch schläfrig: »Aber pass auf, das A klemmt!«

Mara schrieb in den folgenden Tagen in jeder freien Minute. Es stellte sich jedoch schwieriger heraus als erwartet, da sie teilweise Ians Handschrift nicht entziffern konnte, oder irgendwelche Fachbegriffe nicht verstand. Außerdem war die englische Tastatur etwas anders, sodass Mara sich ständig vertippte und das klemmende ›A‹ brachte sie beinahe um den Verstand.

Der Laptop war, wie Maras Bruder gesagt hätte, mittelalterlich. Sie musste grinsen, als sie an ihn dachte, während sie mal wieder den klemmenden Buchstaben verfluchte. Markus war nämlich der Meinung, dass ein Computer, der mehr als ein halbes Jahr auf dem Buckel hatte, hoffnungslos veraltet war. Bei ihm war immer alles auf dem neuesten Stand der Technik.

Gelegentlich benutzte sie Johns PC, der auch nicht das aktuellste Modell war, aber bei dem zumindest alle Tasten funktionierten.

Der Arzt hatte Ian mittlerweile erlaubt, kurze Spaziergänge zu machen, jedoch anstrengende Sachen wie Computerschreiben untersagt – Granny Kate hatte wohl gepetzt.

Sie saßen jetzt häufig in der Sonne vor dem Cottage, und Mara tippte Ians Hausarbeit über ›Die Behandlung trächtiger Mutterschafe‹.

Der Frühling ließ sich nicht mehr aufhalten. Überall waren kleine Lämmer zu sehen, die mit ihren Müttern durch die Hügel liefen. Mara und Ian gingen jetzt häufig ans Meer und bald würde Ian zurück nach Edinburgh fahren.

Einmal hatte Mara einen Brief von Julia bekommen und öffnete ihn, als sie mit Ian auf einer Klippe saß und den Möwen zuschaute, die ihre Kreise zogen.

»Na, was schreibt sie denn so?«, wollte Ian wissen und ließ sich die warme Frühlingssonne ins Gesicht scheinen.

»Warte mal«, murmelte Mara und runzelte die Stirn. Sie las den Brief zu Ende und musste dann lachen.

»Oh je, Ruby ist das volle Monster!«, meinte sie kritisch.

»Warum?«, fragte Ian.

»Julia wollte Rubys Hufe vom Schmied ausschneiden lassen, den mochte sie scheinbar nicht. Erst hat sie sich losgerissen, das Halfter kaputt gemacht und dann, als Julia sie mit etwas Futter beruhigt hatte, hat sie den Schmied voll in den Hintern gebissen!«

Ian lachte und sagte dann: »Na, das scheint ja wirklich ein nettes Tier zu sein! Komisch eigentlich, Highlandponies sind doch sonst in der Regel sehr ausgeglichen!«

Mara schüttelte den Kopf.

»Nein, sie ist eigentlich ganz lieb, nur Männer und kleine Kinder kann sie nicht ausstehen, keine Ahnung warum. Irgendwann muss ihr wohl mal etwas Schlimmes passiert sein.«

»Na, dann kann sie ja froh sein, dass sie dich jetzt hat«, sagte er und gab ihr einen Kuss. »Ich übrigens auch«, fügte er hinzu und legte sich dann schläfrig ins trockene, von der Sonne gewärmte Heidekraut.

Mara betrachtete ihn nachdenklich. Was würde passieren,

wenn sie wieder zurück in Deutschland wäre? Wie würde alles weitergehen? Würde es ihr irgendwann genauso gehen, wie ihrer Tante mit ihrem Freund in Italien? Mara schluckte. An so etwas wollte sie jetzt nicht denken, doch es war, als ob sich plötzlich ein Schatten über die sonnenüberfluteten Hügel gelegt hätte.

Ein paar Tage später war die Hausarbeit fertiggeschrieben. Ian hatte noch mal korrigiert und den Rest dann selbst geschrieben. Er war jetzt wieder ganz der Alte und bis auf das große Pflaster auf der Stirn mit der grün und gelb schillernden Beule erinnerte nichts mehr an den Unfall.

Dr. Campbell hatte gemeint: »Da wird wohl eine Narbe bleiben!«

Mara durfte gar nicht daran denken, wie einsam sie sich fühlen würde, wenn Ian in Edinburgh wäre.

Doch dann war es soweit. Ian versprach, jeden Tag anzurufen und so oft wie möglich zu kommen. Bruce hatte angeboten, mit nach Edinburgh zu fahren, falls Ian die lange Fahrt zu anstrengend werden würde.

Er hatte kurzerhand das Postoffice geschlossen und gemeint: »Ich wollte schon lange mal wieder Großstadtluft schnuppern. Sollen die Leute ihre Post doch wo anders abgeben!«

Bruce nahm solche Dinge ziemlich locker und öffnete und schloss sein Postoffice meist, wie es ihm gefiel. Er würde erst in einigen Tagen mit dem Zug zurückfahren.

Bruce hatte den Arm freundschaftlich um Mara gelegt und verkündete: »Keine Angst, ich kümmere mich schon um deine Lass, solange du nicht da bist!«

»Untersteh dich«, knurrte Ian und boxte Bruce freundschaftlich in die Seite.

Der beschwerte sich, dass er ja kaum zurückschlagen könnte, wegen der angebrochenen Rippe, und wie unfair das Leben an sich sei. Mara würde sowieso viel besser zu ihm passen!

Mara musste über die Blödeleien von Bruce lachen, doch als das Auto mit den beiden in den Hügeln verschwand, fühlte sie sich ziemlich einsam und verlassen.

Sie ritt jetzt wieder regelmäßig auf den beiden Ponys. Ab und zu kam Susan, die Mara eines Tages beim Einkaufen mit Leslie getroffen hatte, herüber und sie ritten gemeinsam aus. Da Susan aber auch noch keinen Führerschein hatte, war Mara meistens wieder allein unterwegs.

Mara hielt die ganze Zeit Ausschau nach Hamish, dem Schäfer. Sie wollte ihn fragen, ob er in der Nacht, als sie Ian gesucht hatten, wirklich in der Nähe gewesen war, doch Hamish war scheinbar mal wieder verschwunden.

Es war April geworden. Die ersten Touristen tauchten auf und Leslie musste wieder mehr arbeiten. Ian rief wie versprochen fast jeden Tag an und zweimal war er schon übers Wochenende gekommen, auch wenn sich die lange Fahrt nicht wirklich lohnte, denn sie hatten dann nur den Samstag gemeinsam.

An einem dieser Samstage fuhren sie Richtung Norden und dann auf einer alten Militärstraße weit in die Berge hinein. Dort liefen sie zu einem See, wo sie Picknick machten. Es war ein windstiller Tag und Mara machte das erste Mal Bekanntschaft mit einem der unangenehmsten Bewohner Schottlands – den Midges.

Die kleinen Kriebelmücken schwirrten in Schwärmen um sie herum, sodass sie schließlich ins Auto flüchteten.

»Oh Mann, was sind das den für ekelhafte Viecher?«,

fragte Mara und kratzte sich an der Stirn.
Einige der kleinen Mücken steckten ihr immer noch in den Haaren.
Ian kratzte sich ebenfalls heftig und antwortete: »Das sind Midges, die gibt es meist nur von April bis August oder September. Man hat nur Ärger mit denen, wenn es windstill ist. An der Küste kommt das zum Glück nicht so oft vor.«
Als sie sich auf den Rückweg machten, fragte Ian plötzlich verschmitzt grinsend: »Willst du mal fahren?«
Mara sah ihn verständnislos an. »Ich hatte doch noch gar keine Fahrstunden, geschweige denn einen Führerschein!«
»Na und, ich bin ja auch kein Fahrlehrer«, meinte Ian mit umwerfender Logik. Dann hielt er an, ging zu ihrer Tür und sagte: »Rutsch rüber und probier´s. Das ist keine öffentliche Straße, hier fährt sowieso niemand.«
Zwar blickte Mara ihn immer noch zweifelnd an, rutschte aber hinters Lenkrad und stellte den Sitz ganz nach vorne. Ian erklärte, was sie tun sollte. Mara würgte das Auto zweimal ab und fuhr dann holpernd los. Sie hielt sich krampfhaft am Lenkrad fest, doch nach und nach machte es ihr tatsächlich Spaß.
Ian ließ sie an den kommenden Tagen noch ein paar Mal auf Feldwegen üben, und Mara wurde immer sicherer.
Irgendwie hatten sie beide die ganze Zeit vermieden, darüber zu reden, was wäre, wenn Mara Anfang Mai wieder zurück nach Deutschland musste. Das Flugticket lauerte wie ein bösartiger Kobold in Maras Nachttischschublade.
Julia hatte sich schon beschwert, dass Mara in den letzten Wochen kaum geschrieben hatte. Doch jetzt hatte sie wieder Zeit und schrieb Julia lange Briefe, während sie am Meer saß und die Wellen gegen die Klippen brandeten.

Am 21. April würde Mara achtzehn Jahre alt werden. Ian hatte mit Hilfe von Leslie und John heimlich eine Geburtstagsparty im ›Boatsman Inn‹ organisiert.

Ein paar Tage vorher telefonierten sie miteinander.

»Du, Mara, tut mir leid, ich kann zu deinem Geburtstag nicht kommen«, schwindelte er. »Ich muss ein Referat halten, und das ist ausgerechnet am Nachmittag. Wir können ja am Wochenende nachfeiern, ja?«

Mara war unglaublich enttäuscht, doch sie sagte: »Schon gut, kann man nichts machen.«

In Wirklichkeit jedoch war er nach dem Referat gleich am Vormittag ins Auto gesprungen und in Rekordzeit nach Clachtoll gefahren. Mara hatte sich riesig gefreut, als er am Abend plötzlich in der Tür stand und mit ihr nach Lochinver in den Pub fuhr, wo schon alle Freunde warteten. Die Party war sehr lustig und dauerte bis in die frühen Morgenstunden.

Mara und Ian fuhren schweigend zurück, jeder hing seinen Gedanken nach.

Gerade wollte Ian in den Weg einbiegen, der zum Cottage der Murrays führte, als Mara sagte: »Bitte, ich will jetzt noch nicht zurück, lass uns zum Strand gehen!«

Ian nickte und parkte sein Auto am Straßenrand. Es war eine für April milde und windstille Nacht. Die Sterne funkelten am Himmel und wirkten so nah, dass man beinahe meinte, sie berühren zu können, wenn man den Arm ausstreckte. Es war wunderbar still, nur das Meer rauschte leise.

Sie gingen Hand in Hand am Strand entlang und blieben dann am Ufer stehen.

Ian stand hinter Mara, er hatte die Arme um sie geschlungen und seinen Kopf auf ihren gelegt. Beide schauten aufs

Meer hinaus und keiner sprach ein Wort.
Plötzlich sagte Ian mit leiser Stimme: »Geh nicht zurück nach Deutschland, bleib hier.«
Mara durchfuhr ein warmer Schauer.
Er will, dass ich hier bleibe, dachte sie glücklich.
Dann seufzte sie und antwortete: »Ich würde nichts lieber tun, als das! Aber ich weiß doch nicht, wie es weitergehen soll. Ich habe ja nicht mal eine Ausbildung.«
Mara verzog das Gesicht. *Jetzt höre ich mich schon an wie meine eigene Mutter*, dachte sie.
»Und außerdem kann ich Ruby doch nicht einfach dort lassen ...«
Ian nickte. »Tut mir leid, ich weiß auch nicht, was in mich gefahren ist. Vergiss es einfach.« Dann meinte er mit etwas gezwungenem Lächeln: »Komm, wir laufen noch ein Stück und genießen einfach die schöne Nacht!«
Sie wanderten am Ufer entlang und waren beide in Gedanken versunken. Als der Wind auffrischte, fuhren sie den Weg hinauf zum Cottage. Es war schon fast vier Uhr früh. Beide saßen unschlüssig im Auto, keiner wollte sich verabschieden.
Ian gab Mara einen langen, leidenschaftlichen Kuss.
»Soll ich jetzt fahren?«, fragte er und lächelte verschmitzt.
Mara schüttelte den Kopf. Dann stiegen sie ohne ein weiteres Wort aus und schlichen Hand in Hand die knarrende Treppe zu Maras Zimmer hinauf. Ian blieb die ganze Nacht.

Als sie am nächsten Morgen mit verlegenen Gesichtern die Treppe hinunter kamen, grinsten Leslie und John sich vielsagend an. Sie luden Ian ein, zum Frühstück zu bleiben.
Mara wusste gar nicht, wo sie hinschauen sollte und wurde rot, sobald sie angesprochen wurde.

John sagte schließlich: »Meine Güte, Mara, jetzt sei doch nicht so verlegen, wir sind ja hier nicht im Vatikan!«
»Was ist ein Fakikan?«, fragte Brian mit vollem Mund.
Alle prusteten los und die Stimmung wurde entspannter. Ian musste am gleichen Tag wieder zurück zur Uni, doch die letzten drei Tage vor Maras Abreise sollten nur ihnen gehören.
Mara wurde immer trauriger. Natürlich freute sie sich auf ihre Freunde und die Familie in Deutschland, besonders natürlich auf ihr Pony, doch alles hier in Schottland war ihr so sehr ans Herz gewachsen. Eigentlich wollte sie gar nicht weg.

Ian kam am 3. Mai nach Clachtoll. Das schottische Wetter zeigte sich von seiner besten Seite, es war warm und geregnet hatte es schon seit einigen Tagen nicht mehr. Überall blühte der Ginster strahlend gelb. Die Lämmer sprangen jetzt wild durch das Heidekraut oder dösten in der Sonne.
Leslie hatte Mara gefragt, ob sie nicht schon ein paar Tage früher mit Ian nach Edinburgh fahren, und sich die Stadt anschauen wollte, doch Mara hatte beschlossen, lieber in Clachtoll zu bleiben.
Mara und Ian verbrachten zwei wunderschöne, wenn auch etwas gezwungen fröhliche Tage miteinander. Ian zeigte ihr eine alte Burgruine, ›Ardvreck Castle‹, die mitten in einem See lag und nur von einer Seite zu Fuß erreichbar war. Eingerahmt von Bergen sah das richtig märchenhaft aus.
Den zweiten Tag machten sie eine Wanderung an der Küste entlang. Die vielen versteckten kleinen Buchten mit Sandstränden gefielen Mara besonders gut.
Sie lagen in der warmen Sonne und vermieden den Gedanken daran, dass Mara am nächsten Tag zurückfahren musste.

Am Abend verabschiedete sich Mara von Ians Großeltern, die sie herzlich einluden, jederzeit zu ihnen zu kommen. Granny Kate gab ihr eine große Dose mit selbstgebackenem Shortbread mit. Mara verabschiedete sich von Mary und Heather. Auch die beiden Ponys würde sie vermissen.

Am nächsten Morgen waren alle sehr bedrückt. Ian hatte bei Mara übernachtet und würde sie nun zurück nach Edinburgh mitnehmen.

Brian und Fiona weinten herzzerreißend und Fiona schenkte Mara sogar ihren Lieblingsteddy, damit er auf sie aufpasste.

Mara standen die ganze Zeit Tränen in den Augen und sie brachte kaum ein Wort heraus. Von John hatte sie sich schon am Abend vorher verabschiedet, da er früh zum Hafen gemusst hatte.

»Du musst unbedingt wiederkommen, Mara, und lass was von dir hören!« Leslie umarmte sie und schniefte heftig in ihr Taschentuch.

Auch Mara liefen jetzt die Tränen herunter.

Schweigend fuhren sie in Ians altem Auto die gewundene, hüglige Landstraße entlang. Immer wieder blickte Mara zurück und ein dicker Kloß saß in ihrer Kehle.

Die beiden sprachen kaum, doch immer wieder trafen sich ihre Blicke.

Ian fuhr eine andere Route, als Mara damals mit dem Bus. Sie führte vorbei an hohen Bergen und verlassenen Tälern. Ein imposantes Tal, das Ian als ›Glen Coe‹ bezeichnete, war besonders beeindruckend.

Ian, froh ein unverfängliches Thema gefunden zu haben, erzählte die Geschichte des Tals, in dem 1692 ein Massaker zwischen zwei Clans stattgefunden hatte. Es wurde auch als

›Tal der Tränen‹ bezeichnet.
Mara fand das irgendwie passend.
Irgendwann wurde das Land immer dichter besiedelt. Sie näherten sich langsam Edinburgh. Mara wurde mit jeder Meile elender zumute. Sie machten in einem kleinen Pub Pause und bestellten sich Sandwiches zu essen, doch so richtig Appetit hatte keiner. Selbst Ians Lächeln wollte heute nicht so recht gelingen.

Gegen 16 Uhr kamen sie am Flughafen an und gaben Maras Gepäck auf. Sie setzten sich Hand in Hand in die Wartehalle.
Dann war die Zeit zum Abschiednehmen gekommen. Ian gab Mara einen langen Kuss und nahm sie fest in die Arme. Mara zitterte, und Tränen brannten in ihren Augen.
Ian gab ihr ein kleines Packet und sagte mit heiserer Stimme: »Damit du mich nicht vergisst!« Er lächelte sie traurig an.
Jetzt liefen die Tränen in Strömen über Maras Wangen. »Und ich, ich hab gar nichts, damit du an mich denkst«, schluchzte sie.
Ian grinste und deutete auf die kleine zackige Narbe, die unter seinen Haaren versteckt war. »Das wird mich sowieso immer an dich erinnern.« Dann nahm er sie noch mal fest in den Arm.
»Ich komm zurück, ganz bestimmt!«, versprach Mara.
»Das will ich aber auch hoffen, sonst komme ich und hole dich!«, drohte Ian.
Die beiden konnten sich nicht trennen, bis Maras Flug zum zweiten Mal aufgerufen wurde. Dann lief sie los.
Wenn ich mich jetzt noch mal umdrehe, dann steige ich nicht mehr in dieses Flugzeug, dachte sie und starrte ange-

strengt geradeaus.

Ian blickte ihr hinterher, bis sie verschwunden war, dann wischte er sich über die Augen und lief langsam zu seinem Auto zurück.

Kapitel 10

Den Flug erlebte Mara wie in Trance. Sie hatte das Geschenk aufgemacht, darin lagen ein Bild von Ian und ein silberner Armreif mit keltischem Knotenmuster. Mara liefen schon wieder die Tränen die Wangen hinab. Sie schob den Armreif über ihr Handgelenk und starrte zum Fenster hinaus, ohne etwas wahrzunehmen.

Zwei Stunden später landete sie in Frankfurt. Ihre Eltern begrüßten sie überschwänglich. Maras Vater hatte extra frei genommen, um sie abzuholen. Sofort wurde sie mit einer Menge Fragen bestürmt.

Mara ließ alles über sich ergehen. Die Eltern, die vermuteten, dass sie von der langen Reise erschöpft war, zeigten sich schließlich verständnisvoll und ließen sie in Ruhe.

Zu Hause begrüßte Mara die kleine Schwester, dann murmelte sie etwas von »müde« und verschwand in ihr Zimmer.

Alles kam ihr so eigenartig vor. Eigentlich sollte sie sich doch freuen zu Hause zu sein, doch es kam ihr überhaupt nicht wie ›zu Hause‹ vor. Im Gegenteil, sie fühlte sich vollkommen fremd und fehl am Platz. Von draußen drang Straßenlärm herein. Die sonst so vertrauten Wände ihres Zimmers kamen ihr kalt und grau vor und schienen sie zu erdrücken. Irgendwann schlief sie ein und träumte von Schottland.

Am nächsten Tag schlich sie sich, bevor die anderen wach waren, aus dem Haus und fuhr zu ihrem Pferd.

Die kleine Stute kaute gerade auf einem Strohhalm herum, als Mara leise »Ruby« rief.

Das Pony hob kurz den Kopf und stieß dann ein leises Wiehern aus.

Mara ging in die Box und umarmte ihr Pferd. Schon wieder musste sie weinen.

»Ich hab dich vermisst, aber irgendwie kommt mir hier alles so falsch vor. Mensch, Süße, du bist ja gewachsen!«, sagte sie zu ihrem Pferd, das sich wieder dem Stroh zugewandt hatte. Das Pony war jetzt ungefähr 1,42 m groß. Mara setzte sich in die Box und hing ihren Gedanken nach.

Einige Zeit später kam eine überraschte Julia auf Mara zu. Sie war noch kurz bei ihren Großeltern gewesen und wollte bald wieder fahren .

»Mensch, Mara, du bist ja schon da! Warum hast du nicht gleich angerufen?«

Die Freundin hatte sich verändert, sie trug jetzt einen flotten Kurzhaarschnitt und hatte die Haare schwarz gefärbt. Dann verlangte Julia, dass sie sich unbedingt am Abend treffen müssten. Sie wollte nur kurz die Pferde füttern und musste dann zur Schule.

Mara nickte, sie hatte jetzt sowieso keine Lust zum Reden.

Zu Hause warteten die Eltern bereits auf sie. Mara war ziemlich wortkarg, was ihre Eltern wunderte, doch zu Maras Glück mussten beide heute wieder in die Arbeit und Diana in die Schule. So war sie den ganzen Tag alleine.

Mara war traurig und gereizt. Sie hatte zwar noch nie große Begeisterung für ihre Kleinstadt aufbringen können, doch jetzt fand sie alles nur noch furchtbar. Die Leute rannten ohne aufeinander zu achten durch die Gegend, alles schien eng und hektisch. Die Luft war schwül und es roch nach Abgasen. Mara fühlte sich einfach nicht mehr wohl.

Am Abend kam Julia zu Mara nach Hause und Mara erzählte den Rest ihrer Erlebnisse, die sie noch nicht in den Briefen geschrieben hatte.

»Hey, ist ja echt cool. Vielleicht sollte ich auch mal ein

Jahr Aupair machen, aber ob ich da so viel Glück wie du habe?«, meinte Julia skeptisch.

Dann gab die Freundin ihr tausendzweihundert Euro zurück und erzählte: »Ruby war kerngesund, ich habe sie impfen lassen und der Hufschmied war auch schon da, aber das habe ich ja geschrieben. Inzwischen mag sie mich sogar einigermaßen. Hättest ruhig noch ein bisschen bleiben können, wenn es dir dort so gut gefallen hat! Sag mal, hast du ein Foto von deinem Freund?«

Mara nickte und bat dann: »Aber sag keinem etwas, meine Eltern brauchen das nicht zu wissen!«

»Hey, sieht nett aus. Natürlich sage ich nichts, kennst mich doch!«, meinte Julia grinsend.

Die nächste Zeit war für Mara sehr schwer. Sie konnte sich einfach nicht mehr in Deutschland eingewöhnen. Obwohl das Wetter schön war, hatte sie das Gefühl, dass die Sonne hier nicht so hell schien, die Sterne nicht so funkelten, wie in Clachtoll. Ununterbrochen dachte sie an Schottland und glaubte manchmal, vor lauter Heimweh zu zerspringen.

Die Eltern hatten einen Termin bei der Berufsberatung für sie ausgemacht. Mürrisch und schlecht gelaunt fuhr Mara mit dem Bus in die Stadt und ging die düstere Treppe hinauf in die Räume des Arbeitsamtes. Der Warteraum war gestopft voll. Sie zog eine Nummer und setzte sich zu den anderen Wartenden.

Nach gut einer Stunde waren immer noch drei Leute vor ihr. Mara überlegte sich schon, ob sie wieder gehen sollte, doch dann wurde ihre Nummer angezeigt.

Sie betrat ein stickiges Büro mit einem alten braunen Teppich und Büromöbeln, die auch schon bessere Zeiten gesehen hatten.

»Guten Tag, Sie sind wohl Fräulein Steiner«, sagte eine hagere, biestig dreinblickende Frau zu ihr.
Mara nickte.
»So, dann wollen wir uns mal über ihre berufliche Zukunft unterhalten«, meinte die Frau, die laut dem Schild auf ihrem Schreibtisch Frau Ziegeler hieß. »Was haben Sie denn für eine Schulbildung?«
»Ich habe letztes Jahr den Realschulabschluss gemacht«, antwortete Mara ohne große Begeisterung.
»Ah ja, und was haben Sie dann bis jetzt gearbeitet?«, fragte sie streng.
»Ich war ein Jahr Aupair in Schottland.« Mara schluckte, allein das Wort ›Schottland‹ in Gegenwart dieser blöden Frau Ziegeler auszusprechen, kam ihr wie Blasphemie vor.
»Aha, dann können Sie ja gut Englisch, oder?«, fragte sie mit leichter Anerkennung in der Stimme.
»Aye«, meinte Mara und musste innerlich grinsen. Das sagten viele Schotten an Stelle von ›Yes‹.
Frau Ziegeler blickte sie fragend an und kramte in ihren Papieren.
»Was würden Sie denn gerne arbeiten?«, erkundigte sich die Frau mit wenig interessiert klingender Stimme.
»Weiß nicht«, antwortete Mara, ebenfalls desinteressiert.
Die Frau hob kritisch die Augenbrauen. »Ja, irgendwelche Vorstellungen müssen Sie doch haben!«
»Na ja, irgendwas mit Tieren vielleicht«, meinte Mara ohne große Begeisterung.
Die Frau machte ein noch verkniffeneres Gesicht.
»Ach du lieber Himmel, schon wieder so jemand. Da gibt es beinahe keine Angebote, und auf die Stellen als Tierarzthelfer oder Tierpfleger bewerben sich ohnehin Massen von jungen Frauen. Schlagen Sie sich das gleich aus dem

Kopf!«

Frau Ziegeler kramte in ihren Unterlagen und Mara starrte genervt aus dem Fenster.

»Ach ja, hier, da habe ich etwas für Sie. Es gibt einige Betriebe, die suchen eine Bürokauffrau, oder hier, sehr schön, Einzelhandelskauffrau, oder was ich noch anbieten könnte …«

Mara hörte schon gar nicht mehr zu. Frau Ziegeler rasselte mechanisch ihre Berufsvorschläge herunter und machte irgendwann ein fragendes Gesicht.

Wahrscheinlich habe ich jetzt eine Frage verpasst, dachte Mara.

»Also, was ist jetzt?«, fragte die Frau in biestigem Tonfall.

Mara zuckte die Achseln und sagte dann: »Ach, wissen Sie was, ich hab´s mir gerade überlegt. Ich denke, ich werde zurück nach Schottland gehen und Schafhirtin werden!« Damit stand sie auf und ließ Frau Ziegeler mit offenem Mund in ihrem stickigen Büro zurück.

Mara hatte von der Verwandtschaft nachträglich zum Geburtstag Fahrstunden geschenkt bekommen. Sie hatte gleich kurz nach ihrer Ankunft mit den Stunden begonnen und dank Ians Fahrunterricht stellte sie sich recht geschickt an. Der Fahrlehrer hatte sich allerdings ein wenig gewundert, dass sie am Anfang immer auf der falschen Seite eingestiegen war und die Gangschaltung links gesucht hatte. Eigentlich konnte Mara sich nicht wirklich für die Fahrstunden begeistern, doch zumindest lenkte sie das etwas ab.

Mara arbeitete jetzt wieder dreimal in der Woche im Supermarkt. Die Stunden gingen immer quälend langsam vorbei, doch irgendwie musste sie ja ein bisschen Geld verdienen. Mara konnte sich kaum auf irgendetwas konzentrieren, immer wieder schweiften ihre Gedanken ab.

Einmal saß sie in der Lagerhalle auf einer Kiste und sollte eigentlich Ware auszeichnen, doch wiedereinmal musste sie an Schottland denken. Sie schloss die Augen und glaubte fast, den weißen Strand und die grünen Berge, die in der Sonne leuchteten, vor sich zu sehen. So saß sie mit einer Schachtel Cornflakes in der einen und dem Etikettiergerät in der anderen Hand da und träumte vor sich hin, bis die Stimme des Marktleiters sie hochschießen ließ.

»Fräulein Steiner, meinen Sie vielleicht, ich bezahle Sie hier fürs Schlafen? Ich glaub´s ja wohl nicht!«

Herr Tscharntke machte ein sehr wütendes Gesicht.

»Oh, ähm, Entschuldigung. Kommt nicht wieder vor«, stammelte Mara verlegen und begann, die Schachteln weiter auszuzeichnen.

»Das glaube ich allerdings auch, sonst fliegen Sie!« Der Marktleiter warf ihr einen bösen Blick zu und eilte dann geschäftig davon.

Mara seufzte und fuhr mit ihrer Arbeit fort, alles schien ihr so sinnlos.

Wenig später kam Julia und erzählte von der Schule und fragte Mara, ob sie ihr nicht vielleicht bei der Englisch-Hausaufgabe helfen könnte. Mara nickte und beeilte sich die Regale einzuräumen, da Herr Tscharntke schon wieder mit kritischem Blick ums Eck kam.

Er hatte ein Handy in der Hand und rief gerade: »Umsätze, wir müssen die Umsätze steigern!«

»Was ist dem denn wieder über die Leber gelaufen?«, fragte Julia und schüttelte den Kopf über die verbissene Miene des Marktleiters. Anschließend erzählte sie weiter von irgendwelchen Klassenkameraden.

Julia ging auf die Fachoberschule und schwärmte dauernd

von den tollen Leuten dort. Mara hatte sich schließlich, hauptsächlich um ihre Eltern zu beruhigen, dort fürs neue Schuljahr angemeldet.

Doch Mara war unglücklich. Ihr Pony ließ sich zwar anstandslos reiten und sie machte jetzt sogar Ausritte mit Julia, doch Mara musste die ganze Zeit an Schottland, und besonders natürlich an Ian denken. Alle paar Tage war ein Brief von ihm in der Post. Gelegentlich telefonierten sie auch, doch das war sehr teuer und Mara wollte nur von der Telefonzelle aus anrufen, damit die Eltern nicht mithörten. Mara versuchte, so gut es ging die Post abzufangen. Sie hatte den Eltern nichts von Ian erzählt, doch einige Briefe sah ihre Mutter natürlich doch. Ursula hatte schon gefragt, was denn da dauernd für Briefe aus Edinburgh kämen, und wer ›I. MacKinnon‹ sei.

Mara hatte nur ausweichend geantwortet. Doch natürlich hatte Diana Lunte gerochen und sie so lange bearbeitet, bis Mara schließlich zugab, einen Freund zu haben.

»Cool, ein Highlander, da gab´s doch mal 'nen Film! Es kann nur einen geben!«, war ihr Kommentar dazu.

Mara hatte der Schwester unter Androhung der Todesstrafe verboten, den Eltern etwas zu erzählen. Die hätten sowieso nur wieder alles lächerlich gemacht.

Das liebevoll gebackene Shortbread von Granny Kate hatten sie mit skeptischem Blick gegessen und dann verachtungsvoll als »Na ja, Butterkekse halt«, bezeichnet. Die handbemalte Vase von Leslie verstaubte in der hintersten Ecke eines Schrankes. Mara war sauer gewesen. Alles was sie so begeisterte, hatten die Eltern mit einem milden Lächeln abgetan.

Als Mara eines Tages sagte, dass sie gerne in Schottland leben würde, erwiderte die Mutter verächtlich: »Meinst du, die warten gerade auf dich?! Außerdem bist du doch hier zu Hause, kannst ja mal wieder im Urlaub hinfahren.«

Doch Mara wusste es besser. Ian wartete sehr wohl auf sie, und der ging ihre Eltern nun wirklich nichts an. Ian gehörte ihr ganz allein.

Ian hatte geschrieben, dass er dank ihrer Hilfe eine gute Note für seine Hausarbeit bekommen hatte. Zum Dank hatte er ihr eine CD von seiner Lieblingsgruppe ›RUNRIG‹ mitgeschickt. Die Bandmitglieder kamen zum größten Teil von der Isle of Skye oder den Äußeren Hebriden und waren in Schottland wohl ziemlich bekannt.

Zwar hatte Mara von dieser Gruppe ›Runrig‹ noch nie etwas gehört, doch die Lieder die teilweise Gälisch und teilweise Englisch gesungen wurden, gefielen ihr so gut, dass Mara sie die ganze Zeit in ihrem Zimmer abspielte. Manche Songs waren rockig und gingen so richtig ins Blut. Andere wiederum waren eher traurige und melancholische Balladen, bei denen Mara noch mehr Sehnsucht nach Schottland bekam. Nach einigem Suchen entdeckte Mara sogar in einigen Musikgeschäften CDs dieser Gruppe. Bei ihr lief mittlerweile nur noch diese Musik, sehr zum Ärger ihrer Eltern und ihrer Schwester.

Auch von den Murray-Kindern war ein Brief gekommen. Brian hatte in seiner krakeligen Kinderschrift geschrieben, dass alle Mara vermissten und Fiona hatte ein Bild mit einem Schaf gemalt. Mara hatte nach einigem Suchen im Internet sogar die Adresse des ehemaligen Kollegen von Leslies Vater herausbekommen. Leslie hatte sich überschwänglich bei ihr am Telefon bedankt. Auch diese bekannte Stimme hatte Mara schon wieder die Tränen in die Augen getrieben.

Mara überlegte die ganze Zeit, was sie machen sollte.

Zurück nach Schottland wollte sie unbedingt, aber wie sollte das mit dem Pferd gehen? Sie hatte keine Ausbildung, doch hier drei Jahre lange etwas lernen und erst dann zurück gehen, das konnte sie sich einfach beim besten Willen nicht vorstellen. Irgendwie kam sie einfach mal wieder zu keiner Entscheidung.

An Ians vierundzwanzigstem Geburtstag gab sie ein kleines Vermögen in einer Telefonzelle aus. Sie redeten fast zwei Stunden miteinander. Schließlich hörte Mara Sean im Hintergrund immer lauter drängeln.

»Ian, jetzt komm schon, der Ruf des Bieres wird immer lauter. Mein Pegel ist schon enorm abgesunken«, meckerte Sean.

»Sean, shut up«, kam es genervt von Ian.

Die beiden wollten mit einigen Studienkollegen in einem Pub feiern gehen. Ian versicherte Mara, dass er sowieso den ganzen Abend an sie denken würde, während Sean im Hintergrund furchtbar schräg ein Lied seiner irischen Lieblingsgruppe ›The Pogues‹ trällerte.

»They never drank water but whisky by pints …«, kam es durchs Telefon.

Ian meinte, er müsse jetzt wirklich aufhören, sonst würde ihm wohl das Ohr abfallen.

Mara seufzte und legte auf. Sie wünschte sich natürlich nur eins – in Edinburgh sein und mit Ian und seinen Freunden feiern zu können.

Eines Abends, als Mara mal wieder in ihrem Zimmer saß und ihre neueste Runrig CD anhörte, kam ihre Mutter herein.

»Kannst du nicht mal diese Zigeunermusik ausmachen?«,

fragte sie mit missbilligendem Blick auf ihre Tochter.
Mara runzelte die Stirn und schaltete den CD-Player aus.
»Was denn?«, erwiderte sie genervt.
Ursula setzte ein Lächeln auf, das Mara irgendwie nervös machte.
»Also, wir haben für morgen Abend Papas Chef mit seiner Familie zum Grillen eingeladen. Sei bitte pünktlich um sechs zu Hause und zieh dir etwas Hübsches an. Das ist sehr wichtig für Papa!«
»Oh nee«, stöhnte Mara. »Ich hab aber keine Lust auf irgendwelche langweiligen Bankspießer!«
»Dörthe, jetzt sei mal nicht unverschämt! Den Gefallen kannst du deinem Vater schon tun, schließlich verdient er das Geld ja auch für dich und deine Schwester ist auch da.«
Damit verließ Ursula das Zimmer und ließ eine noch schlechter gelaunte Mara zurück.

Mara ging am nächsten Morgen gleich vormittags zum Reiten. Die Mutter hatte sie natürlich mehrfach ermahnt, nicht zu spät zu kommen und bereitete hektisch Salate und Essen für den Abend vor.
Schlechtgelaunt ritt Mara mit ihrem Pferd zum Reitstall Wiesengrund hinüber und bewegte Ruby noch einige Zeit auf dem Reitplatz. Es war drückend heiß und ihr graute schon vor dem Abend. Das würde todlangweilig werden, sie wusste es genau.
Iris kam mit Stardust am Zügel auf den Reitplatz. Der Wallach galoppierte zurzeit mal wieder bei den Reitschülern nicht an und Iris wollte ihn daher Korrektur reiten.
»Schön, dass du mit Ruby jetzt so gut zurechtkommst«, sagte Iris, während sie Stardust locker ritt.
»Ja, freut mich auch. Sie ist jetzt wirklich ein Schatz«, gab

Mara zurück.

»Aber ich glaube, Julia ist immer noch nicht so begeistert von ihr. Die zieht ja immer ein Gesicht wie sieben Tage Regenwetter, wenn sie irgendwas mit Ruby machen muss!« Iris schüttelte missbilligend den Kopf. Sie hasste es mehr als alles andere, wenn sich Leute nicht um ihr Pferd kümmerten.

»Julia kommt jetzt auch schon ganz gut mit ihr klar, seitdem ich weg war. Aber Nathano ist halt ihr Liebling, ich finde das nicht so schlimm«, verteidigte Mara die Freundin.

»Na ja, dann hast du Ruby zumindest ganz für dich«, antwortete Iris mit einem Achselzucken.

Mara arbeitete einige Zeit konzentriert an Trab-Galoppübergängen, doch bald waren sowohl sie als auch das Pferd nassgeschwitzt. So entschloss sie sich, auf dem Heimweg in die kleine Furt am Bach zu reiten, um ihrem Pferd etwas Abkühlung zu verschaffen.

»Ciao, Iris, ich geh jetzt«, rief sie der Reitlehrerin zu, die gerade mit dem großen Warmblutwallach kämpfte, der immer im Renngalopp davon schießen wollte, anstatt korrekt anzugaloppieren.

Iris hob kurz die Hand zum Gruß und parierte ihr Pferd dann energisch durch.

Mara ritt zum Bach, und zunächst wollte das Pony nicht ins Wasser gehen. Doch als Mara abstieg und voraus lief, folgte ihr die kleine Stute vertrauensvoll und begann kurze Zeit später mit dem Vorderbein zu plantschen.

»Mensch, Ruby, du Monster«, schimpfte Mara, als sie vollgespritzt wurde. Das Wasser war selbst bei diesen heißen Temperaturen eiskalt.

Sie setzte sich auf ihr Pferd und ritt in dem schmalen Bachbett einige Zeit auf und ab. Dann ritt sie zurück auf den

Grünstreifen, der zwischen dem Kornfeld und dem Bach lag und ließ sie ihr Pony dort grasen.

Mara legte sich auf den Hals ihres Pferdes und murmelte: »Wie schön wäre es, wenn wir jetzt am Strand entlang galoppieren könnten.« Ein paar einsame Tränen kullerten in die dicke Mähne des Ponys.

Nach einiger Zeit wurden die Bremsen zu lästig und Mara ritt zurück zum Bauernhof von Julias Großeltern.

Als Mara am Nachmittag nach Hause kam, musste sie ihrer Mutter helfen, die Gartenmöbel rauszustellen, den Tisch zu decken und die Salate hinauszubringen. Auch ihr Vater kam bald und zündete den Grill an.

Mara verschwand zum Duschen, und als sie herunterkam, war der Chef ihres Vaters mitsamt Frau und Sohn schon da.

Herr Pieger war Anfang fünfzig, mittelgroß mit lichtem Haar und einer Brille. Er hatte einen unsympathischen, ernsten Gesichtsausdruck und redete ziemlich hochtrabend daher, wie Mara fand.

Frau Pieger schien etwas jünger zu sein als ihr Mann. Sie war spindeldürr und ausgemergelt. Außerdem wirkte sie, als ob sie sich ständig für etwas entschuldigen wollte.

Der Sohn, Jochen, war zwanzig Jahre alt und hätte wohl gar nicht so schlecht ausgesehen, wenn er sich die Haare nicht so schleimig nach hinten gegelt hätte. Ganz zu schweigen von diesem protzigen Goldarmband mit den dicken Gliedern am Handgelenk! Außerdem fand Mara, dass es für jemanden in seinem Alter reichlich daneben war, bei dieser Hitze mit Jackett und Krawatte zu einem Grillfest zu gehen.

Ihre Mutter hatte sie natürlich zur Seite genommen, nachdem sie alle begrüßt hatte und sich darüber beklagt, wie sie denn mit diesem ausgewaschenen Trägertop und kurzer Hose auftauchen könnte. Dabei war das aufgesetzte Lächeln verschwunden, das Ursula die ganze Zeit auf dem Gesicht getragen hatte, und natürlich urplötzlich wieder erschien, sobald sie sich dem Chef ihres Mannes zuwandte.

Mara fand das Ganze einfach lächerlich.

Ihr Vater stand mit Schürze über dem Anzug am Grill und schwitzte. Die Mutter unterhielt sich mit schriller Stimme, die sie immer bekam wenn sie aufgeregt war, krampfhaft mit den Piegers. Sie versuchte, ihnen alles recht zu machen und möglichst immer mit ihnen einer Meinung zu sein.

Diana saß im Minirock auf einem Stuhl und schaute sich das ganze offensichtlich belustigt an. Dieser Jochen versuchte währenddessen krampfhaft, mit Mara ein Gespräch anzufangen, doch Mara war sehr einsilbig.

Das Essen erlöste sie zunächst von weiteren Gesprächen. Höflichkeiten wurden ausgetauscht und ihre Mutter wuchs mit jedem »Oh wie köstlich ist dieser Salat hier!« einige Zentimeter.

Nach dem Essen wurden noch einige Drinks gereicht und Jochen, der mittlerweile sogar sein Jackett ausgezogen hatte, versuchte erneut mit Mara ins Gespräch zu kommen.

»Was hörst du denn so für Musik?«, fragte er und schlürfte affektiert an einem Martini.

»Runrig«, sagte Mara und machte ein gelangweiltes Gesicht.

Ihre Mutter zog am anderen Ende des Tisches eine böse Miene und fuchtelte mit der Hand in ihre Richtung.

»Was ist das denn?«, fragte Jochen.

»Das ist eine ganz bekannte Gruppe aus Schottland. Die kommt von der Isle of Skye«, antwortete Mara gespielt arrogant.

»Aha, na ja, man muss ja nicht alles kennen«, meinte Jochen und erzählte endlos von seiner Banklehre, die er bald beendet hätte und von irgendwelchen tollen Aktiengeschäften, die er angeblich schon mit sechzehn Jahren getätigt hatte. Außerdem gab er furchtbar mit seinem neuen Auto, einem Z4 Cabrio, an und verkündete, dass er damit im Sommer nach Italien oder Spanien fahren würde.

»Hättest du Lust mitzukommen? Es fahren noch ein paar Freunde von mir mit«, fragte er schließlich.

»Nö, ist mir zu heiß«, antwortete Mara.

Dass der Idiot nicht merkt, dass ich ihn bescheuert finde, dachte Mara genervt.

»Was, wie zu heiß?«, fragte Jochen entsetzt und kleckerte sich eine Olive auf sein weißes Designerhemd, woraufhin er fluchte.

»Na ja, zu warm eben. Ich stehe mehr auf nordische Länder«, erklärte Mara und hoffte, dass der Abend bald zu Ende wäre.

»Oh«, meinte Jochen verwirrt und hielt tatsächlich ein paar Minuten lang den Mund.

Mara ging kurz nach drinnen und trat ein paar Mal vor Wut gegen die Tür. Was sollte diese idiotische Aktion eigentlich?

Diana kam auch herein und grinste übers ganze Gesicht.

»Na, muss dein Freund eifersüchtig werden?«, fragte Diana mit einem Nicken in Richtung Jochen, der gerade höflichen Smalltalk mit den Eltern hielt.

»Diana, halt bloß die Klappe, diesen Lackaffen kann man ja wohl kaum mit Ian vergleichen. Das ist ja, als ob man einen schleimigen Fisch in der Hand hält, wenn man mit dem Typen da redet«, regte sich Mara auf.

Diana kicherte und brachte das Eis für den Nachtisch hinaus, und auch Mara setzte sich wieder an den Tisch.

Herr Pieger meinte, wohl auch an sie ein paar Worte richten zu müssen und sagte mit einem unsympathischen Blick über seine Brille hinweg: »Ich habe gehört, du warst ein halbes Jahr in Schottland? Ich finde es sehr lobenswert, wenn junge Menschen ihre Fremdsprachenkenntnisse verbessern.«

Ursula nickte begeistert mit dem Kopf. »Ja, nicht wahr, das kann nie schaden. Sage ich auch immer!«

Mara hatte das Gefühl, irgendetwas an die Wand werfen und laut schreien zu müssen.

Unterdessen fuhr Herr Pieger fort und redete von seinem Jochen, der bald mit dem BWL Studium anfangen, und wohl auch ein paar Semester in Oxford absolvieren würde, und was das für tolle Aufstiegschancen in der Bank bedeuten könnte.

Mara machte ein angewidertes Gesicht und spielte gelangweilt an einem Glas herum.

Ursula machte ihr ein Zeichen und sagte lächelnd in die Runde: »Dörthe, würdest du mir bitte mal helfen, das Geschirr hineinzubringen?«

Mara ahnte nichts Gutes, nickte dann und brachte ein Tablett mit Geschirr in die Küche.

»Sag mal, kannst du vielleicht etwas freundlicher sein? Du ziehst ja dauernd ein Gesicht. Jochen ist doch ein sehr netter, höflicher junger Mann!«, sagte Ursula anklagend.

»Der ist langweilig und arrogant«, murmelte Mara.

»Also wirklich, das ist aber ungerecht. Jochen ist sehr gebildet und bemüht sich, sich mit dir zu unterhalten. Also, reiß dich etwas zusammen, ich möchte nicht, dass Papa wegen dir Schwierigkeiten bekommt!« Damit verließ Ursula die Küche.

Ratlos stand Mara im Haus. Sollte das Ganze etwa eine Verkuppelungsaktion werden? Das war ja wohl das Letzte.

Zum Glück sind wir nicht mehr im Mittelalter, dachte sie. *Sonst wäre ich wohl als Tausch gegen ein Stück Land oder eine bessere Position für meinen Vater auf der Stelle mit diesem Idioten verheiratet worden!*

Der Abend zog sich für Mara hin wie Kaugummi. Jochen redete über Bankgeschäfte und BWL-Studienfächer, die Mara nicht kannte und die sie auch nicht interessierten. Sie bemühte sich, ihre verächtliche Miene nicht allzu offen zu zeigen, doch das Ganze nervte sie fürchterlich.

Endlich verabschiedeten sich die Piegers und Jochen meinte: »Wir können uns ja mal treffen.«

Mara zwang sich eine Art Lächeln aufs Gesicht und erwiderte unverbindlich: »Mal sehen.«

Dann war sie den lästigen Besuch endlich los. Die Eltern waren der Meinung, der Abend wäre im Großen und Ganzen recht positiv verlaufen.

Am nächsten Tag erzählte Mara Julia von der merkwürdigen Verkuppelungsaktion. Die lachte zwar, aber die alte Vertrautheit zwischen den beiden wollte sich nicht wieder so richtig einstellen.

Julia hatte jetzt andere Freunde in der Schule und konnte Maras Sehnsucht nach Schottland nicht so ganz nachvollziehen, auch wenn sie natürlich verstand, dass Mara Ian vermisste.

Mara war ihr auch nicht wirklich böse. Wie sollte denn jemand verstehen, wie wunderschön es dort war, wenn er noch nie in Schottland gewesen war? Sie war ein paar Mal mit Julias Freunden aus der Fachoberschule abends weggegangen. An sich waren die ja auch ganz nett, aber irgendwie hatte Mara nicht so richtig das Gefühl, dazuzugehören.

Sie war gerade mit Ausmisten fertig und wollte nach Hau-

se fahren, als Julia mit Putzzeug bewaffnet in den Stall kam.
»Hi, hast du Lust, heute Abend mit nach Würzburg zu kommen? Ich wollte mit ein paar Leuten aus meiner Klasse weggehen«, fragte Julia gutgelaunt.

Mara runzelte die Stirn. »Weiß noch nicht, mal sehen.«

»Hey, jetzt komm schon, wird bestimmt lustig. Wir holen dich um neun ab. Katrin fährt, okay?«

»Also gut, von mir aus«, antwortete Mara wenig begeistert und fuhr mit dem Rad nach Hause.

Es hatte mal wieder weit über 30°C und Mara stieg zu Hause gleich unter die Dusche, auch wenn das bei dieser Hitze nur kurz Erleichterung verschaffte.

Sie erzählte den Eltern beim Abendessen, dass sie später noch weggehen würde.

»Nimmst du mich mit?«, fragte Diana hoffnungsvoll.

»Das kannst du gleich vergessen, Fräulein. Damit kannst du noch ein paar Jahre warten«, machte der Vater postwendend Dianas Hoffnung zunichte.

Diana verzog beleidigt das Gesicht und regte sich auf, wie gemein es war, die Jüngste zu sein.

Mara hätte gerne ihre Schwester für sich fahren lassen, eigentlich hatte sie sowieso keine Lust.

Sie zog sich ein Tanktop und eine Jeans an und schob sich seufzend Ians Armband übers Handgelenk. Sie hatte schon überlegt, ob sie Julia nicht lieber absagen sollte.

Wenn ich zu Hause bleibe, grübele ich sowieso wieder den ganzen Abend darüber nach, wie es weitergehen soll, dachte sie.

Kurz nach 21 Uhr hupte es draußen und Julia lief auf die Haustür zu, als Mara herauskam.

»Na, zum Glück! Ich hab schon gedacht, du kommst nicht mit, so wie du heute Nachmittag drauf warst«, meinte Julia.

Mara zuckte mit den Schultern und sie liefen in Richtung des alten Opel Corsa, in dem Katrin, Frank und Dirk saßen, die Mara schon kannte.

Frau Schmitz goss gerade mit dem Gartenschlauch ihre Blumen und hängte sich neugierig über den Zaun.

»Na, ist das dein Freund?«, fragte sie und nickte in Richtung Auto.

»Nein, aber Sie sind garantiert die Erste die es erfährt, wenn ich einen habe!«, sagte Mara genervt und zog die kichernde Julia mit sich zum Tor.

Frau Schmitz stand mit offenem Mund in ihrem Beet und spritzte sich vor Schreck die Schuhe nass.

Sie quetschten sich in das kleine Auto, was bei dieser Hitze nicht sehr angenehm war, und fuhren in Richtung Würzburg. Alle diskutierten, wo sie am besten hingehen sollten, nur Mara sagte nichts.

Schließlich einigten sich alle auf die neue Disko ›Starclub‹, wo Musik auf drei Ebenen gespielt wurde. Das war zwar genau das, worauf Mara heute überhaupt keine Lust hatte, doch sie fügte sich einfach der Mehrheit. Einen besseren Vorschlag hatte sie sowieso nicht.

Die fünf jungen Leute gingen in die bereits gut gefüllte Disko. Hier war es fast noch schwüler und stickiger als draußen. Maras Laune wurde immer mieser.

Die anderen waren bestens gelaunt und tanzten und lachten. Mara stand am Rand und nippte an einem Cocktail. Sie hätte jetzt alles dafür gegeben, im ›Boatsman Inn‹ zu sein.

Ein solariumgebräunter Typ, der offensichtlich schon etwas angetrunken war, kam auf Mara zu, stellte sich betont lässig neben sie und fragte schließlich: »Ey, kann ich dir mal 'nen Drink spendieren, ey?«

Mara machte ein mehr als angewidertes Gesicht und meinte verächtlich: »Ey, lern erst mal reden, ey!«

Der junge Mann starrte sie entsetzt an, murmelte dann: »Blöde Zicke«, und suchte sich leicht schwankend sein nächstes Opfer.

Ein paar Minuten später kam Julia ziemlich erhitzt und lachend an und verlangte: »Jetzt komm halt mit auf die Tanzfläche!«

Mara schüttelte den Kopf. »Mir ist es sowieso schon zu heiß.«

»Ach was, so schlimm ist es doch gar nicht«, widersprach Julia. Als Mara sich standhaft weigerte, verschwand sie wieder im Gedränge.

Kurz nach Mitternacht schien es zu Maras Glück auch den anderen zu eng und zu heiß zu werden. So beschlossen sie, in die Innenstadt zu fahren und in eine Kneipe zu gehen. Mara war das mehr als lieb.

Das ›Winkelcafe‹ war eine rustikale Kneipe, die Mara eigentlich recht gern mochte. Auch hier war es ziemlich voll, doch da alle Fenster geöffnet waren, kam zumindest ein bisschen Zugluft herein, die die drückende Schwüle etwas erträglicher machte.

Alle unterhielten sich gut und versuchten, Mara immer wieder ins Gespräch einzubeziehen. Doch die blieb einsilbig und saß mit düsterer Miene auf ihrer Bank.

Julia nahm sie schließlich zur Seite.

»Mensch, Mara, was ist denn mit dir los? Du sagst den ganzen Abend kaum etwas und hängst nur rum«, beschwerte sich Julia.

Mara zuckte mit den Achseln und begann einen Bierdeckel in Streifen zu reißen.

»Ich kann ja verstehen, dass du deinen Freund vermisst! Aber das ist doch noch lange kein Grund, die ganze Zeit so mies drauf zu sein«, sagte Julia genervt.

»Das ist es ja nicht allein. Ich hab bloß das Gefühl, ich gehöre hier einfach nicht mehr her. Mich nervt alles nur noch.«

»Meine Güte, so schlecht ist es ja hier auch wieder nicht«, sagte Julia leicht beleidigt. »Und, ich will dich ja nicht frustrieren, aber mal ehrlich, meinst du, das geht ewig gut, so auf die Entfernung?«

Mara, die gerade einen Schluck Orangensaft getrunken hatte, starrte die Freundin entrüstet an. Sie knallte ihr Glas auf den Tisch und rannte hinaus. Von Julia hatte sie so etwas am allerwenigsten erwartet!

Mara setzte sich auf eine Parkbank vor der Kneipe und starrte in den Nachthimmel. Es war kein Stern zu sehen und dicke Gewitterwolken hatten sich vor den Mond geschoben.

Warum versteht mich nur kein Mensch?, dachte sie verzweifelt.

Die anderen kamen kurze Zeit später heraus. Julia versuchte mit ihr zu reden, doch Mara zischte nur: »Lass mich in Ruhe.«

Sie fuhren ziemlich schweigsam nach Hause und setzten Mara vor ihrer Haustür ab. Julia, die scheinbar ein schlechtes Gewissen hatte, rief noch aus dem Fenster heraus: »Reiten wir morgen zusammen aus?«

Doch Mara lief stur weiter und tat so, als ob sie nichts gehört hätte. Dann legte sie sich ins Bett und konnte nicht einschlafen.

Sie holte Ians Foto heraus und dachte: *Was, wenn Julia Recht hat? Vielleicht vergisst er mich ja irgendwann?*

Draußen blitzte es jetzt heftig, grollender Donner war zu hören. Mara lag mit offenen Augen im Bett und grübelte vor sich hin.

Die Blitze kamen immer häufiger und der Donner krachte. Irgendwann begann es in Strömen zu regnen. Mara öffnete erleichtert das Fenster und atmete endlich mal wieder richtig durch. Frische, kühle Luft kam herein und schließlich schlief sie doch noch ein.

Am nächsten Tag war Sonntag. Das nächtliche Gewitter hatte die Luft angenehm abgekühlt und Mara sattelte am Nachmittag ihr Pony. Sie ritt mittlerweile sogar allein aus. Die kleine Stute hatte bisher nie irgendwelchen Blödsinn gemacht.

Julia kam mit Sattel und Zaumzeug in den Stall und machte ein betretenes Gesicht.

»Willst du jetzt mit mir ausreiten, oder nicht?«, fragte sie.

Mara zuckte mit den Achseln. »Kannst ja mitkommen, wenn du willst«, antwortete sie knapp und lehnte sich gegen die Boxentür.

Julia seufzte und putzte schnell ihren Nathano, dann ritten sie los.

Die Mädchen redeten eine ganze Weile kein Wort, jede starrte betont konzentriert auf ihren Weg. Da es jetzt abgekühlt hatte, waren die Pferde ziemlich aufgezogen und besonders Nathano wollte unbedingt losstürmen. Sie galoppierten den langgezogenen Waldweg hinauf und ritten dann, immer noch schweigend, auf der Hochebene im Schritt die Feldwege entlang.

Im Feld vor ihnen hackte ein Bauer in einem Kartoffelacker herum. Am Rand stand ein relativ neu aussehender Mercedes.

Der Bauer hob den Kopf, blickte zu ihnen herüber und bekam postwendend einen hochroten Kopf.

»Hey, das ist doch unser Freund, oder?«, fragte Julia mit

vorsichtigem Blick zu Mara und grinste verlegen.
Auch Mara musste gegen ihren Willen lächeln. Das war wohl der Typ, der damals auf die Motorhaube gestiegen und wie Rumpelstilzchen herumgehüpft war.
»Ja, ich glaube schon«, antwortete sie.
Die beiden ritten im Schritt vorbei und grüßten sogar höflich.
»Etzat reiten die do scho widdä mit denna Scheißgäul vorbei«[4], schimpfte der Bauer vor sich hin.
Die Mädchen ignorierten ihn zunächst, doch dann rief er ihnen hinterher: »Bleibt hold auf eurer Stross, ihr bleedn Drecksreiter, ihr bleeden!«[5]
Mara packte auf einmal die Wut. Sie drehte ihr Pony um und ritt auf den Bauern zu.
»Was haben wir Ihnen eigentlich getan?«, fragte sie den dicklichen Mann mit den fettigen, strähnig herunterhängenden Haaren.
»Ihr mocht allas hi mit denna Drecksgäul!«[6] Er fuchtelte mit seiner Hacke in ihre Richtung und wurde noch röter im Gesicht.
»Wir haben noch nie irgendwas kaputtgemacht. Wir bleiben bei schlechtem Wetter nur auf den Wegen und passen auf Felder und Wiesen auf! Was wollen Sie eigentlich von uns?«, fragte Mara mit leicht gereiztem Unterton in der Stimme.
Der Mann richtete sich zu seiner vollen Größe auf und schrie: »Frech wern a nu, du frecha Görn. Die Drecksgäul,

---

4 Jetzt reiten die da schon wieder, mit den Scheißpferden vorbei!
5 Bleibt doch auf eurer Straße, ihr blöden Drecksreiter, ihr blöden!
6 Ihr macht alles kaputt mit den Dreckspferden!

sind a Plage, a Plage!«[7] Seine Stimme überschlug sich fast.
Mara packte die kalte Wut.
»Wissen Sie was? Ich bin in Schottland ein halbes Jahr lang überall hin geritten. So einen dummen brüllenden Idioten, der noch nicht mal etwas begründen kann, wenn man ihn fragt, habe ich DA nicht getroffen! Außerdem haben Sie verdammt noch mal nicht das Recht, unsere Pferde als Drecksgäule zu bezeichnen!«

Sie machte ein so böses Gesicht, das Julia schon Angst hatte, Mara würde jetzt gleich auf den Bauern losgehen. Um Schlimmeres zu verhindern, ritt sie schnell zu der Freundin hin.

Der Bauer blieb zunächst kurz mit offenem Mund stehen. Dann, man konnte es kaum glauben, lief er noch röter an. Jetzt hatte sein Kopf die Farbe einer überreifen, dunkelroten Tomate und er schnappte nach Luft. Plötzlich kam er mit erhobener Hacke auf die Mädchen zu und stieß mit sich überschlagender Stimme Laute aus, die man kaum noch als menschliche Sprache bezeichnen konnte.

Maras Pony wurde nervös und tänzelte auf dem Weg herum.

»Ich glaube, wir sollten jetzt lieber verschwinden«, meinte Julia ängstlich.

Der Bauer kletterte gerade den kleinen Abhang herauf, der auf den Weg führte, und schwang wild seine Hacke.

Mara nickte und Julia trabte mit Nathano los.

Zunächst glaubten sie, der Bauer hätte aufgegeben, doch dann quietschten Reifen und der zornige Bauer kam hinter ihnen hergefahren, während Dreck hinter seinem Auto hoch spritzte.

---

7 Frech werden auch noch, du freche Göre, die
 Dreckspferde sind eine Plage, eine Plage!

»Oh, oh, der kommt uns hinterher«, rief Mara der Freundin zu. Sie bekam es jetzt auch etwas mit der Angst zu tun, denn der Mercedes war nur noch wenige Meter hinter ihnen und der Mann machte keine Anstalten, sein Tempo zu verringern.

»Julia, zum Wald, da hängen wir ihn ab!«, schrie Mara nach vorne.

Die nickte und bog in einen kleinen Wiesenweg ein, der zu einem Wäldchen ein paar hundert Meter entfernt führte. Sie galoppierten los und hörten hinter sich den Motor aufheulen. Der Bauer war ebenfalls in den kleinen Weg eingebogen und hing ihnen auf den Fersen.

Mara trieb ihr Pony an. Nathano war mit seinen langen Beinen natürlich schneller, doch auch die kleine Stute gab ihr Letztes.

»Pass auf, ein Graben«, schrie Julia über die Schulter.

Sie hatten das Wäldchen beinahe erreicht.

»Lass mich jetzt bloß nicht im Stich«, flüsterte Mara ihrem Pferd ins Ohr. Sie war bisher noch nie mit Ruby gesprungen.

Doch das Pony zögerte nur ganz kurz vor dem Graben und sprang dann elegant hinter Nathano her. Sie hörten ein hässliches, blechernes Krachen hinter sich und ein Motor heulte auf. Im Schutz der Bäume hielten sie an und sahen, dass der Bauer mit vollem Karacho in den Graben gefahren war und gerade versuchte, die Tür aufzustoßen.

Schnaufend und lachend blickten sie auf das Auto.

»Na, dem haben wir's aber gezeigt«, lachte Julia.

Von weitem sahen sie, dass der Bauer jetzt mit den Füßen gegen die Tür trat.

»Ich glaube, wir verschwinden besser. Wenn er's schafft, sollten wir lieber weg sein«, meinte Mara und wischte sich

die Lachtränen aus den Augen.
Sie ritten weiter und mussten dauernd kichern.
Der Mann war mit Sicherheit stinksauer wegen seines Autos. Die Freundinnen überlegten WIE rot jemand werden konnte, bevor er wie ein Feuerwerkskörper in die Luft ging.
Julia hatte schon Seitenstechen und japste verzweifelt: »Hör auf, ich kann nicht mehr!«
Als sie wieder Luft bekam, räusperte sie sich und sagte mit verlegenem Gesicht: »Ähm, Mara, also, wegen gestern Abend, tut mir leid, wenn ich was Blödes gesagt habe. Ich wollte nur nicht, na ja, ...«
Mara winkte ab. »Schon gut, Schwamm drüber, ich war ja wirklich nicht grade eine Stimmungskanone. Ich weiß nur nicht so recht, wie alles weitergehen soll«, meinte Mara schon wieder versöhnt.
»Friede?« Julia hielt ihr die Hand hin.
Mara schlug ein und grinste auf einmal so breit, dass Julia schon wieder einen Lachanfall bekam. Sie kicherten den ganzen Ausritt lang vor sich hin und konnten sich gar nicht mehr beruhigen.

Einige Tage vergingen. Ians Briefe las Mara meist im Druidenhain. Wenn Julia keine Zeit hatte, ritt sie alleine aus. Das Pony ließ sogar Julia mittlerweile auf sich reiten. Zwar sahen weder Ruby noch Julia sehr glücklich dabei aus, doch Mara war froh, denn ein Pferd, welches nur sie allein reiten konnte, war zwar eine romantische Vorstellung, doch in der Realität recht unpraktisch. Wenn sie mal krank war oder wegfuhr, würde Ruby nur herumstehen.
Wenn Mara allein unterwegs war, hielt sie vorsorglich immer Ausschau nach dem jähzornigen Bauern und zuckte jedes Mal instinktiv zusammen, wenn sie einen Traktor hörte.

Einmal sah sie einen alten Mann mit Mistgabel auf einem Feld stehen und überlegte gerade, wo sie notfalls hinflüchten könnte, als er ihr zurief: »Bleib mal stehen!«

Mara spannte sich an und auch das Pony wurde unruhig.

Doch der Mann kam lächelnd auf sie zu, legte die Mistgabel an den Wegrand und meinte freundlich: »Oh, du hast aber ein schönes Pferd! Welche Rasse ist das denn? Darf ich es mal streicheln?«

Er streckte schon die Hand aus, doch die kleine Stute zuckte sofort zurück und der alte Mann machte ein schuldbewusstes Gesicht.

»Ruby hat Angst vor Männern. Sie muss wohl mal was Schlimmes erlebt haben«, erklärte Mara. »Sie ist übrigens ein Highlandpony.«

Der alte Bauer blieb mit Abstand stehen und blickte mitleidig auf das Pony.

»Oh je, das arme Tier. Wie können manche Menschen nur so sein? Mein Großvater hatte noch Pferde zum Ackern, als junger Bursche bin ich immer heimlich auf ihnen geritten. Das war eine schöne Zeit«, erzählte der alte Mann mit wehmütigem Gesichtsausdruck.

Mara unterhielt sich noch einige Zeit mit ihm und sie sagte, wie schön es sei, dass es noch Leute gäbe, die Pferde mögen würden. Sie erzählte von ihrem Erlebnis mit dem jähzornigen Bauern.

Der alte Mann schüttelte verständnislos den Kopf.

»Das war bestimmt der Albert, der legt sich mit jedem an. Er ist erst vor ein paar Jahren hierher gezogen. Ich glaube, eigentlich kommt er aus Oberfranken, na ja, egal. Neulich kam er in die Wirtschaft und hat nur noch getobt, sein Auto ist irgendwie kaputt gegangen. Er wollte aber keinem erzählen wie das passiert ist. Wahrscheinlich war er mal wieder betrunken.«

Auf Maras Gesicht erschien ein Lächeln und ihre Augen blitzten. Sie wusste ganz genau, wie das Auto von diesem Albert kaputt gegangen war, behielt es aber lieber für sich.

Sie verabschiedete sich schließlich von dem netten Bauern und dachte: *Na ja, ein paar Ausnahmen gibt es ja doch noch!*

Es war ziemlich genau sechs Wochen nach Maras Rückkehr. Die Sonne brannte erbarmungslos auf die Stadt herunter und es war unerträglich heiß. Mara wartete sehnsüchtig auf einen Brief aus Schottland. Ian hatte schon ein paar Tage nicht mehr geschrieben.

Sie kam gerade von einer Fahrstunde zurück, als sie ihre Mutter mit verbissener Miene in der Küche sitzen sah, einen aufgerissenen Briefumschlag und eine betreten dreinblickende Diana neben sich.

Mara ahnte nichts Gutes, als sie Ians Handschrift erkannte. Und schon brach das Donnerwetter über sie herein.

»Da erzählt einem die eigene Tochter nicht einmal, dass sie schon seit Monaten einen Freund hat. Meinst du vielleicht so eine Fernbeziehung hat irgendeine Chance? Du läufst ja schon die ganze Zeit mit einem Gesicht rum, als ob du auf eine Beerdigung müsstest!«, schimpfte Ursula los.

Mara stieg die Wut in den Kopf, es brodelte in ihr.

»Du hast einfach meine Post aufgemacht?«, fragte Mara gefährlich leise.

»Natürlich, sonst erfährt man ja nichts! Außerdem war er ja sowieso nicht richtig zugeklebt.« Ursula hatte die Augen weit aufgerissen und schien sich keiner Schuld bewusst zu sein.

Mara explodierte.

»Das war MEIN Brief, das geht dich überhaupt nichts an!«, schrie sie.

»Jetzt mach aber mal halblang! Da muss ich aus einem Brief erfahren, den ich sowieso nur zur Hälfte verstehe, dass meine Tochter mit so einem Hinterwäldler rummacht, und dann bekomme ich auch noch Vorwürfe. Also wirklich, eine Unverschämtheit ist das!«

Mara kochte. »Ian ist kein Hinterwäldler! Was fällt dir eigentlich ein?!«

»Bei diesen Typen weiß man ja nie, der ist ja schließlich sechs Jahre älter als du. Am Ende wirst du schwanger und dann lässt er dich sitzen. Und wer hat dann den Ärger? Natürlich ICH!« schimpfte Ursula und machte ein beleidigtes Gesicht. Sie blickte skeptisch auf ihre Tochter, als ob sie schon einen Babybauch unter ihrem T-Shirt vermutete.

»Du hast doch überhaupt keine Ahnung! Solange dein spießiges Leben ja um keinen Millimeter vom Leben der ganzen Spießer um dich herum abweicht, bist du zufrieden. Hauptsache der Müll ist getrennt und der Gehsteig gefegt!« Mara hatte sich vollends in Rage geredet, ihre Stimme überschlug sich.

»Dörthe, jetzt ist aber Schluss, solche Unverschämtheiten muss ich mir nicht bieten lassen. Benimm dich, solange du hier wohnst!«

Mara riss der Mutter den Brief aus der Hand und schrie: »Dann wohne ich halt nicht mehr hier. Und frag mal dein Engelchen«, sie deutete auf ihre Schwester, die auf der Bank immer kleiner wurde, »wie viele Hinterwäldler SIE schon hatte!«

Mara stürmte aus dem Zimmer die Treppe hoch. Hinter sich hörte sie ihre Mutter aufgeregt plappern.

Jetzt erwischt es wahrscheinlich die arme Diana, dachte Mara und fast tat es ihr schon leid. Ihre Mutter hatte der Schwester wahrscheinlich übel zugesetzt, denn Diana verriet freiwillig nie etwas. Doch in ihrem Zorn war Mara alles egal gewesen. Sie saß in ihrem Zimmer und heulte vor Wut.

Von unten hörte sie ihre Mutter keifen und über missratene Töchter im Allgemeinen und Mara im Besonderen schimpfen. Mara wollte nur noch weg.

Sie packte die nötigsten Sachen in den Rucksack, natürlich auch Ians Briefe und den ihres Großvaters, und nahm sich etwas von dem Geld, das übrig geblieben war. 1200 Euro und ein paar schottische Pfund. Das musste reichen!

Dann schrieb sie auf einen Zettel: Bin ausgezogen – Mara.

Sie kletterte über den Baum nach unten und radelte zum Stall. Unterwegs hatte sie versucht, Nadja aus einer Telefonzelle anzurufen, aber die war mal wieder nicht zu Hause. Doch eigentlich wollte Mara sowieso nur noch eins – zurück nach Schottland!

Mara umarmte ihr Pony schuldbewusst. »Ruby, tut mir leid, aber ich muss wieder weg!«

Sie schrieb Julia einen kurzen Brief, legte 200 Euro für Ruby hinein und fuhr mit dem Rad zum Bahnhof.

Mara kaufte ein Ticket für den ICE nach Frankfurt, das schon fast 100 Euro verschlang. Dann nahm sie den Abendzug zum Flughafen.

Mara verbrachte eine unangenehme Nacht in der Wartehalle, in der merkwürdige Gestalten herumlungerten. Sie dachte an Ian und wünschte sich, er wäre bei ihr.

Als die Schalter aufmachten, kaufte sie sich ein Ticket für den Flug um 9.30 Uhr nach Edinburgh, wofür sie stolze 768 Euro hinlegte. Doch sie war froh, überhaupt einen Platz bekommen zu haben.

Um 10.30 Uhr Ortszeit landete Mara in Edinburgh. Dort tauschte sie schnell ihre restlichen Euros gegen schottische Pfund und machte sich auf den Weg in die Stadt.

Sie fragte sich bis zu Ians Studentenwohnheim durch. Dort angekommen klopfte sie an die Tür und freute sich schon darauf, dass Ian sie in den Arm nehmen würde. Doch niemand öffnete.

Nach dem zweiten Klopfen ging die Tür auf und ein zerstrubbelter, gähnender junger Mann mit feuerroten Haaren stand vor Mara.

Das musste Sean sein, den Ian immer als ›den verrückten Iren‹ bezeichnete. Um diese Zeit war er wohl noch nicht richtig wach, er konnte kaum aus den Augen schauen.

Sean erklärte verschlafen, dass Ian zu einer Exkursion auf einer Schaffarm in Thurso sei und erst nächste Woche oder so zurückkäme.

Maras Mut sank. Sie verließ mit hängendem Kopf das Wohnheim und setzte sich auf eine Bank in der Fußgängerzone. Um sie herum wuselten Touristen.

Was soll ich jetzt nur machen?, dachte sie verzweifelt. Zurück nach Deutschland wollte und konnte sie kaum, dafür hätte auch das Geld nicht mehr gereicht.

Mara entschloss sich, nach Clachtoll zu fahren. Dort waren Menschen die sie mochten und verstanden. Leslie und John würden ihr bestimmt helfen!

Also nahm Mara den Zug nach Inverness und leistete sich ein trockenes Brötchen und eine Flasche Wasser. Sie hatte nicht mehr viel Geld übrig und musste noch den Bus und ein Taxi nach Clachtoll bezahlen. Sie blickte aus dem Fenster und fuhr genau den Weg, der sie vor über einem halben Jahr in eine Zukunft geführt hatte, die ihr Leben komplett auf den Kopf gestellt hatte.

Mara hatte jetzt endlich Zeit den Brief zu lesen, den ihre Mutter in die Finger bekommen hatte. Darin stand, dass Ian zwei Wochen weg müsste und wohl keine Zeit hätte, sich zu melden. Mara hätte sich am liebsten in den Hintern gebissen, dass sie den Brief nicht schon in Deutschland gelesen hatte! Weiter schrieb er, wie sehr er sie vermisste und wann sie endlich wieder nach Schottland zurückkäme. Oder ob er sie aus den Klauen des Drachen retten müsste? Mara hatte sich in ihrem letzten Brief bitter über ihre Eltern und besonders über ihre Mutter beklagt. Mara verzog das Gesicht.

Zum Glück hat Mama wahrscheinlich wirklich nur die Hälfte verstanden!, dachte sie.

Es folgten noch einige Sätze, wie schön die letzten Monate doch gewesen wären und am Schluss herzliche Grüße von den Großeltern.

Mara seufzte und grübelte die ganze Fahrt über, was sie jetzt tun sollte.

In Inverness kaufte Mara ihre Busfahrkarte und ein Sandwich. Ihr Magen knurrte mittlerweile so laut, dass sie es einfach nicht mehr ignorieren konnte. Das Geld wurde jetzt wirklich knapp!

Sie fuhr durch die Highlands und sog jeden einzelnen Hügel und jeden See in sich auf. Die Fahrt verging rasch. Ein deutsches Mädchen in ihrem Alter hatte sich neben Mara gesetzt. Nina machte mit zwei Freundinnen eine Rucksacktour. Mara und Nina unterhielten sich ganz gut und Mara erzählte von ihren Lieblingsorten an der Nord-West Küste.

In Ullapool stand Mara etwas planlos herum. Der Bus fuhr erst am nächsten Morgen nach Lochinver. Sie überlegte, Leslie anzurufen, traute sich dann aber doch nicht so recht.

Schließlich lief sie los, stellte sich, wenn ein Auto vorbeifuhr, an den Straßenrand und hielt einen Pappkarton, den sie neben einer Mülltonne gefunden hatte, in Fahrtrichtung.

LOCHINVER hatte sie in großen Buchstaben draufgeschrieben. In Deutschland hätte sie sich wohl nicht getraut zu trampen, doch hier in Schottland hatte sie kein allzu schlechtes Gefühl dabei.

Eine nette Frau mittleren Alters nahm sie schließlich mit, Mara konnte bis Elphin mitfahren. Mrs. Morrison hatte den Kofferraum und den Rücksitz ihres alten Autos bis an den Rand vollgepackt und Mara musste eine große Packung Toilettenpapier auf den Schoß nehmen.

Mrs. Morrison erzählte in heftigstem Dialekt, dass sie eine Schaffarm besaß und in der ›Big City‹, also Ullapool (Mara musste lächeln), einen Großeinkauf gemacht hatte. Sie unterhielten sich die ganze Fahrt über und Mrs. Morrison staunte, wie gut Mara Englisch sprach.

Sie hielten in dem kleinen Dorf Elphin an. Mrs. Morrison verschwand im Postoffice und bat Mara, kurz zu warten. Dann kam sie fröhlich lachend zurück und erklärte, dass der ›Postie‹ Mara in einer halben Stunde mit nach Lochinver nehmen würde. Zum Schluss wurde Mara eingeladen, doch mal auf der Schaffarm vorbeizukommen, falls sie in der Nähe wäre.

Mara bedankte sich herzlich bei der netten Frau und wartete auf den Postie. Dieser stellte sich als lustiger Mann um die sechzig, mit langem grauem Schnurrbart heraus. Er erzählte Mara wilde Geschichten über eingeschneite Pässe und behauptete, er hätte 1981 in den Cairngorm Mountains mal die Post mit Skiern ausgefahren.

Am späten Nachmittag war Mara endlich in Lochinver angelangt. Sie atmete die frische klare Meeresluft ein, dann machte sie sich zu Fuß auf den Weg nach Clachtoll. Nach dem langen Sitzen tat ihr das Laufen so richtig gut.

Das Wetter war schön und warm, Schafe blökten in den Hügeln und Möwen kreischten am Himmel.

Mara lief die vertraute enge Straße entlang und diesmal konnte sie es nicht mehr leugnen, es war für sie, als würde sie nach Hause kommen.

Ihr kam ein Lied von Runrig in den Sinn:

Across the moorlands past the mountains
o´er the rivers beside the new stream
something tells me that I´m going home

Mara genoss jeden einzelnen Meter des Weges, genau das hatte ihr die ganze Zeit gefehlt. Die Sonne schien ihr warm ins Gesicht.

Ein Mann, den Mara schon einmal irgendwo gesehen hatte, hielt neben ihr an und fragte, ob er sie mitnehmen sollte, doch Mara lehnte ab, sie wollte die Highlands mit allen Sinnen genießen. Irgendwann wurde der Rucksack allerdings ziemlich schwer, aber es waren nur noch wenige Meter und sie wäre in Clachtoll angelangt.

Mara lief über den Hügel und erblickte den gespaltenen Felsen. Das Meer rollte in sanften Wogen an den Strand und einige Kinder planschten im Wasser. Vielleicht waren sogar Fiona und Brian dabei.

Doch Mara entschloss sich plötzlich, zu den MacKinnons zu gehen. Wenn ihre Eltern sie in Deutschland nirgends finden konnten, würden sie vielleicht zuerst bei Leslie und John anrufen und sie wollte den beiden keine Schwierigkeiten bereiten.

Die letzten Meter bis zur Farm lief Mara mit zittrigen Beinen. Was Ians Großeltern wohl sagen würden?

Duke kam ihr schwanzwedelnd entgegen. Mara wollte gerade an die Tür klopfen, als Ians Großvater um die Ecke kam.

Mr. MacKinnon blieb überrascht stehen. Dann zeichnete sich ein erfreutes Lächeln auf seinem faltigen Gesicht ab.

»Lass, du meine Güte! Was machst du denn hier?«, fragte er erstaunt, dann nahm er sie in den Arm. Er roch nach Highlands, Schafen und Pferden.

»Jetzt komm erst mal rein, du siehst ja ziemlich geschafft aus. Kate, wir haben Besuch!«

Die alte Frau schaute Mara reichlich verwundert an, doch auch sie nahm das Mädchen herzlich auf. Sie hatten jetzt Gäste, doch Mara könnte natürlich in Ians Zimmer schlafen.

Mara setzte sich einigermaßen entspannt und beruhigt auf die alte Holzbank in der Küche. Sie war sehr froh, dass Ians Großeltern sie so selbstverständlich willkommen geheißen hatten.

Granny Kate machte frischen Tee und Duke hatte sich zu Maras Füßen gelegt. Keiner stellte unangenehme Fragen, die alten Leute warteten, bis Mara anfing zu sprechen.

Doch Mara sah so erschöpft aus, dass Granny Kate meinte: »Schlaf dich erst mal richtig aus, morgen kannst du alles erzählen!«

Mara stimmte zu, doch sie wollte noch rasch Mary und Heather begrüßen. Ians Großvater begleitete sie.

»Bitte, sagen Sie niemandem, dass ich hier bin, ja?«, sagte Mara ängstlich und blickte den alten Mann eindringlich in die Augen.

»Keine Angst, alles wird seinen Weg finden«, antwortete er nur.

Nun war Mara beruhigt und legte sich todmüde in Ians

Bett. Endlich hatte sie wieder das Rauschen des Windes und das leise Blöken der Schafe in den Ohren. Sie schlief auf der Stelle ein.

Mara wachte am nächsten Morgen gegen 8 Uhr auf und dachte im ersten Moment, sie hätte alles nur geträumt. Sie öffnete das kleine Dachfenster und atmete die frische Meeresluft ein. Es war noch etwas neblig, doch die Sonne bahnte sich bereits ihren Weg durch die Wolken.

Mara war glücklich – Konnte es etwas Schöneres geben?

Sie ging hinunter in die Küche und frühstückte mit den beiden alten Leuten. Die zwei Touristen aus Australien saßen am großen Esstisch im Wohnzimmer.

Dann meinte Mr. MacKinnon plötzlich: »Ich muss mal nach den Schafen sehen. Kommst du mit?«

Granny Kate lächelte ihr aufmunternd zu und Mara nickte.

Sie erzählte Ians Großvater die ganze Geschichte. Wie fremd sie sich in Deutschland gefühlt hatte, den Streit mit ihren Eltern, sogar von ihrem Pony berichtete sie. Ihre Erzählung endete mit dem vergeblichen Besuch bei Ian und wie sie schließlich hier gelandet war.

»Bitte, schicken Sie mich nicht weg!«, bat sie verzweifelt.

Mr. MacKinnon hatte die ganze Zeit über schweigend und aufmerksam zugehört.

»Du kannst so lange bleiben wie du willst. Wir im Hochland halten zusammen, und du bist ja fast schon eine von uns«, sagte er mit einem liebevollen Lächeln auf dem faltigen, wettergegerbten Gesicht.

Mara wurde warm ums Herz und ihr fiel ein zentnerschwerer Stein von der Seele.

Dann fuhr der alte Mann fort: »Deine Probleme löst es aber nicht, wenn du dich hier versteckst. Und ruf deine El-

tern zumindest an, damit sie wissen, dass es dir gut geht!«
Mara versprach es. Später sattelte sie Heather und ritt auf einsamen Wegen durchs Moorland. Hier würde ihr wohl niemand begegnen, den sie kannte.

Am nächsten Morgen, Mara wusste, dass die Eltern jetzt wahrscheinlich in der Arbeit waren, rief sie zu Hause an und sprach auf den Anrufbeantworter, dass es ihr gut ginge.
Mara überlegte die ganze Woche über, was sie machen sollte. Sie wollte so gern in Schottland bleiben, doch würde sie eine Arbeit finden? Warum fühlte sie sich nur so zu diesem Land hingezogen? Ihr Leben lang hatte man ihr beigebracht, dass man dort wo man geboren war zu Hause ist. Und was, wenn Ian und sie sich irgendwann einmal nicht mehr mögen würden, auch, wenn sie sich das nicht wirklich vorstellen konnte, aber sie waren ja schließlich erst ein paar Monate zusammen.
Das größte Kopfzerbrechen bereitete ihr allerdings ihr Pony. Sie wollte es auf keinen Fall verkaufen. Doch wo würde sie es unterbringen, falls sie irgendwo eine Arbeit fand? Mara dachte mit Schaudern an Rubys Hängerphobie. Wie sollte das Pony die lange Fahrt bis nach Schottland überstehen?
Mara half Granny Kate bei den Gästen und ritt viel aus, wobei sie darauf achtete, dass sie niemand Bekannten traf.
Vor einigen Tagen war Leslie zu den MacKinnons gekommen und hatte gefragt, ob sie irgendetwas von Ian gehört hätten. Mara sei nämlich von zu Hause verschwunden und Maras Eltern hatten bei ihr angerufen.
Mara hatte sich im oberen Stockwerk versteckt und gehört, wie Leslie etwas von »merkwürdige Leute« und »kein Wunder, dass sie weggelaufen ist« gesagt hatte.

Mr. MacKinnon hatte ausweichend geantwortet, dass er schon eine ganze Zeit lang nichts mehr von Ian gehört hätte. Nun überlegte Mara, zu Leslie zu gehen, um alles zu erzählen, doch sie wollte die beiden nicht in die Verlegenheit bringen, ihre Mutter anlügen zu müssen.

An einem schönen warmen Tag wollte Mara zum Steinkreis reiten. Sie sattelte Mary und fand zunächst den Weg nicht mehr, doch schließlich erblickte sie das kleine Tal mit den Bäumen und setzte sich auf einen der liegenden Steine.

Mary graste genüsslich am langen Zügel neben ihr. Mara schloss die Augen und döste in der Sonne vor sich hin. Plötzlich hob Mary den Kopf und schnaubte.

Mara blickte sich um und erblickte den alten Schäfer, der durch die Steine gemächlich auf sie zukam. Sie schluckte und überlegte, ob sie schnell wegreiten sollte. Doch der alte Mann setzte sich auf einen umgefallenen Stein neben ihr, betrachtete sie kritisch und stopfte sich seine Pfeife.

Dann sagte er plötzlich: »Du bist wieder da, das ist gut.«

Mara schaute ihn fragend an. Was meinte er denn damit? Plötzlich hatte sie das komische Gefühl, dass vielleicht der alte Schäfer ihr bei ihren vielen Fragen helfen könnte.

Sie nahm allen Mut zusammen und fragte: »Ich weiß nicht warum, aber ich möchte so gerne hier leben. Meinen Sie, das ist richtig?«

Der Schäfer nickte bedächtig, sagte aber nichts und rauchte seine Pfeife.

Mara fuhr fort, eigentlich sprach sie mehr zu sich selbst, der Schäfer blickte scheinbar teilnahmslos in die Gegend. »Ich meine, da lebe ich fast achtzehn Jahre in Deutschland, da sollte ich mich doch eigentlich dort zu Hause fühlen und nicht wegwollen. Wie kann das denn sein? Ich war hier gerade mal ein halbes Jahr, da kann ich mich doch nicht so heimisch fühlen, oder?«

Hamish zog bedächtig an seiner Pfeife und nach einer ganzen Weile antwortete er: »Meinst du, dass es so ist?«

Mara blickte ihn verwirrt an.

»Na ja, das sagen zumindest alle bei mir zu Hause«, sagte sie unsicher.

»Und deswegen muss es wohl stimmen?«, fragte der alte Mann mit hochgezogenen Augenbrauen.

Mara zuckte mit den Achseln.

»Weißt du, für die meisten Menschen mag das ja zutreffen, die werden irgendwo geboren und bleiben ihr Leben lang dort. Aber manchmal wird eine Seele an einem falschen Ort geboren, oder ihr wird eine besondere Aufgabe gestellt, und sie muss erst den Weg zu ihrer wahren Heimat finden.«, erklärte Hamish mit geheimnisvoller Stimme.

Mara sah den Schäfer überrascht an.

»Ja, meinen Sie, das ist bei mir der Fall?«

Hamish zuckte mit den Schultern.

»Das kannst nur du alleine wissen. Aber manche Dinge sind vorherbestimmt.«

Jetzt war Mara vollkommen verwirrt. Irgendwie wurde sie aus diesem Schäfer nicht schlau.

»Ich glaube schon, dass ich hierher gehöre. Aber was ist, wenn Ian mich irgendwann mal nicht mehr mag? Und ich weiß nicht, was ich arbeiten soll. Und was ich mit meinem Pferd mache ...«

Mara schossen so viele Fragen durch den Kopf.

Der Schäfer antwortete wieder eine ganze Zeit lang nichts, dann sagte er im Aufstehen: »Bleib hier sitzen und überlege dir alles gut. Die Steine werden dir helfen. Denk nach und entscheide, ob du nur wegen Ian hier bleiben möchtest.

Wärst du in Schottland geblieben, wenn du Ian niemals kennen gelernt hättest? Und hättest du dich in ihn verliebt, wenn ihr euch irgendwo anders begegnet wärt?«

Hamish sah Mara mit festem Blick an, als sie den Mund aufmachen wollte.

»Sag jetzt nichts, lass dir Zeit. Schließ die Augen und lass die Gedanken an dir vorbeiziehen. Auf manche Fragen gibt es keine Antworten, alles wird seinen Weg finden. Folge deinem Herzen, Mara.«

Sie hatte die Augen geschlossen, doch plötzlich zuckte sie zusammen.

Das hat doch immer mein Großvater gesagt, dachte sie.

Sie schoss hoch, doch der Schäfer war weg.

Mara blickte sich verwirrt um. Wie konnte der so schnell verschwinden, das Gelände war doch einigermaßen übersichtlich?!

Dann zuckte sie mit den Schultern und setzte sich zurück auf den, von der Sonne aufgewärmten Stein. Wie Hamish ihr geraten hatte, ließ sie die vergangenen Monate an sich vorbeiziehen. Sie hatte ja schon beim ersten Mal das Gefühl gehabt, nach Hause zu kommen, auch, wenn sie es damals nicht ernstgenommen hatte. Vielleicht hatte der alte Schäfer ja doch Recht und sie hatte tatsächlich ihre wahre Heimat hier gefunden. Dass sie Ian kennen gelernt hatte, machte natürlich alles noch viel schöner. Doch sie würde für immer hier bleiben wollen, egal was passierte.

Irgendeinen Job werde ich schon finden, dachte sie, *und mit Ruby werde ich einfach das Hängerfahren üben.*

Plötzlich schien ihr ihre Lage gar nicht mehr so verzweifelt. Sie hätte dem Schäfer so gerne gedankt, doch der war wie vom Erdboden verschluckt.

Mara, die das Gefühl hatte, irgendeine Dankesgeste ma-

chen zu müssen, pflückte ein paar Wildblumen und legte sie auf den flachen Stein in der Mitte des Steinkreises und sagte leise: »Danke«.
Dann stieg sie auf Mary und ritt nachdenklich, aber hoffnungsvoll zurück.
In der Ferne stand Hamish, der Schäfer, und schmunzelte. Alles ging seinen Weg.

Am nächsten Morgen stand plötzlich ein ziemlich aufgeregter Ian vor der Tür und nahm Mara so heftig in den Arm, dass sie keuchte.
»Ich konnte es gar nicht glauben! Ich bin gestern Abend gerade aus Thurso zurückgekommen, da hat Sean mir eine wilde Geschichte erzählt, dass du vor der Tür gestanden hast. Zuerst dachte ich, dass er mal wieder zu viel Guinness getrunken hat. Doch dann hat er dich so lebensecht beschrieben, dass ich vor Schreck bei dir zu Hause angerufen habe.«
Mara verzog das Gesicht und Ian grinste, als er fortfuhr.
»Deine Mutter war etwas hysterisch, ich habe sie kaum verstanden. Und was zum Teufel bedeutet ›Scheißkerl‹?«
Ian sprach das Wort auf Deutsch so komisch aus, dass Mara lachen musste.
»Ich glaube, das willst du nicht wirklich wissen!«, antwortete sie grinsend, woraufhin Ian mit den Schultern zuckte und sie lieber noch mal in den Arm nahm.
»Ich habe dann bei den Großeltern angerufen, doch da ging keiner ans Telefon. Also bin ich irgendwann ins Auto gesprungen und die ganze Nacht durchgefahren. Ich habe mir gedacht, entweder bist du zurück nach Deutschland, oder hier!«
Ian wollte Mara gar nicht mehr loslassen. Sie erzählte die ganze Geschichte, nur die Sache mit dem ›Hinterwäldler‹

und der unterstellten Schwangerschaft ließ sie lieber weg.
Ian verstand überhaupt nicht, wie ihre Eltern so sein konnten. Er stritt sich zwar auch gelegentlich mit seinen Eltern, doch letztendlich ließen sie ihn seinen eigenen Weg gehen. Er hatte beschlossen, die Vorlesungen sausen zu lassen und eine Weile in Clachtoll zu bleiben.
Nun überlegten sie gemeinsam, wie es weitergehen sollte. Ian war bei Maras Entschluss ganz nach Schottland zu kommen vor Freude fast ausgerastet. Seine Großeltern hatten angeboten, dass sie in Ians Zimmer wohnen könnte, und Ian wollte bei Bruce nachfragen, ob er nicht Hilfe im Postoffice brauchen könnte.
»Du kannst deine Ruby zu Heather und Mary auf die Koppel stellen. Für ein Highlandpony haben wir immer Platz«, hatte Ians Großvater gesagt.
Mara war überglücklich, irgendwie würde schon alles gut gehen. Mara nahm sich vor, wenn sie zurück in Deutschland wäre, jeden Tag mit ihrem Pony das Anhänger fahren zu üben. Iris hatte einen im Reitstall stehen, den sie gelegentlich verlieh, und Ian hatte sogar angeboten, Mara in Deutschland abzuholen. Endlich schöpfte sie wieder neue Hoffnung.
Sie rief bei Nadja an, erzählte bruchstückhaft von dem Streit mit den Eltern und machte mit ihr aus, dass sie in einer Woche zurückfliegen würde. Das Geld für den Flug wollte Nadja ihr vorstrecken und sie am Flughafen abholen. Außerdem versprach sie, mit Maras Eltern reden.

Zwei Tage vor Maras Abreise wollten sie noch einen gemeinsamen Ausritt machen, doch Heather lahmte plötzlich.
Ian, der Schafzucht als Studienschwerpunkt hatte und sich mit Pferden nicht so gut auskannte, meinte, sein Großvater

sollte lieber Dr. MacGregor anrufen.
Der kam kurze Zeit später, abgehetzt wie immer, und untersuchte Heathers Bein. Er stellte ein Hufgeschwür fest.
»Ian, bist du nicht bald fertig mit dem Studium? Ich könnte wirklich Hilfe gebrauchen, mir wird das alles zu viel!«, stöhnte er.
Ian schüttelte bedauernd den Kopf. »Ich brauche noch ein oder zwei Jahre.«
»Ich habe schon überall eine Tierarzthelferin gesucht, aber nichts! Die jungen Leute wollen heutzutage alle nur noch ins Büro oder in die Stadt. Nicht mal eine Auszubildende ist zu finden. Ich habe bis Ende des Jahres eine Aushilfe, aber die taugt nichts. Wenn sie sich mal die Hände dreckig macht, kriegt sie gleich die Krise!«, schimpfte der Tierarzt vor sich hin, während er seine Sachen zusammenpackte.
Ian und Mara blickten sich gleichzeitig an. Das war es!
»Ähm, Dr. MacGregor, also, wenn sie wollen, ich hätte die Lehrstelle gern«, sagte Mara mit leicht zittriger Stimme.
Der Tierarzt blickte überrascht auf.
»Und du bist dir wirklich sicher?«, fragte er ungläubig.
Ian hatte den Arm um Mara gelegt und beide nickten einstimmig.
»Mehr als sicher!«, sagte Mara überzeugt.
»Ja, Lass, dich schickt der Himmel!« Dr. MacGregors griesgrämiges Gesicht hellte sich auf.
Er sagte, dass Mara am nächsten Tag nach Lochinver in die Praxis kommen sollte, um den Vertrag zu unterschreiben. Dann fuhr er gutgelaunt davon.
Mara und Ian strahlten mit der Sonne um die Wette. Sie verbrachten noch zwei wunderschöne Tage miteinander und genossen die langen Abende.
Das Wetter zeigte sich von seiner schönsten Seite. Im Juli

wurde es in Schottland fast nie richtig dunkel.

An einem Tag machten sie eine Wanderung an der Küste entlang und rasteten an der Ruine einer alten Mühle. Die Mühlsteine und der untere Teil des Gebäudes waren noch einigermaßen erhalten.

»Ach, Ian, ist das schön hier«, seufzte Mara und legte sich ins Heidekraut.

»Na ja, wer weiß, vielleicht war das vor ein paar hundert Jahren ja mal unsere Mühle«, sagte Ian und ließ sich neben sie plumpsen.

»Hmm, dann haben wir den ganzen Tag Mehl gemahlen, die Mehlsäcke auf unsere Highlandponies geladen und in die nächste Stadt gebracht«, spann Mara den Faden weiter.

»Nö!«, meinte Ian und legte sich gemütlich ins Heidekraut. »Du hast die Mehlsäcke weggebracht, ich habe in der Hütte gesessen und Whisky getrunken.«

»Oh, du eingebildeter Macho«, schimpfte Mara lachend und kitzelte ihn.

Sie rollten albern kichernd durchs Gras.

Als beide wieder Luft bekamen, meinte Mara grinsend: »Na ja, vielleicht wäre Jochen ja doch nicht so übel gewesen. So mit großem Sportauto und teuren Anzügen?!«

Ian setzte sich alarmiert auf und fragte mit einer tiefen Falte zwischen den Augenbrauen: »Was für ein Jochen? Wer ist das?«

Mara lehnte sich grinsend zurück und kostete ein paar Sekunden lang Ians eifersüchtige Miene aus. Anschließend erzählte sie die Geschichte von dem gescheiterten Verkupplungsversuch ihrer Eltern.

»Der ist wohl verrückt? Wenn ich den jemals in die Finger kriege, dann kann er sich seine gebrochenen Knochen aus den Designerklamotten raussammeln!« Ian hatte ein blutrünstiges Gesicht aufgesetzt.

So müssen wohl die Highlandkrieger während einer Schlacht gegen die Engländer ausgesehen haben. Hätte nur noch der Kilt und das Schwert gefehlt, dachte Mara mit einem leichten Grinsen im Gesicht.

Sie beschwichtigte ihn schnell und meinte: »Der hat doch von dir gar nichts gewusst. Außerdem war es wirklich ein schleimiger Idiot, mit dem hätte ich nie was angefangen!«

Ian schaute sie immer noch skeptisch an, musste dann aber doch lachen und nahm sie in den Arm.

»Ich möchte mal wissen, wie weit der hier bei uns mit seinen komischen Lackschuhen und dem Sportwagen gekommen wäre?«

»Hmm, wahrscheinlich höchstens bis zum nächsten Haufen Highlandcattle-Mist!«, lachte Mara und biss Ian ins Ohr.

»Hey, freche Kröte, du bist ja schlimmer als ein Midge!«, schimpfte Ian.

Sie alberten noch den halben Nachmittag herum und genossen den schönen, sonnigen Tag.

Mara besuchte die Murrays, bevor sie mit Ian zurück nach Edinburgh fuhr.

Die ganze Familie begrüßte sie überschwänglich und Brian vertraute ihr an, dass das neue Kindermädchen Karen aus Amerika eine ›blodde Kuh‹ sei. Mara musste lachen. Sie hatte Brian in einem schwachen Moment ein paar harmlose deutsche Schimpfwörter beigebracht.

»Mensch, Mara, mein Dad war ganz aus dem Häuschen, als ich ihm die Adresse von seinem Freund Karl gegeben habe. Die beiden schreiben sich schon dauernd Briefe. Vielen Dank soll ich dir noch mal sagen!«

»Gern geschehen«, antwortete Mara lächelnd und freute sich, Leslies Vater geholfen zu haben.

Dann fuhren sie in Ians altem Auto zurück nach Edinburgh. Diesmal waren sie beide guter Dinge. Mara würde spätestens im nächsten Jahr ganz nach Clachtoll zurückkommen und sie könnten sich regelmäßig sehen.

Der Abschied am Flughafen fiel Mara und Ian natürlich trotzdem schwer, doch sie hatten ja jetzt ein Ziel vor Augen.

Kapitel 11

Als Mara in Frankfurt ausgecheckt hatte, überstürmte sie Nadja mit Fragen und meinte, dass selbst sie so eine verrückte Geschichte noch nicht gebracht hätte.

Dann stiegen sie in Nadjas neues Auto, wobei ›neu‹ relativ war. Es handelte sich um einen uralten froschgrünen VW Käfer, mit dem sie nach Traunfelden zockelten.

»Also, deine Eltern haben ganz schön getobt. Aber ich glaube, mittlerweile haben sich die Wogen etwas geglättet«, erzählte Nadja während der Fahrt.

Mara verzog das Gesicht, doch sie war fest entschlossen sich durchzusetzen und schließlich war sie ja volljährig!

Sie parkten vor der Haustür, die Eltern waren beide zu Hause. Ursula und Walter saßen mit ernsten Gesichtern im Wohnzimmer, verkniffen sich aber sämtliche Kommentare.

Mara schilderte ihnen ihre Zukunftspläne klar und sachlich, sogar die Geschichte mit dem Pferd beichtete sie.

Ursula versuchte Mara zu unterbrechen und loszuschimpfen, doch Walter verlangte, dass sie ihre Tochter ausreden lassen sollte. Schließlich verließ Ursula leise vor sich hin schimpfend das Zimmer. Das musste sie erst mal verdauen!

Nadja sah ihre Nichte verwundert an. Wie sehr hatte Mara sich im letzten halben Jahr verändert! Aus dem unsicheren, missverstandenen Teenager war eine selbstbewusste junge Frau geworden.

Maras Vater war zwar nicht begeistert, doch da sie eine Lehrstelle vorzuweisen hatte, verhielt er sich zumindest einigermaßen kooperativ. Er machte seiner Tochter jedoch klar, dass sie keine finanzielle Hilfe erwarten konnte, falls es in Schottland schief gehen sollte.

Doch das war Mara egal, sie war guter Dinge. Außerdem

hatte sie ja noch das restliche Geld ihres Großvaters. Das würde hoffentlich für den Transport reichen.

Als Mara Julia am nächsten Tag besuchte, bezeichnete sie die Freundin als ›verrücktes Huhn‹. Einerseits freute Julia sich für Mara, andererseits war sie jedoch traurig, dass ihre beste Freundin weggehen würde.

»Jetzt muss ich mir doch tatsächlich noch ein Pony kaufen. Aber diesmal nehme ich dich nicht mit!«, meinte sie mit gespielt ernstem Gesicht, konnte sich dann aber das Lachen doch nicht verkneifen.

Die beiden übten jetzt regelmäßig mit Ruby in den Pferdeanhänger zu gehen. Iris hatte Mara ihren Anhänger zu Verfügung gestellt, auch wenn sie ein wenig beleidigt gewesen war, dass Mara ihr nicht erzählt hatte, dass Ruby eigentlich ihr Pferd war.

»Mensch, Mädels, ich hätte doch nichts verraten«, hatte sie mit gerunzelter Stirn gemeint. Doch Julia hatte im Brustton der Überzeugung geantwortet, bei Erwachsenen wisse man ja nie!

Wirklich böse war Iris allerdings nicht gewesen, denn auch sie hatte in ihrer Jugend einigen Blödsinn getrieben.

Anfangs waren die Übungsstunden eine frustrierende Sache, denn die kleine Stute hatte panische Angst. Doch mit Geduld und Konsequenz schafften sie es nach und nach, das Pony im Hänger anzubinden. Das kleine Pferd hatte ein unerschütterliches Vertrauen in seine Besitzerin bekommen.

Mara und Ian schrieben sich weiterhin ständig und telefonierten oft. Mara hatte ihren Eltern angeboten, einen Teil der Telefonrechnung zu übernehmen.

Ursula war noch immer sauer und verstand ihre Tochter überhaupt nicht. Sie murmelte häufig etwas von den ›verrückten Genen ihres Großvaters‹ und gab der Beziehung mit ›diesem Schotten‹ ohnehin keine Zukunft. Sie prophezeite, dass Mara in einem halben Jahr sowieso wieder reumütig vor der Tür stehen würde.

Mara ignorierte das Ganze inzwischen.

Ihr Bruder Markus hatte von Köln aus im Internet ein Pferdetransportunternehmen gefunden, das Anfang Januar zwei Pferde von Deutschland nach Carlisle an der schottischen Grenze bringen würde. Mara könnte ihr Pony dort günstig mittransportieren lassen. Ab Carlisle würde Ian sie abholen.

Mara war schon ungeduldig und wartete, dass es endlich Januar werden würde.

Nachdem Iris so nett war und Mara und Ruby gelegentlich mit dem Pferdehänger herum fuhr, übten sie mittlerweile schon, kurze Strecken zu fahren. Später, als das Pony etwas sicherer wurde, schlossen Mara und Ruby sich an, wenn jemand auf ein Turnier fuhr, und noch ein Platz im Anhänger frei war. Mara wartete dann solange, oder ritt in der Umgebung aus. Anfangs war die kleine Stute schweißgebadet und zitternd ausgestiegen, doch nach und nach wurde sie ruhiger.

Mara war jetzt fast mit den Fahrstunden fertig und hoffte, spätestens bis Weihnachten den Führerschein zu bekommen. Entgegen der Befürchtungen ihrer Eltern schrieb Ian weiterhin regelmäßig.

Er sagte sogar eines Tages, dass er etwas Geld gespart hätte und im Dezember eine Woche lang kommen würde, um sie zu besuchen, wenn Mara das wollte.

Und ob Mara wollte!

Julia war schon gespannt wie ein Flitzebogen und auch Maras Eltern waren ziemlich neugierig.

Mit dem frisch gedruckten Führerschein, dem Auto ihres Vaters und vielen Ermahnungen »Nicht zu schnell zu fahren«, »Auf den Verkehr und die Laster aufzupassen« und freudiger Erwartung, machte sich Mara Mitte Dezember auf den Weg nach Frankfurt.

Ian begrüßte sie am Flughafen stürmisch mit einer roten Rose in der Hand. Auch für Maras Mutter hatte er einen Blumenstrauß gekauft.

»To tame the dragon«, wie er grinsend meinte.

Er sah etwas gestresst aus und verkündete, dass er wohl so schnell nicht mehr in so eine ›Höllenmaschine‹ steigen würde. Mara rechnete es ihm hoch an, dass er extra wegen ihr geflogen war.

Ian war überrascht, dass Mara schon den Führerschein hatte und als sie auf die Straße einbog schrie er: »Falsche Seite!«

Mara zuckte zusammen und verriss beinahe das Steuer, doch Ian meinte entschuldigend: »Oh, Sorry, ihr fahrt ja rechts!«

Mara war reichlich bleich geworden und sagte wütend: »Mach so was bloß nicht noch mal!«

Ian zuckte verlegen mit den Achseln.

Der Himmel war bleigrau und überall lagen aufgetaute Schneereste herum. Ian blickte sich neugierig um. Er war nur einmal als Kind mit seinen Eltern in Neuseeland im Urlaub gewesen und sonst noch nicht viel herumgekommen.

»Da soll noch mal einer was gegen das schottische Wetter sagen«, murmelte er und blickte auf die dreckigen Pfützen.

Mara musste sich sehr auf den Verkehr konzentrieren. Ian saß mit großen Augen neben ihr und schrak jedes Mal zusammen, wenn ein Auto mit überhöhter Geschwindigkeit an ihnen vorbei raste, oder so dicht auffuhr, dass man die

Lichter des hinteren Autos nicht mehr erkennen konnte. »Sind die denn alle verrückt?«, fragte er entsetzt. »Die Polizei muss die doch alle einsperren, die fahren ja über neunzig Meilen pro Stunde.«

Mara erklärte, dass es in Deutschland keine Geschwindigkeitsbegrenzungen auf Autobahnen gab, außer, es standen spezielle Schilder am Straßenrand.

Darüber schüttelte Ian den Kopf und konnte es gar nicht fassen.

»Tja, hier hat es eben jeder eilig«, grinste Mara.

Als wenig später ein Mann mit Anzug und Krawatte in einem glänzenden BMW dicht hinter ihnen auffuhr, Lichthupe gab, und dann beim Überholen auch noch wüste Gesten machte, schimpfte Ian: »Den sollte man an seiner Krawatte am nächsten Baum aufhängen!« So etwas Unhöfliches hatte er bisher noch nicht erlebt!

Mara war mittlerweile auch ziemlich nervös, so lange fuhr sie ja dann doch noch nicht Auto. So war sie erleichtert, als sie endlich vor ihrem Haus ankamen.

Die Eltern warteten schon auf sie und waren zwar höflich, aber doch eher reserviert. Der Blumenstrauß verfehlte seine Wirkung zumindest nicht vollkommen und zauberte so etwas wie ein Lächeln auf Ursulas Gesicht.

Walter bekam eine Flasche Whisky und Diana, die seit neuestem Fußballfan war, ein David Beckham T-Shirt, das sie sich schon lange gewünscht hatte. Sie stammelte irgendetwas und lief knallrot an.

Ian wurde im Gästezimmer einquartiert, wo Mara und Ian sich lachend umarmten.

»Die erste Schlacht ist geschlagen!«, verkündete Ian.

Dann wollten sie zum Stall fahren. Diesmal nahmen sie die Fahrräder, denn Mara wollte die Großzügigkeit ihrer

Eltern nicht überstrapazieren.

Mara konnte Ian nur mühsam davon abhalten, ständig auf der falschen Straßenseite zu fahren, doch schließlich kamen sie wohlbehalten am Bauernhof an.

Die Pferde standen in den Boxen und kauten genüsslich an ihrem Heu herum, Julia war wohl noch in der Schule. Mara öffnete die Box und das Pony kam mit gespitzten Ohren auf sie zu.

Ian wurde von der kleinen Stute etwas kritisch beäugt, doch als er mit ruhiger Stimme auf sie einredete, entspannte sie sich und ließ sich sogar von ihm streicheln.

»Ruby mag dich! Sonst hat sie besonders vor Männern Angst«, sagte Mara erstaunt.

Ian hatte den Arm um das Pony gelegt und kraulte es unter dem Kopf.

»Tja, Highlandblut erkennt sich halt!«, meinte er überzeugt.

Später machten sie einen gemeinsamen Spaziergang mit Ruby.

Das Abendessen verlief recht schweigsam, mit peinlichen Pausen. Keiner wusste, wie er mit dem anderen umgehen sollte. Obwohl Ian die Kochkünste von Maras Mutter lobte, es gab Schnitzel mit Kartoffelsalat, blieben die Eltern reserviert. Ursula konnte mit ihrem lange nicht mehr benötigten Schulenglisch sowieso kaum am Gespräch teilnehmen.

Ian entschuldigte sich schließlich, dass er einen langen Tag gehabt hatte und so gingen alle bald ins Bett. Jeder in sein eigenes, versteht sich!

Doch nachts klopfte es leise an Maras Tür und ein verschmitzt lächelnder Ian spitzte durch den Türschlitz.

»Kann ich reinkommen?«

»Klar«, antwortete Mara, und so quetschten sie sich in

Maras enges Bett und schliefen Arm in Arm ein.

Die nächsten Tage unternahmen sie viel, gingen in die Stadt, besichtigten Würzburg und trafen sich häufig mit Julia.
Die hatte Mara zur Seite genommen und gemeint: »Der ist ja echt süß, hat er vielleicht noch 'nen Bruder?!«
Ian und Julia verstanden sich sehr gut, wobei Julia ziemliche Schwierigkeiten mit dem schottischen Dialekt hatte. Und das, obwohl Ian sich wirklich bemühte deutlich zu sprechen und keine schottischen Ausdrücke zu verwenden. Allerdings gelang es ihnen dann doch, sich mit Händen und Füßen zu verständigen und die drei hatten viel Spaß miteinander.
Den größten Triumph erlebte Mara, als sie eines Abends in einer Kneipe die eingebildete Sandy aus Maras früherer Klasse trafen. Sandy war mit einem schmächtigen, pickeligen Typen, der einen Kopf kleiner war als sie, unterwegs. Sie verrenkte sich fast den Hals und schaute ununterbrochen zu Mara und Ian herüber.
Auf Ians Frage erklärte Mara, dass das die Klassenschönheit in ihrer Schule gewesen sei, die alle Jungs verrückt gemacht hatte.
Doch Ian meinte: »Was soll an der den hübsch sein? Die sieht ja aus, als ob sie in einen Farbtopf gefallen wäre und einen dicken Hintern hat sie auch!« Dann gab er ihr einen Kuss und sagte überzeugt: »Meine Lass ist viel hübscher!«
Das ging Mara natürlich runter wie Öl.

An einem der folgenden Tage, der Schnee fiel dicht vom Himmel, ritten sie zum Druidenhain. Ian hatte sich Nathano ausgeliehen. Die Verbundenheit des Highlandblutes hatte für das Pony wohl nicht ausgereicht, um Ian auf sich reiten zu lassen. Bei einem Proberitt auf der Koppel war er im Matsch gelandet.

Doch Ian hatte es mit Humor genommen, war schlammbespritzt aufgestanden und hatte gemeint, er sähe jetzt wohl aus wie das Monster von Loch Ness!

Auch Ian gefiel der ruhige Ort im Wald. Mara erzählte, wie oft sie hier gewesen war und von fremden Ländern geträumt hatte.

»Ich kann verstehen, dass es dir hier gefällt. Das wäre sicher auch mein Lieblingsplatz gewesen!«, meinte er, als sie durch die Felsenlandschaft ritten.

Sie kamen gerade durchgefroren mit den Rädern zurück, als sie Maras Mutter und Frau Schmitz, mit Schneeschaufel und Besen bewaffnet, am Gartenzaun stehen sahen. Als sie näher kamen, verstummte das Gespräch.

Ian flüsterte Mara ins Ohr: »Sind die gerade gelandet, oder fliegen sie noch weg?«

Mara musste sich heftig auf die Lippen beißen, um nicht laut loszulachen. Sie grüßten höflich und verschwanden dann schnell in der Haustür.

»Geh doch schon mal hoch, ich komme gleich nach«, schlug Mara vor.

Als Ian weg war, öffnete Mara die Tür einen Spalt breit und spitzte die Ohren.

Frau Schmitz schimpfte gerade lauthals über Ausländer und fragte Maras Mutter mit einem Kopfnicken in Richtung Haus: »Und was ist das für einer? Ein Kroate oder so was, hä?«

»Nein, er kommt aus Schottland«, antwortete Ursula mit säuerlicher Miene und fügte mit wissendem Gesichtsausdruck hinzu: »Das liegt in England! Ja, und stellen sie sich vor, ab Januar geht Dörthe ganz dort hin und wird ...«

Mara konnte den verächtlichen Blick ihrer Mutter beinahe spüren.

»... TIERARZTHELFERIN!«

Mara sah, wie Frau Schmitz fassungslos den Kopf schüttelte. Dann ließen sich die beiden Frauen darüber aus, wie unvernünftig es sei, in ein fremdes und unzivilisiertes Land zu gehen. Hier in Deutschland sei es doch viel sicherer und Mara hätte doch so schön eine Lehre in der Bank ihres Vaters anfangen können. In Schottland gäbe es ja wahrscheinlich noch nicht einmal Strom und sanitäre Einrichtungen!

Mara schloss die Tür – sie hatte genug gehört!

Draußen schippten die beiden Frauen mit verbissenen Gesichtern unter rhythmischem Kratzen den Schnee auf die Straße, wo er sich in grauen Matsch verwandelte.

Mara traf Ian im ersten Stock, als er gerade mit verstrubbelten Haaren aus dem Bad kam.

»Hey, was machst du denn für ein Gesicht?«, fragte er und zwickte sie spielerisch in die Nase.

Mara hob resigniert die Schultern. »Ach weißt du, deine Großeltern waren so nett zu mir, und meine Eltern sind so komisch«, sagte Mara unglücklich.

Ian streichelte ihr zärtlich über die Wange.

»Mach dir keine Gedanken, das ist mir egal. Außerdem bin ich ja schließlich nicht mit deinen Eltern zusammen, sondern mit dir!«

Zwar war Mara nicht überzeugt, nickte dann aber doch und verschwand in ihrem Zimmer.

Beim Abendessen versuchten Ursula und Walter, Ian über seine Familie und Zukunftspläne auszuquetschen.

Als er erzählte, dass seine Eltern schon seit einiger Zeit ein Whiskygeschäft in Neuseeland besaßen, Walter musste das übersetzen, murmelte Ursula auf Deutsch: »So was hat man sich ja denken können. Auch solche merkwürdigen Leute.«

Mara warf ihr einen vernichtenden Blick zu, und Diana meinte verständnislos: »Neuseeland ist doch cool!«

Doch Ian, der natürlich nichts verstanden hatte, fuhr unbekümmert fort und erzählte, dass er vielleicht in ein paar Jahren mit in die Tierarztpraxis von Dr. MacGregor einsteigen würde.

»Ja, meinen Sie nicht, dass man in der Forschung mehr Geld verdienen könnte?«, fragte Maras Vater kritisch.

Ian zuckte mit den Achseln und sagte einfach: »Geld allein macht doch auch nicht glücklich, oder?«

Er zwinkerte Mara zu und drückte unter dem Tisch ihre Hand.

Einmal machten sie noch einen gemeinsamen Ausritt mit Julia, die sich extra ihren alten Freund ›Sepp‹ ausgeliehen hatte, um mitreiten zu können.

Julia versuchte, in wüst gebrochenem Englisch, die Geschichte von Albert, dem rotköpfigen Bauern, zu erzählen und musste dabei so sehr lachen, dass sie beinahe von dem gemütlichen Sepp fiel.

Ian hatte zwar nicht alles verstanden, meinte aber knurrend, Mara könnte man wohl wirklich nicht allein lassen und ihre Freundin sei da auch nicht besser. Den Bauern bezeichnete er als gemeingefährlich und feige. Wie konnte denn jemand auf zwei Mädchen losgehen? Sein Urgroßvater hätte den wahrscheinlich mit der Flinte erschossen, und auch Ian schien von dem Gedanken nicht ganz abgeneigt. Auf diesem Ritt trafen sie ihn allerdings nicht, worum Mara nicht wirklich böse war.

Die Woche endete viel zu schnell für die beiden und Mara fuhr Ian wieder zurück zum Flughafen. Die Fahrt auf der Autobahn bezeichnete er als ›Trip durch die Hölle‹.
»Oh Mann, und ich habe schon gedacht, Edinburgh sei hektisch! Also mal ehrlich, ich würde hier auch nicht leben wollen. Zum Glück muss ich dich erst in England mit dem Pferdeanhänger holen«, sagte er schließlich.
Auch Mara freute sich, dass sie in ungefähr vier Wochen wieder in Schottland wäre. Innerlich hatte sie mit Deutschland schon längst abgeschlossen.

Zu Weihnachten traf sich wieder einmal die ganze Familie bei Maras Großeltern in Würzburg. Sie lebten in einer steril wirkenden Villa in einem noblen Wohngebiet. Diesmal waren es über vierzig Gäste.
Nadja hatte Glück gehabt. Sie war zurzeit in Neuseeland und verfasste einen Bericht über die Nordinsel und seine Sehenswürdigkeiten. So blieben ihr Tante Martha, der Walfisch, und Diskussionen über Cholesterinwerte erspart. Sehr zum Missfallen von Mara, die ziemlich verloren in der Gegend herumstand.
Natürlich wurde auch über Maras Auswanderung geredet und die Verwandten versuchten, sie in letzter Minute noch umzustimmen.
Mara, die sich vorgenommen hatte, sich nicht aufzuregen, ließ alles mit aufgesetztem Lächeln über sich ergehen. Sie dachte an Ian und die lustigen Feste, die sie mit Leslie und John verbracht hatte.
Irgendwann ließ die Verwandtschaft sie in Ruhe. Mara stellte sich an den Rand und blickte sich um. Das Buffet war riesig und die Verwandten standen in kleinen Grüppchen beieinander. Alle unterhielten sich betont höflich mitein-

ander.
Markus hatte seine neue Freundin mitgenommen. Sie hieß Linda, studierte mit ihm zusammen und war die Tochter eines Großindustriellen aus Essen, mit deren Vater schon Opa Theodor Geschäfte gemacht hatte. Die Eltern hatten Markus' Wahl natürlich begrüßt und auch der Rest der Verwandtschaft war ganz entzückt von der gepflegten, eleganten Linda. Sie hatte modisch geschnittene, kurze blonde Haare und eine modeltaugliche Figur. Außerdem trug Linda ein wahrscheinlich sündhaft teures maßgeschneidertes Kostüm.

Doch Mara fand sie zu kühl und irgendwie wirkte Linda auf sie gefühllos und affektiert. Sie passte doch gar nicht zu ihrem eigentlich lustigen und lockeren Bruder!

Der bereits etwas angetrunkene Großonkel Willi kam zu Mara herübergeschlendert und meinte: »Na, da hat sich dein Bruder aber mal eine hübsche Partie geangelt. Ich habe gehört, du hast auch einen Freund. Warum hast du den denn nicht mitgebracht?« Er legte den Arm um sie und tätschelte sie mit seinen dicken, wurstigen Fingern unbeholfen an der Schulter.

Mara machte ein angewidertes Gesicht und wand sich aus Onkel Willis Umarmung.

»Ian musste wieder nach Hause«, sagte sie knapp und hatte irgendwie das Gefühl, sich waschen zu müssen.

»Ha, ha, gleich nach einer Woche wieder abgehauen. Na ja, man weiß ja, dass die Schotten geizig sind. Und einem Mann im Rock kann man sowieso nicht trauen!« Onkel Willi schüttelte sich vor Lachen und schlug sich auf die Schenkel.

Mara stieg die Zornesröte ins Gesicht. Mit eiskalter Stimme sagte sie: »Na ja, deine Großzügigkeit kennt man ja.

Sandra wird das wohl bestätigen können!«

Damit wandte sich Mara ohne ein weiteres Wort ab und ging aus dem Zimmer. Hinter sich hörte sie Onkel Willi nach Luft schnappen.

Onkel Willi hatte sich mit seiner ältesten Tochter Sandra vor über zehn Jahren verstritten, die ihn irgendwann mal um Geld gebeten hatte, als sie arbeitslos geworden war. Onkel Willi, der ein gutgehendes Baugeschäft besaß, hatte abgelehnt und seitdem redeten die beiden nicht mehr miteinander. Natürlich war das ein Thema, das normalerweise niemand in Willis Anwesenheit anschnitt. Mara hatte voll ins Schwarze getroffen.

Sie ging an die frische Luft, es war feuchtkalt und leichter Schneeregen fiel vom Himmel. Mara wünschte sich nur noch eins – endlich in Schottland zu sein.

Sie verbrachten noch den ersten Feiertag bei den Großeltern, dann hatte sie es überstanden.

Auf der Heimfahrt redeten die Eltern über die Verwandtschaft und unter anderem auch über Onkel Willi.

»Also sag mal, Walter, der arme Willi hat ja ausgesehen, als ob er einen Herzinfarkt bekommt, und dann hat er sich furchtbar betrunken!«, sagte Ursula kopfschüttelnd zu ihrem Mann.

Walter, der gerade von einem weißen Kleinlaster bedrängt wurde, der ihm an der Stossstange klebte, konnte nicht sofort antworten.

»Na ja, irgendetwas muss ihn furchtbar aufgeregt haben. Aber Sandra war doch gar nicht da!?«

Diana, die mit Mara auf der Rückbank saß, stupste sie an und flüsterte: »Warst du das? Ich habe euch reden gesehen, und dann ist er angelaufen wie ein Feuerlöscher.«

Mara legte einen Finger auf die Lippen und antwortete leise: »Erzähl ich dir später mal!«
Diana grinste und zog sich die Hörer ihres Discman über die Ohren.

Markus und Linda waren in Markus' Auto hinterhergefahren, sie wollten noch ein paar Tage in Traunfelden bleiben. Linda tat alles, um den Eltern zu gefallen. Sie war betont höflich und tauschte sogar mit Frau Schmitz Nettigkeiten aus.

Mara ging sie furchtbar auf die Nerven. Sie wurden einfach nicht warm miteinander, obwohl Linda nur zwei Jahre älter war.

»Du hast doch ein eigenes Pferd, habe ich gehört, ich hatte mit vierzehn Jahren auch mal Reitstunden«, erzählte Linda eines Morgens beim Frühstück, während sie mit abgespreiztem Finger an ihrem Kaffee nippte.

»Oh, dann nimm sie doch mit, Dörthe, dann kann Linda mal wieder reiten, wenn sie möchte«, schlug Ursula begeistert mit einem Lächeln zu Linda vor.

Mara verdrehte die Augen.

Aha, dafür ist mein Pferd also gut genug, sonst wird Ruby ja auch konsequent ignoriert, dachte sie wütend.

Mara konnte sich die eingebildete Ziege beim besten Willen nicht auf ihrem Pony vorstellen. Doch dann kam ihr der Gedanke, dass Ruby Linda wahrscheinlich sowieso im Matsch abladen würde.

Mara setzte ein freundliches Lächeln auf und meinte: »Na klar, komm doch einfach mit.«

Sie fuhren in Ursulas Auto zum Stall, die Fahrt über herrschte peinliches Schweigen. Linda hatte sich von Mara eine Reithose ausgeborgt, die ihr allerdings etwas zu kurz war. Ansonsten war Linda wie immer perfekt gestylt.

»Ich weiß gar nicht, ob Ruby dich überhaupt drauflässt. Sie ist da etwas eigen«, warnte Mara sie vorsichtshalber, sonst würde es nur wieder Ärger geben.

»Also, ich hatte einen wirklich guten Reitlehrer, der war sogar für Olympia qualifiziert«, erwiderte Linda arrogant und zog sich im Spiegel die Lippen nach.

Mara zuckte mit den Achseln, zumindest hatte sie Linda vorgewarnt.

Auf dem Bauernhof stiegen sie aus, der Regen der letzten Tage hatte den Boden ziemlich aufgeweicht.

Linda rümpfte die Nase und watete mit angewidertem Gesichtsausdruck durch den Matsch. Sie hatte nur Turnschuhe an.

Mara zeigte ihr den Stall und die Koppeln und verdrehte hinter Lindas Rücken die Augen, als Julia aus dem Haus ihrer Großeltern kam.

Die grinste und schnappte sich eine Schubkarre.

»I mooo amol ausmisdn dunn!«, sagte Julia in absolut übertriebenem Dialekt und schob die Schubkarre vor sich her, wobei sie absichtlich einen Buckel machte.

Linda zog die perfekten Augenbrauen hoch und starrte Julia verständnislos hinterher. Sie hatte selbstverständlich nicht verstanden, dass Julia beabsichtigte, auszumisten!

Mara konnte sich nur mit Mühe ein Lachen verbeißen.

»Ich hole Ruby mal von der Koppel«, sagte sie und lachte den ganzen Weg über die Wiese vor sich hin.

Julia lief ihr hinterher und fragte: »Was ist das denn für eine Ziege?«

Mara verzog das Gesicht.

»Die neue Freundin von meinem Bruder. Linda ist total eingebildet. Hoffentlich schmeißt Ruby sie in den Matsch!«

Julia führte Nathano in seine Box und mistete weiter aus.

»Oh, was für ein schönes Tier«, rief Linda aus und streichelte Nathano durch die Gitterstäbe.

»Ähm, das ist mein Pferd«, stellte Mara richtig und deutete auf das Pony, das neben ihr stand.

»Oh, na ja, ziemlich klein und zottelig.« Linda warf dem Pony einen verächtlichen Blick zu. »Und so dreckig!«

»Tja, die müssen wir wohl vor dem Reiten putzen«, meinte Mara und klopfte ihrem Pferd, das sich vor einiger Zeit gewälzt haben musste, auf das Hinterteil, dass der Staub nur so aufwirbelte.

Julia ging nun zu Rubys Box und mistete dort aus. Sie bückte sich und machte Mara ein Zeichen, als ob sie sich übergeben müsste.

Die versuchte vergeblich, sich ein Grinsen zu verkneifen.

»Ich glaube, ich habe heute doch keine Lust zu reiten«, verkündete Linda gerade und lehnte sich lässig an die offene Boxentür, in der die Schubkarre stand.

Julia hatte gerade eine Ladung frischen Mist auf der Gabel, die sie mit Karacho auf die entsetzt aufkreischende Linda warf. An der klebten jetzt von der Taille abwärts frische Pferdeäpfel und vollgepinkeltes Stroh.

Mara prustete los und Julia sagte mit hinterhältigem Grinsen: »Oh, das tut mir aber leid. Jetzt habe ich doch tatsächlich die Schubkarre verfehlt!«

»Igitt, ich muss sofort nach Hause! Mara, bitte fahr mich zurück.« Linda hatte vollkommen die Fassung verloren.

Mara liefen schon vor lauter Lachen Tränen die Wangen herunter. Sie hielt Linda die Autoschlüssel hin und erklärte, dass sie noch bleiben würde. Julia würde sie bestimmt später mit dem Roller heimfahren.

»Joh«, verkündete Julia mit vorgeschobenem Kinn und

nickte nachdrücklich.

Als Linda aus dem Stall stolziert war, prusteten beide los und setzten sich ins Stroh. Sie lachten, bis ihnen alles wehtat. Diese Linda war doch zu dämlich gewesen!

Zu Hause musste sich Mara natürlich Vorwürfe machen lassen, doch das war ihr das Ganze wert gewesen. Sie war sich keiner Schuld bewusst, schließlich hatte sie ja angeboten, Linda reiten zu lassen und sie auch noch gewarnt! Sogar Markus konnte sich ein Lachen nicht ganz verkneifen, was Linda natürlich mit einem sehr bösen Blick quittierte.

Der Abreisetermin rückte nun immer näher und Mara wurde zunehmend nervös. Sie hatte bereits die wichtigsten Sachen zusammengepackt.

Das Pony blieb jetzt einigermaßen ruhig im Hänger, doch Mara packten immer wieder die Zweifel. Konnte sie ihrem Pferd die lange Reise wirklich antun?

Julia und Iris beruhigten sie immer wieder.

»Keiner kann so gut mit Ruby umgehen wie du. Ihr beide gehört wirklich zusammen, das kann doch jeder sehen!«

Markus hatte ihr bei dem ganzen Behördenkram und den Ausfuhrbestimmungen geholfen.

Der große Bruder hatte sie eines Tages in den Arm genommen und gemeint: »Fast beneide ich dich ein bisschen. Du bist die Erste, die aus diesem Alltagstrott ausbricht!«

Mara hatte gesagt, er könne das doch genauso tun, es sei ja schließlich sein Leben, aber Markus hatte nur mit den Schultern gezuckt.

Kapitel 12

Endlich war der große Tag gekommen. Am nächsten Morgen sollte das Pony verladen, und mit zwei Arabern transportiert werden. Mara wollte im Transporter mitfahren.

Sie redete am Abend über zwei Stunden mit Ian, der versuchte, sie zu beruhigen, aber trotzdem konnte Mara in dieser Nacht kaum schlafen.

Am nächsten Morgen verabschiedete sich Mara von ihren Eltern, die ziemlich traurig und bedrückt aussahen, ihr aber viel Glück wünschten.

Auch Mara hatte ein komisches Gefühl in der Magengegend. Sie würde jetzt das Haus, in dem sie aufgewachsen war, wahrscheinlich für immer verlassen und nur selten zu Besuch zurückkommen.

Diana versprach, sie in den Ferien zu besuchen, dann fuhr Markus Mara mit ihrem ganzen Gepäck zum Stall.

Eine aufgedrehte Julia erwartete sie dort bereits. Sie schenkte Mara ein schönes neues Halfter für ihr Pferd und versprach unter Tränen, sie in den nächsten Sommerferien besuchen zu kommen. Die beiden Freundinnen umarmten sich – sie würden sich sicherlich vermissen.

Dann versuchte Mara, sich zu beruhigen und legte Ruby Transportgamaschen und eine Decke an.

Der Transporter fuhr in den Hof und ein freundlich wirkender Mann um die vierzig mit Baseballkappe stieg aus.

»Na, wo ist denn mein Fahrgast?«, fragte er.

Mara kam mit ihrem Pony am Strick aus dem Stall, und die Stute beäugte den Transporter kritisch. Sie brauchten einige Anläufe, bis das Pony im Transporter festgebunden werden konnte. Dann ging es los.

Sie fuhren den ganzen Tag durch. Gelegentlich hielten sie

an, um die Pferde zu tränken oder Heunetze nachzufüllen. Das Pony wirkte zwar deutlich angespannt, doch da Mara regelmäßig zu ihm kam, war es scheinbar nicht ganz so schlimm.

In Frankreich konnten sich die Pferde über Nacht in einem Reitstall ausruhen und am nächsten Tag sollte es im Eurotunnel nach England gehen.

Mara blieb lange bei ihrem Pferd in der Box sitzen, sie waren beide ziemlich geschafft. Mara schlief auf der Rückbank des Transporters, und Harry, der Fahrer, auf dem Fahrersitz.

Am nächsten Tag ging es schon sehr früh weiter. Sie wurden an der Grenze kontrolliert, dann fuhren sie durch den Tunnel. Nach einer weiteren Kontrolle in England ging es über lange Autobahnen in Richtung Norden.

Harry war lustig und unterhielt Mara die ganze Fahrt über mit witzigen Geschichten. So lenkte er sie von ihren Sorgen ab.

Hoffentlich übersteht Ruby das alles gut, dachte sie immer wieder.

Sie hielten irgendwo in Mittelengland an, um zu schlafen. Diesmal hatten sie keinen Stall und die Pferde mussten im Transporter bleiben.

Mara blieb fast die ganze Nacht bei ihrem Pferd sitzen und redete mit ihr. Früh war sie vollkommen steif, durchgefroren und todmüde.

Die Stute war zwar ruhig, man merkte jedoch deutlich, dass sie sich nicht wohl fühlte.

Im Morgengrauen fuhren sie weiter und kamen am späten Nachmittag in Carlisle an.

Mara sah schon von weitem, wie Ian aufgeregt im Hof

herumlief. Die beiden fielen sich in die Arme, dann luden sie die Pferde aus.

»Wow, die Kleine ist ja ganz schön durch den Wind«, meinte Ian kritisch. Das Pony tänzelte wild schnaubend am Strick herum.

Die Besitzerin des Reitstalls bot Mara an, ihr Pferd doch erst mal in der Halle laufen zu lassen. Sie könnten solange zusammen einen Tee oder Kaffee trinken.

Mara nahm dankend an. Das Pony galoppierte schnaubend ein paar Runden und wälzte sich dann genüsslich im Sand.

Nach einer Stunde Kaffeepause verluden sie Ruby in einen Hänger, den Ian ausgeliehen hatte. Die kleine Stute tappte mit hängendem Kopf hinter Mara her. Ihr tat das Pferd wirklich leid.

»Wir sind bald zu Hause, Ruby, keine Angst«, sagte sie seufzend und kletterte durch die kleine Tür nach draußen.

Sie fuhren die ganze Nacht durch.

Mara war irgendwann eingeschlafen, als sie gegen 5 Uhr früh aufwachte, konnte sie schemenhaft die Umrisse der Berge erkennen. Zum Glück hatte es nicht geschneit und die Straßen waren frei.

Mara streckte sich gähnend und fragte: »Wo sind wir denn jetzt?«

»Kurz vor Fort Augustus«, antwortete Ian, der auch müde aussah. »Na ja, eine Stunde bis Inverness, dann noch drei oder vier bis Clachtoll.«

»Ich würde ja auch mal fahren, aber ich habe meinen Führerschein noch nicht so lange, und na ja mit Anhänger ...«, sagte Mara mit schlechtem Gewissen.

Ian winkte ab. »Ach was, ich trinke nachher 'nen Kaffee und dann geht's schon wieder.«

Sie hielten auf einem Rastplatz kurz vor Inverness an,

tränkten das Pony, aßen selbst eine Kleinigkeit und fuhren anschließend weiter.

Ein nebelverhangener Morgen bahnte sich langsam seinen Weg durch die dichte Wolkendecke. Die fernen Berge waren schneebedeckt.

Mara und Ian hatten irgendwann angefangen, irische und schottische Lieder zu singen, um sich wach zu halten. Das alte Radio hatte schon vor einigen Wochen seinen Geist aufgegeben.

So trällerten sie gutgelaunt in den schrägsten Tönen vor sich hin und fuhren über die fast menschenleeren Straßen. Jetzt war es nicht mehr allzu weit, in ein paar Stunden würden sie am Ziel sein.

Mara blickte glücklich aus dem Fenster. Diesmal kam sie wirklich und endgültig nach Hause. Alle Zweifel der letzten Wochen und Monate waren wie weggewischt. Sie wusste jetzt, dass sie das Richtige tat.

»Vielleicht reißt es ja noch auf«, meinte Ian mit etwas gezwungenem Lächeln. Er konnte kaum noch die Augen aufhalten und starrte konzentriert auf die Straße.

Doch als sie einen steilen Pass in die Berge hinauffuhren, waren die Straßen plötzlich leicht mit Schnee bedeckt und es begann jetzt auch noch aus den tiefhängenden Wolken zu schneien.

Ian fluchte, öffnete das Fenster und hoffte, dass er wach bleiben würde. Er war jetzt wirklich todmüde, und dann auch noch der Schnee!

Das Schneetreiben wurde immer dichter und die Fahrbahn war innerhalb von Minuten bedeckt. Ian hielt an und rieb sich die Augen.

»Mist, ich glaube, wir können nicht weiter, die Reifen von dem Anhänger sind nicht die Besten. Wenn ich ins Rutschen komme, dann landen wir mitsamt dem Anhänger in irgendeinem Graben, oder noch schlimmer, an einem Felsen«, sagte er besorgt.

Mara schaute kritisch aus dem Fenster.

»Sollen wir dann im Auto bleiben, bis es aufhört?«

Ian zuckte mit den Achseln.

»Ich weiß nicht, wann es aufhört. Vielleicht ist ja hier irgendwo eine Farm oder ein Haus. Dann können wir dort warten, bis das Wetter besser wird. So eine Scheiße, der Wetterbericht hat keinen Schnee für die Highlands gemeldet!«, schimpfte er, reichlich müde und genervt. »Pass auf, ich fahre jetzt den Anhänger in die nächste Einbuchtung. Dann laufe ich los und schau mal, ob irgendwo ein Haus kommt.«

»Dann nimm doch lieber das Auto. Ich lade Ruby aus und warte draußen mit ihr«, schlug Mara vor.

»Nein, dann werdet ihr ja klatschnass«, widersprach Ian und blickte aus dem Fenster. Dicke Flocken fielen vom Himmel und man konnte kaum noch die Straße erkennen.

»Na prima, dann wirst du klatschnass!«, meinte Mara.

»Ich will dich aber nicht hier mitten in diesem Schneesturm mit dem Pony auf der Straße stehen lassen! Am Ende geht sie dir noch durch. Also, du bleibst hier und ich gehe«, sagte er mit einem Gesichtsausdruck, den Granny Kate hundertprozentig als ›MacKinnon Dickschädel‹ bezeichnet hätte.

Mara seufzte resigniert. »Also gut!«

Ian fand eine Haltebucht und fuhr im Schneckentempo hinein. Auch jetzt schlingerte der Hänger schon gefährlich.

Dann gab er Mara einen Kuss, angelte nach einer Decke auf dem Rücksitz und sagte bedauernd: »Nimm die Decke, ich habe keine Standheizung.«

Seufzend stieg er aus und verschwand im Schneesturm.

Kurze Zeit später ging Mara hinaus zu ihrem Pony, das dösend im Anhänger stand und von der ganzen Aufregung nichts mitbekam. Sie setzte sich auf den Boden und wickelte sich in die Decke.

Mara hatte keine Uhr, aber eine Ewigkeit schien zu vergehen. Draußen schneite es unablässig weiter, dicke, schwere Flocken fielen vom Himmel und ein heftiger Wind hatte eingesetzt, der immer wieder den Anhänger durchschüttelte. Mara stand auf und streichelte ihr Pferd, um es zu beruhigen.

Sie war schon total durchgefroren, als endlich die Tür des Anhängers aufging und Ian mit Schnee auf dem Kopf und den Schultern hereinkam.

»Ach da bist du«, sagte er undeutlich.

Er brachte kaum noch den Mund auf, sein ganzes Gesicht war eingefroren. Windböen ließen den Hänger schwanken. Das Pony wurde unruhig und wieherte.

»Komm her!« Mara legte ihm die Decke um die Schultern.

Ian blies sich in die erfrorenen Hände und sagte dann: »Ein Stück die Straße hoch habe ich Lichter gesehen. Ich denke, dort können wir hingehen.«

»Hast du nicht zuerst gefragt, ob wir kommen können?«, fragte Mara ungläubig.

Ian schüttelte den Kopf. »Ich bin nicht ganz hingelaufen, ich wollte so schnell wie möglich zurück. Die lassen uns bestimmt bei sich bleiben, bis es aufhört zu schneien.«

Zwar machte Mara ein wenig überzeugtes Gesicht, doch sie hatten wohl keine Wahl. Im Auto oder im Hänger wäre es zu kalt, um längere Zeit dort zu bleiben.

Im tobenden Schneesturm luden sie das verwirrte Pony aus und machten sich dann auf den Weg über die verschneite Straße, deren Ränder man schon gar nicht mehr sehen konnte. Kein einziges Auto kam ihnen entgegen.

Mara hatte noch schnell einen Schal und zwei paar Handschuhe aus ihrem Koffer geholt, doch Ian passten sie nicht. Sie hatten sich die Kapuzen ins Gesicht gezogen und kämpften gegen den stärker werdenden Wind an.

Die kleine Stute lief mit gesenktem Kopf vertrauensvoll hinter Mara her. Die Straße zog sich weiter bergauf und nur die Schneepfosten am Rand verhinderten, dass sie von ihrem Weg abkamen. Der Schnee war jetzt schon mehr als knöchelhoch und pappig. Es war sehr anstrengend, darin zu laufen.

Irgendwann hielt Mara an und keuchte heftig. Sie hatte die letzten Nächte kaum geschlafen und war total erschöpft.

Ian bemerkte es zunächst nicht, dann kam er zurück und schrie gegen den Wind: »Was ist denn, wir müssen weiter!«

Mara lehnte sich an ihr Pony, das ebenfalls klatschnass mit gesenktem Kopf im tiefen Schnee stand und rief mit halb erfrorenen Lippen: »Ich kann nicht mehr!«

Ian kam näher und beugte sich zu ihr hinunter, dann sagte er ebenfalls undeutlich: »Es kann nicht mehr weit sein. Komm, wir haben es bald geschafft.«

Er nahm Mara an der Hand und zog sie mit sich. Sie zerrte ihrerseits das müde Pony hinter sich her.

Sie stolperten mit dem Pony durch den Schnee, doch die Lichter waren immer noch nicht zu sehen. Die Schneeflocken wurden immer schwerer und dichter, der eiskalte Wind fuhr ihnen durch die Kleider. Irgendwann blieb Mara einfach stehen und rührte sich nicht mehr.

»Verdammt, ich kann jetzt echt nicht mehr«, rief sie aus und setzte sich in den Schnee.

Ian kniete sich neben sie und sagte eindringlich: »Du

kannst da nicht sitzen bleiben, das ist viel zu kalt!«

Er nahm ihr Hände in seine, die, wie sie sah, auch schon ganz blau waren, und versuchte, sie warm zu reiben.

»Komm, setz dich auf Ruby, ich führe dich«, bot Ian an.

Mara schüttelte den Kopf. »Nein, die kann auch nicht mehr!«

Das Pony stand mit in Windrichtung gedrehtem Hinterteil im Schnee und sah wirklich erschöpft und müde aus. Mara stand schließlich seufzend auf. Ian nahm sie erneut an der Hand und sie stapften weiter mit dem Pony am Strick durch den Schnee. Mara erschien es wie eine kleine Ewigkeit, doch dann konnten sie in der Ferne endlich Lichter sehen.

Mit letzter Kraft stolperten sie in einen großen Farmhof. Sie gingen zur Tür des Hauses und Mara ließ sich einfach erschöpft in den Eingang sinken. Ihr Pony stand mit hängenden Ohren neben ihr und stupste sie an.

Ian konnte sich selbst kaum noch auf den Beinen halten. Er klingelte und lehnte sich dann an den Türrahmen.

Kurze Zeit später öffnete ein Mann Mitte dreißig mit wirren roten Haaren. Er war in eine alte Jeans und einen dicken Schafspulli gekleidet. Er machte ein erstauntes Gesicht, als er die zwei vermummten Gestalten mit dem klatschnassen Pony sah.

»Was macht ihr denn da draußen?«, erkundigte er sich im schönsten schottischen Dialekt.

»Können wir hier bleiben, bis der Schneesturm aufhört?«, fragte Ian so undeutlich mit klappernden Zähnen, dass sich der Mann vorbeugen musste, um etwas zu verstehen.

»Natürlich, kommt rein! Ich führe das Pony in die Scheune«, bot er hilfsbereit an.

Mara rappelte sich wieder auf und schüttelte den Kopf.

»Rrruubby mmag kkeiine ffremden MMänner«, stammelte

sie und zitterte am ganzen Körper.

Ian nahm ihr das Pony ab und sagte ebenfalls undeutlich: »Geh rein, mich kennt sie!« Damit schob er sie in die Tür.

»Ich bin Alan. Geh in die Küche, meine Frau gibt dir etwas Trockenes«, sagte der Mann und verschwand mit Ian und dem Pony im Schneesturm.

Mara zog mit klammen Fingern ihre Handschuhe aus. Doch ihre Hände waren so steif gefroren, dass sie die Jacke nicht aufbekam. Sie hinterließ eine große Pfütze im Gang und war unschlüssig, was sie machen sollte.

Eine Tür öffnete sich und eine mittelgroße, dunkelhaarige Frau in Jogginghose und Pullover kam mit überraschtem Gesicht heraus.

»Alan hat gesagt, ich soll hier bleiben. Ich heiße Mara«, erklärte sie.

»Du lieber Himmel, du bist ja total erfroren und nass. Komm doch ins Wohnzimmer«, sagte die Frau.

»Ich bekomme meine Jacke nicht auf. Außerdem tropfe ich alles voll«, sagte Mara verlegen.

»Das macht nichts. Ich heiße übrigens Sarah, warte, ich helfe dir«, meinte sie und zog Maras Reißverschluss auf. Dann führte Sarah sie in ein großes Wohnzimmer mit offenem Kamin, vor dem ein riesiger irischer Wolfshund lag, der nur kurz den Kopf hob und dann weiterschlief.

Sarah verschwand und kam kurze Zeit später mit einem Handtuch, einer Jogginghose und dicken Socken zurück.

»Ich habe dir ein Bad eingelassen, dann kannst du dich auftauen. Wo ist eigentlich Alan?«

»Der ist mit meinem Freund noch draußen und bringt mein Pony in den Stall«, antwortete sie und nippte an dem Tee, den Sarah ihr hingestellt hatte.

Sarah machte erneut ein überraschtes Gesicht und verschwand wieder in der Küche. Sie tauchte kurz darauf noch mal in der Tür auf und sagte: »Und nachher musst du mir erzählen, was ihr bei diesem Schneesturm draußen macht, ja?«

Mara nickte und ging ins Bad. Mit immer noch eiskalten Fingern zog sie sich ihre Kleider aus und stieg dann vorsichtig ins lauwarme Wasser. Dieses füllte sie nach und nach mit heißem auf, bis sie wieder aufgetaut war.

Als Mara herunterkam, stand Ian gerade tropfend nass im Flur und trank etwas, das stark nach Hot Whisky aussah.

»Willst du auch einen Schluck?«, fragte er und nieste.

»Ja, aber du solltest vielleicht auch ein Bad nehmen, deine Hände sind eiskalt«, sagte sie, als er ihr das Glas in die Hand drückte. »Dein Pullover ist ja auch klatschnass!«

Ian grinste. »Meine Jacke war nicht dicht. Ich hatte mich ehrlich gesagt auch auf keine Schneewanderung eingestellt!« Dann verschwand er ebenfalls im Bad.

Kurze Zeit später kehrte er mit geliehenen Kleidern und wieder halbwegs aufgetaut zurück. Mara saß schon in eine Decke gewickelt am knisternden Kamin. Ian nahm sich ebenfalls eine Decke und setzte sich neben sie.

»Habt ihr Ruby gut untergebracht?«, fragte sie.

Ian nickte. »Die kaut schon genüsslich ihr Heu.«

Nun mussten sie Alan und Sarah erzählen, was sie mitten in einem Schneesturm zu Fuß mit einem Pony taten.

»Natürlich könnt ihr bleiben. Aber ich denke, der Schnee wird nicht lange liegen bleiben, es ist jetzt schon mehr Regen dabei«, meinte Sarah.

Ian rief seine Großeltern an, damit sie sich keine Sorgen machten, dann warteten sie darauf, dass der Schneefall aufhörte. Draußen ging der Schnee tatsächlich in Regen über und verwandelte alles in eine breiige Pampe.

»Ich denke, ihr solltet über Nacht bleiben«, schlug Alan vor, der kurz nach draußen gegangen war, um das Wetter zu betrachten. »Morgen müssten die Straßen wieder frei sein.«

Also schliefen Mara und Ian aneinandergekuschelt auf dem Sofa.

Am nächsten Morgen brachen sie nach einem üppigen ›Full cooked scottish breakfeast‹, das aus gebratenem Speck, Eiern, Tomaten, Bohnen und Würsten bestand, auf. Der Schnee war tatsächlich über Nacht getaut und überall lief das Wasser herunter.

Mara führte ihr Pony, das wenig begeistert dreinschaute, in den Hänger. Doch es nützte ja nichts, sie mussten jetzt weiter.

Ian und Mara bedankten sich herzlich bei Sarah und Alan und luden sie ein, doch mal nach Clachtoll zu kommen, wenn sie Zeit hätten.

Sie fuhren durch die nebligen Highlands, es war heute etwas milder und die Straßen wieder frei.

Schließlich sahen sie das Schild:

Lochinver – 5 Meilen.

Mara fühlte ein Kribbeln in der Magengegend. Hoffentlich würde sich ihr Pony gut eingewöhnen.

Der Himmel war immer noch wolkenverhangen und jetzt wehte ein kräftiger Westwind, doch hin und wieder meinte man, ein paar hellere Abschnitte erkennen zu können.

Sie fuhren die engen gewundenen Straßen, die nach Clachtoll führten, langsam entlang. Ian versuchte, den zahlreichen Schlaglöchern so gut es ging auszuweichen, um das arme Pony nicht mehr als nötig durchzuschütteln.

Jetzt war Mara so aufgeregt, dass sie kaum noch stillsitzen konnte. Die vertraute Landschaft, die Schafe am Straßenrand, das alles erfüllte sie mit tiefer Freude.

Bald kamen sie an der Straße vorbei, die zum Haus der Murrays führte, am Strand peitschten hohe Wellen gegen die Klippen. Hier an der Küste lag noch Schnee auf den Berggipfeln, aber offensichtlich hatte es gestern in der Gegend um Clachtoll nicht geschneit.

Dann bogen sie endlich den Weg zur Farm von Ians Großeltern ein und holperten die letzten Meter hinauf, wo sie schließlich stoppten.

Ian seufzte und ließ sich erleichtert nach hinten in den Sitz fallen. »Puh, endlich haben wir es geschafft!«

Er nahm Mara in den Arm.

Sie luden das Pony aus, das dösend im Hänger stand. Ians Großeltern kamen gerade zur Tür heraus.

Die kleine Stute stieg müde aus dem Hänger, dann blähte sie die Nüstern und sog die frische, klare Luft ein. Irgendwie kam ihr dieser Geruch bekannt vor. Mit hocherhobenem Kopf tänzelte sie um Mara herum.

Ians Großvater kam auf Mara und Ian zu, die mit dem aufgeregten Pony am Strick draußen standen. Kurz vor ihnen blieb er wie angewurzelt stehen und starrte auf die kleine Stute.

»Das ist doch, das kann doch nicht sein ...«, stammelte Mr. MacKinnon, als er sich näherte.

Das Pony war beim Klang seiner Stimme wie erstarrt stehen geblieben. Der alte Mann kam näher und murmelte etwas auf Gälisch.

Die Stute, die sonst Fremden gegenüber so zurückhaltend war, blickte den alten Mann mit großen Augen an und wieherte ganz leise.

Ians Großvater hob den Schopf des Ponys hoch und streichelte über den kleinen weißen Blitz. Plötzlich umarmte er das Pferd und rief: »Rhiann, Rhiann!«

Mara und Ian schauten sich verständnislos an.

Als Ians Großvater schließlich, mit Tränen in den Augen, das Pony los ließ, erklärte er ihnen, dass das hier das Fohlen der Stute sei, die vor über vier Jahren bei dessen Geburt gestorben war.

»Ich habe das Fohlen Rhiann genannt, nach der keltischen Göttin Rhiannon. Das sollte ihr Glück bringen. Ich habe die Lass hier mit der Flasche aufgezogen, dann musste ich sie verkaufen. Ich hatte Schulden bei der Bank, und das Dach musste gedeckt werden.« Er streichelte Rhiann gedankenverloren am Hals. »Ich hätte nie gedacht, dass ich sie jemals wiedersehe!«

Mara war vollkommen perplex. Ruby hieß also in Wirklichkeit Rhiann und kam aus Clachtoll! Wie konnte denn so etwas sein?

Irgendwann, viele Tage später, musste sie an den alten Schäfer denken.

Manche Dinge sind vorherbestimmt, hatte Hamish gesagt. Vielleicht gab es ja doch so etwas wie ein Schicksal?!

Doch jetzt führten sie Rhiann auf die Weide zu Heather und Mary. Die Pferde beschnupperten sich und galoppierten anschließend quietschend über die Wiese.

Ian und Mara standen Arm in Arm am Zaun. Durch die Wolkendecke brach ein Lichtstrahl und beleuchtete die schneebedeckten Hügel.

Mara und Rhiann waren endlich nach Hause gekommen.

Schottische Begriffe:

Schottisch	Deutsch
Ben	Berg
Loch	See
Lass/Lassie	Junges Mädchen/junge Frau
Lad/Laddie	Junger Mann
Wee	klein
Wee dram	Kleines Glas / kleiner Schluck Whisky
Singel track road	Schmale, einspurige Straße mit kleinen Einbuchtungen
Cottage	Schottisches Wohnhaus
Brownie	Schottischer Kobold
Fairy	Fee
Granny	Großmutter
Grandpa	Großvater
Pub	Kneipe
Highlandcattle	Schottisches Hochlandrind
Kilt	Schottenrock

Die Fortsetzung von **Rhiann** ist erschienen!

Rhiann – Sturm über den Highlands

Rhiann – Verschlungene Pfade

Die Geschichte von Mara, Ian und Rhiann geht weiter!

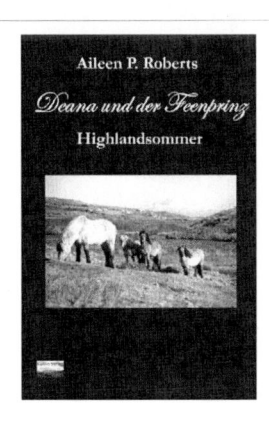

Deana und der Feenprinz

Die neue Schottlandromanreihe von Aileen P. Roberts!

Besucht uns im Internet unter:
www.pferde-und-fantasybuch.de oder
www.cuillin-verlag.de

Wer möchte, kann sich für den kostenlosen Newsletter anmelden www.cuillin-verlag.de
Hier gibt es Infos zu Neuerscheinungen, Highlandponies, Fantasy usw.

<u>Weitere Romane von Aileen P. Roberts:</u>

Im Goldmann Verlag erschienen:

Ihr Schicksal ist seit fünftausend Jahren miteinander verbunden, als der Kriegsgott Thondra sie auserwählte: die Sieben, die die Welt vor dem Zerbrechen retten sollen. Immer wieder werden sie wiedergeboren, um gegen das Böse zu kämpfen, doch bisher konnten sie die dunklen Mächte nie ganz besiegen. Auch Rijana, das Bauernmädchen, und Ariac, der wilde Steppenjunge, könnten Kinder Thondras sein. Zumindest scheinen sie füreinander bestimmt zu sein. Doch erst an ihrem siebzehnten Geburtstag werden sie eines der magischen Schwerter berühren, und es wird sich zeigen, ob die Zeit der Sieben gekommen ist ...

Thondras Kinder – Die Zeit der Sieben ISBN 978-3-442-47057-0
Thondras Kinder – Am Ende der Zeit ISBN 978-3-442-47143-0